KB054469

김태영 著

118

『선도체험기』 118권을 내면서

『선도체험기』 118권이 세상에 나갈 무렵에는 남북미 관계가 여러 면에서 지금과는 다르게 변화되어 있을 것 같다. 물론 이들의 관계가 전쟁을 끝내고 평화 정착을 위해 지금보다 훨씬 더 긍정적으로 발전되어 있을 때를 가상해서 하는 얘기다.

그렇다고 해도 인류 역사상 이 세상에 남북미 관계만큼 복잡미묘하고 민감한 변수가 작용하는 사례는 일찍이 없었다. 그 중에서도 해방과 함께 지금까지 73년 동안 중단 상태인 남북 철도와 도로 통신들을 생각할 때 더욱 그렇다.

대륙 중국은 이와는 달리 대만정부에 대하여 통우(通郵) 통항(通航) 통상(通商)의 삼통(三通)을 허용함으로써 유사한 인간 집단 사이의 기본적인 접촉들이 가능했지만 남북 사이는 육지가 붙어 있는데도 불구하고 그런 것은 상상도 할 수도 없는 일이었다.

그러나 지금은 북미 관계의 개선으로 해방 73년 만에 남북의 도로 철도 통신의 연결에 적지 않은 변화가 올 것 같은 느낌이 든다. 그 방면에서 이미 상호간에 합의가 되어 그 실행을 앞두고 있는 분야들이 자꾸만 늘어나고 있기 때문이다.

이메일: ch5437830@naver.com

단기 4350(2018)년 12월 31일

서울 강남구 삼성동 우거에서 김태영 씀

# 차 례

Contents

# 미묘한 남북 철도

**2018년 6월 21일 목요일**

30대 중반의 나경철이라는 수련생이 말했다.

"선생님, 제가 알기로는 외세에 의해 1945년부터 남북 분단으로 못 쓰게 된 경의선과 경원선 철도 연결 문제는 1972년 7월 4일에 남북 사이에 체결된 7·4 남북 공동성명서로부터 기산해도 어언 46년의 세월이 흘렀습니다. 그 후에도 남북 사이에 무슨무슨 공동 성명이니 합의니 하는 것들이 되풀이될 때마다 반드시 경의선과 경원선 연결 공사 문제가 제일 먼저 단골로 거론되었건만 실제로 철로 연결 공사는 언제 시작될지 감감 무소식입니다. 선생님께서는 도대체 그 원인이 어디에 있다고 보십니까?"

"두말할 것 없이 연결 공사가 진행되지 못하는 원인은 전적으로 북한 당국에 있습니다."

"아니 그렇다면 남쪽 당국에는 아무런 책임도 없고 전적으로 북한 당국에만 책임이 있다는 겁니까?"

"그렇습니다."

"그럼 그 이유가 무엇입니까?"

"남북 사이에 철도에 대하여 합의된 무슨 공동 성명이 나올 때마다 경의선과 경원선 철로 분단 지점에 가 보면 남쪽에는 지금 당장 공사에 착수할 수 있는 온갖 준비가 다 갖추어져 있건만 북한 측에서는 아무 준비도 안 되어 있는 것만 보아도 알 수 있습니다. 한국이 일제 치하에서 해방된 것이 1945년이니까 73년 된 기관차와 열차의 녹 쓴 고철과 시설이 그대로 방치되어 있습니다. 이것은 북한 당국의 속셈이 무엇인가를 웅변적으로 잘 말해주고 있습니다."

"그럼 북이 진짜로 원하는 것은 무엇일까요?"

"그것은 두말할 필요도 없이 북한이 원하는 방식으로 철로 연결 공사를 할 수 있도록 주변 환경이 조성되는 겁니다."

"그 환경이라는 것이 무엇입니까?"

"북한 정권을 뒷받침해주는 현행 정치 체제에 조금이라도 위해(危害)를 줄 우려가 있는 사태를 말합니다. 다시 말해서 경의선, 경원선 연결 공사로 북한의 현 독재 왕조 체제에 추호라도 금이 갈 수 있는 사태가 예상될 경우를 말합니다.

좀 더 구체적으로 말해서 철도 연결 공사로 남쪽의 기술자들이 북한의 공사 현장에 수시로 나타나 북쪽의 인력과 빈번하게 접촉이 이루어지는 사이 남쪽의 걸러지지 않은 생생한 정보들이 있는 그대로 북한의 기층 주민들에게 전달될 경우를 생각해 봅시다.

해방 후 73년 동안 북한 주민들을 거짓말로 세뇌시켜 온 허위 사실들이 그대로 백일하에 들어남으로써 발생되는 걷잡을 수 없는 소요 사태를 수습할 자신이 없기 때문입니다. 이렇게 말하면 또 그 반공적이고 보수적인 주장을 편다고 말할 사람이 있겠지만 실상이 그런 것을 어떻게 합니까?"

"아니 그렇다면 지금 문재인 대통령이 푸틴 러시아 대통령과 만나서 체결했다는 한국, 북한, 러시아 합작으로 이루어진다는 유라시아 철도 및 가스 공급 라인 공사도 그 실행 여부는 전적으로 북한의 의사에 달려있고 그들의 승낙이 없는 한 몽땅 다 공리공론에 지나지 않는다는 얘기가 아닙니까?"

"그럼요."

"그럼 북한의 승인도 없이 지난 수십 년 동안 한국과 러시아 중국 사이에 있었던 철도에 관한 설왕설래는 모조리 다 일고의 가치도 없는 돈키호테 식 상상에 지나지 않는 부질없는 짓거리였군요."

"옳게 보았습니다."

"그렇다면 앞으로는 남북한 철도 연결 공사가 진행되기를 바라기보다는 그에 앞서 양쪽이 진정으로 어떠한 통일을 바라는지 사전합의를 구하는 것이 선행조건이라고 할 수 있겠군요."

"그럼요. 그렇게 되자면 우리도 남북 양쪽에서 통독되기 전의 동서독에서처럼 신문 방송이 자유롭게 유통되어야 하는 것이 아닙니까?"

"그렇습니다. 그러니까 바로 통일 전야까지 남북 철도 개통 같은 것은 아예 처음부터 개꿈으로 치부해야 마음이 편하겠군요."

"그렇게 생각하는 것이 맞습니다."

"참으로 기가 막히다 못해 코가 막히고 억장이 무너질 일이 아닙니까?"

"그게 아직은 남북 관계의 현실입니다."

"동서독은 통일 전에 동독 지역에서 동서독을 관통하는 철로가 운용되고 있었다는데 혹시 거기서 우리가 배울 점은 없을까요?"

"동독 지역을 통과하는 철로에는 동독 주민들이 아예 접근조차 못하게 천으로 포장이 쳐져 있었다고 합니다."

"그래서 그 결과가 어떻게 되었습니까?"

"그 후 구체적인 소식은 없고 북한에서도 그러한 포장으로 주민들의 접근을 막은 일이 없었던 것으로 보아 북에서도 처음부터 성과를 기대하지 않은 것으로 보입니다."

"그 이유가 무엇일까요?"

"한국과 러시아와 중국으로부터 제 아무리 통과료를 듬뿍 받아 챙긴다고 해도 북한은 그러한 포장 열차가 세 나라 사이에 운행되고 있다는 사실 자체를 해당 지역 주민들에게 설명할 자신이 없었기 때문인 것으로 보입니다."

"그럼 지금 북미 사이에 진행되고 있는 CVID 즉 완전, 검증, 불가역적 비핵화 방식 같은 것이 실현되면 가능하지 않을까요?"

"김정은 정권이 무사하려면 CVID부터 걷어버려야 할 것입니다."

"북한이 그것을 피해 갈수 있는 길은 없을까요?"

"CVID 이외의 것은 미국과 유엔과 세계 여론이 용납하지 않을 테니까 그럴 수밖에 없을 것입니다."

"그렇게 되면 미국은 이번에야말로 쥐새끼 한 마리 빠져나가 못하게 만반의 대책을 세우고 있다는 얘기가 되는 것인가요?"

"그렇습니다. 지구촌 전체가 지켜보는 가운데 어디 한번 북미 양자의 진검 승부를 지켜보도록 할까요?"

"결국은 그 방법밖에 다른 길이 없을 것 같습니다. 그런데 요즘 문재인 대통령이 유럽 순방 중에 주요 EU 주도국 수반들에게 남북 사이의 평화 정착을 지원해 줄 것을 요청한 결과 호의적인 반응은 고사하고 도리어 반감만 잔뜩 산 것으로 알려지고 있습니다. 이들 서방 국가들은 최근에 지나치게 친북적인 문재인 정부가 북한과 단독으로 남북 철도 재개를 너무 서두르고 있는 것을 유엔 결의를 거스르는 것으로 못마땅해 왔기 때문입니다.

결국 미국과 유엔에서도 한국의 성급함에 불만을 표출하게 되었습니다. 왜냐하면 미국과 유엔과 주요 서방국가들은 북한군의 육이오 남침 때부터 한국을 수호하기 위하여 군대를 파병하여 피를 흘려왔기 때문입니다."

"그렇다면 세계의 다수 국가들의 여론을 따르는 것이 온당하지 않겠습니까?"

"당연한 일입니다. 내가 보기에는 이 지구상에서는 아직은 초강대국인 미국의 동의 없이는 어떠한 의미 있는 일도 실현될 수 없게 되어 있습니다. 네덜란드에 의해 서구동진시대(西歐東進時代)가 본격적으로 가동된 이래 그 패권(覇權)이 스페인, 영국에서 미국으로 옮겨지는 동안 질서정연하게 진행되어 왔으니까요.

북한도 마찬가지입니다. 미국의 동의 없이는 북한은 제아무리 핵과 미사일을 개발하여 미국을 견제할 수 있다고 까불어대도 말짱 다 헛일이라는 엄연한 사실을 깨달아야 할 것입니다. 북한 동포들은 바로 허장성세(虛張聲勢)에서 깨어나 현실을 바르게 인식해야 할 것입니다.

# 국익과 통일을 위하여

## 2018년 10월 29일 월요일

우창석 씨가 말했다.

"매스컴의 보도에 따르면 문재인 대통령은 10월 28일 등산길에 북한산 청운대(靑雲臺)에서 북한의 김정은이 금년 안에 한국을 답방하면 한라산을 구경할 수 있겠느냐는 기자들의 질문에 주저 없이 그렇다고 말했습니다.

그러나 한국의 보수 우파들 중에는 반대하는 사람들이 많습니다. 단지 핏줄 하나 때문에 아무리 그가 할아버지를 거쳐 아버지로부터 독재자의 전권을 순전히 공짜로 물려받았다고 해도, 바로 그러한 동생으로부터의 암살을 피하려고 싱가포르 공항에서 살려달라고 행인들에게 애소하며 도망치는 이복 친형인 김정남을 그는 오로지 권력 독점에 장애가 된다고 하여 자신의 수하를 시켜 무자비하게 신종(新種) 독물로 독살했습니다.

그에 앞서 김정은은 친 고모부 장성택을 고사기관총으로 박살을 내어 콩가루로 만들었고 그것도 모자라 화염방사기로 그 유체의 재까지 깨끗이 날려버림으로써 장성택의 존재 자체를 이 세상에서 아예 말살하려고 했다는 보도가 나돌고 있습니다.

그런 불륜아에게 우리 민족의 성소(聖所)인 백두산 천지와 함께 한라산 백록담을 밟게 하는 것이야말로 우리 민족 전체에게 참을 수 없는 치욕이라고 펄쩍 뛰는 사람도 있습니다. 인간에게는 그 누구도 함부로 범할 수 없는 인륜 도덕이 있으므로 결코 경솔하게 처리할 수 있는 일이 아니라고 봅니다."

"권력은 부자 형제 사이에도 나누어 갖지 않는다고 하지만 참으로 이런 때 보통 사람들은 할 말이 없고 그야말로 언어도단(言語道斷) 입니다. 그래서 당나라의 측천무후(則天武后)는 권력을 독점하려고 자기가 직접 낳아서 키운 친아들까지 주저 없이 죽여 버렸습니다."

"이런 때 권력을 독점한 실권자는 어떻게 해야 하죠?"

"적어도 한 나라를 다스리는 국가수반이라면 윤리 도덕이나 권력에만 얽매일 수만은 없다고 봅니다. 권력의 원천인 국민들의 의사를 무엇보다도 먼저 염두에 두어야 된다고 봅니다. 게다가 우리나라처럼 분단국가인 경우에는 최우선 순위를 민족과 국토의 통일에 두어야 한다고 봅니다. 그러자면 남다른 융통성과 지혜를 구사해야 할 것입니다."

"결국은 실리를 따르는 실사구시(實事求是) 정신으로 임할 수밖에 없다는 말씀으로 들립니다."

"이럴 경우는 무엇보다도 어떻게 하는 것이 국익(國益)에 도움이 되느냐는 실사구시에 기준을 두어야 할 것입니다."

"그것보다도 다수 국민의 여론을 먼저 물어보아야 하지 않을까요?"

"당연한 일입니다. 중공의 국부인 마오쩌둥은 권력은 총구에서 나온다고 말했지만 대한민국의 권력은 국민에게서 나온다고 헌법에도 규정되어 있으므로 그거야말로 당연지사가 아니겠습니까?"

"어찌되든 간에 국익과 통일에 보탬이 되는 쪽을 택하면 되겠군요."

"그렇습니다."

# 움직이는 양심

**2018년 11월 2일 금요일**

우창식 씨가 말했다.

"선생님, 구도자가 자기 자신의 존재의 실상을 깨닫는 데 있어서 신앙인이 되는 것보다 유익하다고들 말하는데 그 이유가 무엇입니까?"

"신앙인은 교주의 등에 업혀 목표 지점인 정상을 향해 오르지만 구도자는 목표 지점이 어디든 간에 관계없이 자기 발로 직접 땅을 딛고 한발한발 오르면서 땅과 직접 교감하는 사이에 자기도 모르게 목표 지점에 접근할 수 있습니다.

다시 말해서 구도자는 땅과 함께 주변 환경과 직접 대화를 나누면서 목표 지점을 향하지만 신앙인은 어린아이처럼 교주의 등에 업혀 졸거나 잠을 자고 있을 뿐입니다. 따라서 신앙인은 구도자가 주변에서 듣고 스스로 느끼고 깨닫는 과정이 통째로 생략되므로 구도자에 비해서 수행 과정이 늦고 아둔해지게 됩니다.

실례를 들면 신앙인이 교주의 등에 업혀서 헛되이 시간을 보내는 동안 구도자는 스스로 자연환경과 접촉하는 사이에 자기 능력으로 견성도 하고 성통공완도 하는 과정을 스스로 마치게 됩니다. 그래서

『삼일신고(三一神誥)』 마지막에는 다음과 같은 구절이 보입니다.

수련을 소홀히 하는 무리들은 착하고 악함과 맑음과 후덕함과 박덕함이 서로 뒤섞여 잘못된 길을 제멋대로 달리다가 태어나고 자라나고 늙고 병들어 죽는 괴로움에 빠지지만 수행으로 마음이 밝아진 사람은 운기조식(運氣調息)하고 자기 몸을 철저히 관리한다. 이로써 큰 뜻을 세워 어리석음을 돌이켜 참에 이르러 큰 신령스러운 기틀을 발생케 하나니 본성을 통달하고 공을 마치는 성통공완(性通功完)이 바로 이것이다.

구도자가 자성(自性)을 찾고 성통공완(性通功完)하는 과정이 신앙인과 어떻게 다른가를 『삼일신고(三一神誥)』는 이상과 같이 명쾌하고 자상하게 말해줍니다."

"성통공완이란 쉽게 말해서 무슨 뜻입니까?"

"구도자가 자기 자신의 능력과 지혜로 하느님에게 접근하여 하나로 합쳐지는 신인일체(神人一體)가 되는 과정을 말합니다."

"자기 자신의 능력과 지혜란 쉽게 말해서 무엇을 말합니까?"

"움직이는 양심(良心)이 가동되는 것을 말합니다."

"어떻게 하면 자기 자신을 움직이는 양심으로 만들 수 있을까요?"

"누구를 대하든지 바르고 착하고 슬기로우면 누구나 자연히 그렇게 됩니다. 이 바르고 착하고 슬기로움을 불려나가는 것이 양심을 키우는 것입니다."

"그럼 하느님과 양심은 어떤 관계를 갖게 됩니까?"

"하느님이 양심이고 양심이 바로 하느님입니다."

# 의료 후진국 실태

오늘 (11월 4일) 아침 뉴스는 왕년의 국민배우 신성일 씨가 향년 81세에 폐암 3기로 사망했음을 알려주고 있었다. 누구든지 적절한 대체의학(代替醫學)과 인연이 있었더라면 간단히 고칠 수 있는 병이건만 인연이 닿지 않은 것이 안타깝다. 현대의학은 미안하고 창피한 일이지만 암과 같은 난치병 치료율을 겨우 30프로 정도밖에 안 된다고 자인하고 있다. 이걸 보고 어떻게 국민의 건강을 책임진 의학이라고 말할 수 있을까?

기존 의학이 이처럼 무능하면 대체의학이라도 자유롭게 영업을 하게 하여 수익도 올리면서 서로 능력껏 경쟁하여 한 사람의 환자의 목숨이라도 더 살려낼 수 있어야 한다. 이것이 국가와 의료 실무요원들이 다해야 할 의무이고 역할이다. 그래서 미국 영국 독일 같은 선진국들에서는 기존 의학과 대체의학으로 하여금 서로 선의의 경쟁을 할 수 있도록 배려하고 있다.

그러나 한국에서는 당국이 기존 의사들의 권익만을 지켜주려고 대체의학은 단속만 하다가 보니 설 땅을 잃어버리게 된다. 대체의술로 의료행위를 하다가 양의사들의 고발을 받으면 경찰은 지체 없이

고발당한 사람을 체포하여 법원에 송치함으로써 최소한 1년 이상 감방살이를 하게 한다.

국민의료 행정을 담당한 보건복지부의 의료행정이 할 일이 고작 기존 양의사들의 권익이나 대변해 주는 하수인으로 추락하고도 창피한 줄을 모르고 있다. 이러고도 이 나라의 의료 행정요원들과 보건복지 담당 국회의원들은 얼굴을 들고 떳떳이 거리를 활보할 수 있을까? 그러는 사이에 우리 조상들이 수천 년 전에 개발한 침구(鍼灸)와 동의학(東醫學)은 미국 영국 독일과 같은 선진국으로 유입되어 그곳에 유학하는 한국 유학생들의 관심을 끌어 동의학(東醫學)을 조국에 역수입하고 있다. 한국 의료 행정관들은 이처럼 양심에 어긋나는 짓을 하고도 마음이 편안한지 거듭 묻고 싶다.

# 그악스러운 것보다 어수룩한 쪽이 낫다

**2018년 11월 10일 토요일**

우창석 씨가 말했다.

"잘 나가는 듯하던 북미 고위급 회담이 뜻밖에도 미국의 중간선거로 공화당 세가 밀리는 듯하면서 예정된 회담이 무기 연기되어 관심 있는 사람들을 어리둥절하게 하고 있습니다. 그러나 이것을 계기로 미국은 미국 내의 북한 자산을 동결하고 북한의 정권 교체를 강하게 밀고 나갈 가능성이 있다고 믿는 사람들이 늘어나고 있습니다. 그렇게 되면 북한으로서는 혹 하나 떼려다가 도리어 하나 더 붙이는 꼴이 되는 게 아닌지 모르겠습니다. 어떻게 생각하십니까?"

"북한은 처음부터 미국이 이렇게 나올 것을 예상하고 극비리에 핵 경제 병진 노선을 추진해 파키스탄처럼 끝까지 핵보유국이 되기로 결심하지 않았나 하는 의심을 일으키게 합니다. 그러한 북한의 그악스러울 정도로 꼼꼼한 속셈을 알아차린 미국 측은 역습의 기회를 노리다가 이번에 그 꼬투리를 잡은 것이 아닌가 하는 느낌이 듭니다."

"그럼 북한의 핵보유국 꿈은 어떻게 됩니까?"

"그 꿈을 버리기가 그렇게 싫으면 정권 교체를 받아들이든가 양자 택일을 해야 할 것입니다."

"그러나 김정은에게는 북한의 정권 교체야말로 그 자신의 단두(斷頭) 그 자체가 아닙니까?"

"그렇고말고요. 만약 미국의 중간 선거로 트럼프 대통령에게 생각지도 못했던 변화들이 생겨나지 않았더라면 북한과 미국의 관계가 지금처럼 복잡 미묘하게 비비꼬이지는 않았을 것입니다. 이런 때는 어느 쪽에게 유리하게 사태가 돌아갈까요?

"지켜보아야죠. 그러나 마음이 바르고 욕심이 적은 사람이 다른 누구보다도 마음만은 편안해질 것은 틀림이 없습니다."

"그 이유가 어디에 있습니까?"

# 우주가 돌아가는 법칙

“하늘은 항상 마음이 바르고 자기 자신보다도 남을 먼저 생각하는 사람을 도와주게 되어 있고, 그것이야말로 우주가 돌아가는 법칙이니까요. 그래서 자기를 위해서 남을 생각하느라고 매를 늘씬하게 얻어맞은 쪽은 비록 상처로 인해 통증은 느낄망정 편한 잠을 자게 되어 있습니다. 그런 사람이 바르고 착하고 지혜로울 수밖에 더 있겠습니까?”

“그런 사람이라면 진짜 큰 바보가 아닙니까?”

“그렇고말고요. 그래서 우리 조상들은 자손들이 큰 바보가 되기를 소원하여 신생아에게 이름을 지어도 큰 바보 즉 대우(大愚)나 태우(太愚)라고 지었습니다. 세상을 살아가노라면 무슨 변수나 돌발사태가 언제 어떻게 튀어나올지는 아무도 모릅니다. 그러니 멍텅구리나 어수룩한 자가 미움의 대상이 될 리가 있겠습니까?”

“그래서 사람은 늘 그악스럽기만 한 것보다는 때로는 좀 어수룩한 구석도 있고 빈틈이 있는 것이 더 친밀하고 인간답기도 하여 생존에 유리한 것이 아닌가 합니다. 그리고 약자는 강자와 언제까지나 척(斥)을 지기보다는 인간적으로 동정을 사는 쪽이 더 유리하다는 것입니다. 그래야 강자에게 쓰임을 당할 수도 있습니다."

"그렇게 되려면 북한처럼 미국보다 100배 이상 못 사는 찢어지게 가난한 나라인데도 부자의 장점을 닮아갈 수 있을까요?"

"그럼요. 그렇고말고요. 한국도 육이오 전에는 일본 제국주의자들에 의해 중국을 침략하기 위한 군수기지로 공업화된 북한보다 가난하였지만 미국에 관심을 끄는 사람들이 많았습니다. 그러다 보니 지금은 무역량에서 이탈리아를 능가하여 산업화도 되고 민주화도 되지 않았습니까?

그러므로 북한처럼 부국(富國)과 맞서려고만 기를 쓰면 안 됩니다. 그래 보았자 북한 하고만 잘되면 다른 것은 다 깽판 쳐도 좋다면서 북한만 닮으려고 기를 쓰는 한국의 친북 좌파 정치인들처럼 경제적으로는 계속 꼬일 수밖에 더 있겠습니까?"

"북한 사람들은 남한 사람들과는 같은 피를 나눈 1만년 이상 언어와 문화적 전통을 공유한 형제들이 아닙니까? 바로 그러한 한민족이 지금으로부터 73년 전 미국과 소련이라는 강대국들의 세력 다툼의 일환으로 38선을 중심으로 북한은 소련, 남한은 미국이 관할하는 두 조각으로 쪼개지지 않았습니까?"

"그랬죠. 그리고 소련은 공산주의를 고집하다가 그 자체의 모순으로 스스로 멸망해버리지 않았습니까?"

"그럼요."

"그럼 한반도의 장래는 어떻게 되어야 하겠습니까?"

"그렇다면 피해 당사자인 대한민국은 망해버린 소련 대신 영토와 주민을 이어받은 후계국(後繼國) 러시아가 과거의 소련처럼 맥을 못 쓰는 한 어디까지나 지구상의 유일한 초강대국인 미국 그리고 유엔과 흥정하여 통일 문제를 해결해야 합니다."

"그게 무슨 뜻입니까?"

"일부 철없는 정치인들처럼 유럽연방 주도국들이나 중국과 러시아의 도움을 청하려는 사람들이 있어서 하는 말입니다."

# 구안와사

구안와사란 입과 눈이 한쪽으로 쏠리는 일종의 안면신경통이다. 흔한 병이어서 자주 사람들의 입에 오르내리는 넉자로 된 한자어 숙어인데도 아직 내가 쓰고 있는 컴퓨터로는 표현할 수 있게 준비가 되어 있지 않았다. 구안와사 중에서 비뚤어진 와자가 컴퓨터로 이용할 수 있도록 되어 있지 않기 때문이다.

실은 지난 11월 22일 집에서 텔레비전 낮 방송을 보고 있다가 모 고관을 지낸 세간에 널리 알려진 정치인이 요즘 전개되고 있는 정치의 부조리에 대하여 성토하고 있었다. 구구절절이 지당한 말들이어서 귀가 솔깃해졌고 나도 모르게 내 시선은 그의 얼굴을 찾고 있었다.

그런데 그의 얼굴이 어딘가 좀 부자연하다는 생각이 들어 유심히 살펴보았다. 눈과 입은 그대로이건만 어딘가 모르게 생소한 느낌이 들어 자세히 뜯어보니 틀림없이 변동이 있었지만 나와 같이 텔레비전을 함께 본 사람들은 아무도 눈치를 못 채고 있었다. 그러나 내 눈에는 구안와사 초기 증상이 틀림없었다. 그 순간 나는 그가 역사에 남을 유능한 정치가가 되기는 어렵겠구나 하는 느낌이 들었다.

지금의 저 얼굴을 들고는 그의 고정 팬들의 관심을 끌기도 어렵겠다는 생각이 들었기 때문이다.

그가 제아무리 지당한 이치로 정적을 매도한다 해도 시청자들의 눈에는 똥 묻은 개가 겨 묻은 개를 보고 더럽다고 열심히 짖어대는 것으로밖에는 들리지 않을 것이기 때문이다. 이때 바로 내 옆에 앉아있던 우창석 씨가 입을 열었다.

"아무래도 저 사람은 지금은 자신이 나타날 자리가 아니라는 초보적인 덕목을 잊은 것 같습니다. 정적 성토보다 구안와사 치료가 먼저라는 것을 깨닫지 못했던 것 같습니다."

"동감이요. 우창석 씨 같은 지혜로운 참모를 거느렸어야 하는 건데 안타깝군."

"구안와사에 직방으로 듣는 치료법이 있습니까?"

"있고말고."

"그게 뭡니까? 침이나 뜸으로 잡을 수 있지 않을까요?"

"눈과 입이 비뚤어질 정도로 마음이 상했다면 그 상한 마음을 바로 잡는 것이 첫째입니다. 관(觀)이 잡힐 정도로 마음을 차분하게 안정시키는 것이 무엇보다도 먼저 해야 할 일이기 때문입니다."

# 산속에 버려진 돈 가방

중년의 남자 수련생인 서동성 씨가 삼공재에서 수련을 하다가 다른 수련생들은 다 나가고 나와 단 둘이 남자 입을 열었다.

"선생님, 한 가지 상의할 일이 있어서 이렇게 저 혼자 남았습니다."

"그래요. 어서 말씀해보세요."

"제 동생 내외와 지난 일요일에 도봉산에 등산을 갔다가 내려오는 길에 뜻밖에 숲속에서 큰돈이 들어있는 가방을 발견하고 일단 집에 가져다 놓고는 이런 일은 처음 당한 일이라 어떻게 할 줄 모르고 뜬 눈으로 밤을 새웠습니다."

"아니 돈이 얼마가 들었기에 그렇게 두 장정들을 당황케 했습니까?"

"오만 원짜리로 천만 원씩 묶은 돈 뭉치 열 개인데 1억 원이 들어있습니다. 하도 큰돈이어서 제일 믿음이 가는 선생님에게 상의부터 해 보려고 이렇게 찾아왔습니다."

"큰돈을 처음 만져보는 것 같습니다. 그럴 때는 돈이란 1억 원이든 5만 원이든 단위만 다를 뿐 다 똑같은 것이고 내 소유가 아니라고 생각하면 조금도 당황해 할 필요가 없습니다."

"그래도 저는 아직도 가슴이 벌렁대는 걸요."

"그럼 서동성 씨는 어떻게 했으면 좋겠습니까? 우선 서동성 씨는 돈 욕심이 없으니까 그런 일로 나 같은 사람을 찾아왔습니다. 그것만 해도 어딥니까? 보통 사람들 같으면 그 돈을 앞에 놓고 어떻게 하면 그 돈을 감쪽같이 자기 것으로 만들 수 있을까 하고 엉뚱한 생각부터 했을 것입니다. 그것이 예부터 전해오는 세상 사람들의 인심이니까요. 그래서 중국 북송(北宋) 때의 소동파(蘇東坡)라는 시인은 다음과 같이 읊었습니다.

무고이득천금(無故而得千金)
불유대복(不有大福)
필유대화(必有大禍).
(뜻 밖에 큰 돈이 생겼다면
함부로 쓰지 않으면 큰 복이고
함부로 쓰면 반드시 큰 화를 당하리라.)

성동성 씨는 얼굴에 희색을 띄우면서,

"진즉 『선도체험기』에 실렸던 소동파의 그 시가 생각났더라면 동생이 상의하려 왔을 때 인근 경찰서나 파출소에 가지고 가서 신고만 하는 것으로 간단히 끝낼 일이고 제가 일부러 이곳까지 찾아오지 않아도 되었을 것입니다. 선생님 정말 죄송하게 되었습니다."

"그것도 그럴 듯하지만 두 형제분들은 그 큰돈을 놓고 소유권 분쟁을 일으키지 않은 것 같습니다. 현부(賢婦)들이 아니면 그럴 수 없었을 것입니다. 형제분들께서는 소동파의 지혜를 능가하는 큰 복을 타고 나신 것 같습니다."

"어쩌다 보니 그렇게 되었습니다."

"서성동 씨 마음이 그렇게 바르고 착하니 그런 훌륭한 배필들을 하늘이 점지해 주신 겁니다. 그건 그렇고 그런 거액을 신고한 사람에게는 분실물 총액의 몇 프로를 보상금으로 신고자에게 지급하기로 되어 있다는 말을 들은 일이 있습니다. 행여 거절하지 마시기 바랍니다."

"잘 알겠습니다. 그건 그렇고요. 도대체 누가 무슨 이유로 산속 숲속에 그런 큰돈을 버렸을까요?"

"언젠가 신문에서 읽은 일이 있는데 도봉산 깊은 숲속에는 전문 도박꾼들에게 도박장을 차려 주는 불법 영업을 하는 조직이 있다고 합니다. 아마도 그 조직원들 속에서 분쟁이 일어났거나 경찰의 추격을 피하다가 그런 사고가 난 것이 아닌가 합니다."

"그럴 수도 있겠는데요."

# 통일은 언제 될까요?

우창석 씨가 말했다.

"요즘은 남북 사이에 분단과 함께 73년 동안 단절되었던 철도 통신 도로 복구를 위해서 큰 진전이 있는 것 같습니다. 남과 북에서 전에는 말만 오가다가 흐지부지 끝나곤 했었는데 요즘은 그것이 아니라 철도의 경우 실제로 양쪽에서 전문가 집단을 실은 특수 차량들이 교환되는 것을 보면 그전처럼 말만 오가다가 공수표로 끝날 것 같지는 않은 분위기입니다.

남북 사이뿐만 아니라 러시아와 중국의 유라시아 철도망과도 한반도 철도가 연결되면 지금보다 훨씬 싼 비용으로 물화들이 운반되므로 유라시아 국가들 사이의 교역에도 일대 혁신이 일어날 수 있을 것 같습니다. 어떻게 생각하십니까?"

"유라시아 기존 철도망이 남북한 철도망과 연결되어 부산에서 런던까지 사람과 물화가 운반된다면 과히 세계적인 대혁신이 일어날 것입니다. 철도뿐만 아니라 도로와 통신망까지도 이에 가세한다면 유라시아 국가들과 국민들은 그야말로 새로운 통합의 시대를 구가하게 될 것입니다. 이로 인하여 미소 분쟁의 산물이었던 세계의 마지막 분단국의 재통일 작업도 새로운 추진력을 얻게 될 것입니다."

"그렇다면 통일 작업은 이제 본격적으로 시작된 것이 아닙니까?"

"그렇다고 보아도 틀린 말은 아닙니다. 철도의 경우 한국의 철도공사와 이와 유사한 일을 하는 북한의 철도회사가 남북의 철도를 공동 운영하여 이익을 낼 수 있게 되고 남북 주민들이 그 혜택을 받아 한반도 전체 구석구석을 골고루 여행할 수 있게 된다면 통일 작업은 이미 시작되었고 성과를 올리고 있다고 보아야 할 것입니다.

개성공단에서 한국의 자본과 기술 그리고 북한이 인력과 공단 부지를 제공하여 상품을 만들어 세계 시장에 내다 팔아서 남는 이익을 양쪽이 분배하던 것과 같이 남북이 합작된 철도회사가 제공하는 서비스로 남북 주민이 여행을 할 수 있다면 통일 작업은 이미 가동 중이라고 보아야 합니다."

"그렇겠는데요. 그러한 사업이 철도 분야에만 국한되지 않고 남북의 도로와 통신 분야에도 확대된다면 한반도 통일 사업은 그야말로 가속이 붙게 될 것입니다. 그러나 과거에도 수없이 되풀이되어 온 약속이 이번에도 엉뚱한 구실을 붙여 차일피일 시간을 보내다가 언제 그런 일이 있었냐는 듯 흐지부지하게 될지도 모르는 일이니 지나친 기대는 하지 않는 것이 좋을 것입니다.

보도에 따르면 북쪽 강원도 오지에서는 철로의 일부가 홍수로 매몰되어 조사 작업이 중단되어 언제 또 작업이 시작될지 모르고 파견되었던 남쪽 기술진들이 버스로 이동 중에 있다고 합니다. 그 통에 벌써부터 북쪽 기술진의 열의가 식어가고 있다고 합니다."

"그렇다고 해서 모처럼 착수한 조사 작업을 중단하는 일이 있어서는 안 되는 것 아닙니까?"

"그렇고말고요."

# 김정은이 과연 영웅일까?

2018년 12월 7일

우창석 씨가 말했다.

"요즘에는 북한의 김정은이 서울을 과연 방문하게 될지 조야의 초미의 관심사가 되고 있습니다. 2000년에 김대중 대통령의 북한 방문으로 물꼬를 튼 남한 정상들의 북한 방문은 노무현 대통령에 뒤이어 문재인 대통령으로 바통이 넘어갔고 노 대통령 때까지만 해도 김정일의 서울 방문 같은 것은 상상도 할 수 없는 일이었습니다.

그러나 이제 김정은의 남한 방문이 공공연하게 국민들의 입에 오르내려도 아무렇지 않을 정도로 세상인심은 그동안 엄청난 변화를 겪고 있습니다. 과연 그의 답방이 무리 없이 이행될 수 있을까요?"

"그건 어찌되었든 간에 공은 이미 김정은과 북한 수뇌부 쪽으로 넘어갔습니다. 만약에 한국 정상이 셋이나 북한을 방문한 뒤에 김정은이 합의된 답방을 어긴다면 체면이 서지 않을 것입니다."

"보도에 따르면 금년 12월 20일 전후에 경호 문제로 김정은의 중국 방문 때처럼 서울에 도착한 직후에 알려질 것 같다고 합니다. 김정은의 방문으로 통일이 앞당겨지기나 할 것같이 말하는 사람이 있는 것 같은데 선생님께서는 어떻게 생각하시는지요?"

"김정은의 한국 방문에 대하여 마치 진정한 위인이라도 대하듯 과도한 기대를 품는 사람들이 있는 것 같은데 나는 찬성할 수 없습니다."

"왜 그렇게 생각하십니까?"

"위인 소리를 들으려면 누가 보든지 위인다운 품격이 보여야 하는데 내 눈에는 아직은 그에게서 위인다운 품위가 전연 눈에 띄지 않기 때문입니다. 어떤 사람은 그를 위인의 반열에 올려놓고 위인 맞이 행사를 해야 한다고 설쳐대는 모양인데 내 눈에는 위인의 면모는커녕 그런 징후조차 전연 보이지 않기 때문입니다."

"그럼 김정은의 경우 그가 어떻게 했으면 위인 소리를 들을 수 있을까요?"

"각종 정보와 보도에 따르면 김정은은 그의 할아버지로부터 이어져 내려오는 독재왕국의 위계 계승을 위한 업적 쌓기로 천안함을 침몰시키고 연평도를 포격하는 등 죄업을 쌓았습니다. 그가 만약 위인 소리를 들으려면 남아프리카의 대통령인 넬슨 만데라처럼 그에게 27년 동안 옥살이를 시킨 백인 간수들을 용서해 주었어야 합니다.

그러나 김정은은 노동당 위원장이 된 후에 아직 그 누구도 용서한 일이 없을 습니다. 게다가 누구를 용서하긴커녕 자기 친형 김정남과 고모부 장성택을 차마 사람이 사람에게 할 수 없는 궁예의 관심법을 능가하는 가장 잔인한 방법으로 소탕해버린 그가 어떻게 위인이 될 수 있겠습니까?

# 건강은 좀 어떠신지요

선생님께

날씨도 추워지는데 건강은 좀 어떠신지요? 몸은 완전히 회복되셨는지 항상 걱정입니다.

미국에서 이도원 올림

**【회답】**

동산에 떠오른 해가 서산에 지듯 사람이 죽고 사는 것도 그와 같이 무상하다고 생각하시기 바랍니다. 그리고 삶과 죽음은 따로 있는 것이 아니라 하나입니다. 그래서 생사불이(生死不二)라고도 하고 생즉사사즉생(生卽死死卽生)이라고도 하여 살아있는 것이 죽은 것이고 죽은 것이 살아있는 것이라고도 합니다.

어떻게 하면 그러한 확신을 가질 수 있느냐고 도반(道伴)이 물어오면 관(觀)을 일상화하면 누구나 다 그렇게 될 수 있다고 대답하고 상대와 자기 자신도 그렇게 확신하고 자나 깨나 이를 실천하노라면 누구나 그렇게 될 수 있다고 말해주어야 합니다.

그런 일이 횟수를 거듭해나다가 보면 자기 자신도 모르는 사이에 그렇게 되어버립니다. 어느 날 문득 이러한 일련의 과정이 스스로 느껴지는 날이 오면 그는 깨달음의 고비를 넘어 견성한 것으로 보아야 합니다. 그러므로 진정한 구도자는 생사를 뛰어넘어 생사 그 자체를 잊어버려야 합니다. 왜냐하면 생사는 본래 없으니까요.

수련을 여기까지 진전시켜놓고 나서 겨우 건강이 어떠냐고 묻는다면 어떻다고 대답하는 것이 온당하다고 할 수 있을지 생각해 보시기 바랍니다."

# 땅 위에 두 발을 딛고 있는 한

선생님께

깨달음이 가랑비처럼 온몸을 적신다 해도 땅 위에 두 발을 딛고 있는 한 선생님께 일이 생긴다면 슬퍼질 것 같은 마음은 어찌할 수 없을 것 같습니다. 그리고 아무리 뛰어난 제자가 나타난다고 한들 어찌 선생님만 하겠습니까? 아직 이 세상을 위해 건강하셔야 합니다.

미국에서 이도원 올림

**【회답】**

구도자에게 슬픔이 안겨진 것은 관(觀)하여 극복하라는 것이지 언제까지나 그 슬픔을 안고 슬퍼하라는 것은 아니라는 것을 아시기 바랍니다. 그리하여 그 스승이 백번 죽는다 해도 그때그때의 슬픔은 있을지언정 그것에 붙잡혀 있는 일은 없어야 할 것입니다.

사람에게 탐진치(貪嗔癡)와 희구애노탐염(喜懼哀怒貪厭)이 있는 것은 그것을 느낄 때마다 거기서 벗어나라는 것이지 그것에 붙잡혀 고통스러워하라는 것은 아니기 때문입니다.

# 기수련 단계 높여야

지난번에 스승님께 메일 보내드렸던 때가 한창 새록새록 잎이 돋아나던 4월이었는데, 추운 겨울이 되어서야 연락을 드립니다. 죄송합니다. 그간 생식을 주문할 때마다 메일을 보내고픈 마음은 있었으나 수련에 별 진전이 없어 머뭇거리게 되었습니다. 진척이 안 될수록 찾아뵙기도 하고 메일도 자주 보내야 하는 줄 익히 알고 있습니다만, 결국 나태함이 원인이겠지요.

저는 육아휴직을 끝내고 2주전에 사무실에 복귀하여 근무하고 있습니다. 10개월 남짓의 휴가기간 동안 가족들과 시간을 많이 보내고 삼공 수련도 날마다 하였고 틈틈이 직장 관련 공부도 하였습니다. 특히 좋았던 것은 초등학교 4학년과 2학년인 두 딸들과 많은 시간을 보낼 수 있어 더욱 친근해졌다는 점입니다. 함께 보낸 시간만큼 아이들을 더 잘 이해하게 되는 것 같습니다. 과연 어떤 인연이 있어 이생에서 부녀 관계로 맺어졌는지 더욱 궁금해집니다. 수련을 꾸준히 해 나가다 보면 자연히 알게 되겠지요.

휴직기간 중의 수련은 새벽에 기상하여 1시간 달리기한 후 단전호흡을 30분가량 하였으며 주로 『천부경』, 『삼일신고』, 태을주 등을 암송하였습니다. 저녁에는 도인체조를 하였습니다. 그리고 1주에 한 번씩은 불가피한 경우를 제외하고는 5시간 정도 소요되는 암벽등반을 하였습니다. 『선도체험기』는 2회째 읽고 있으며 현재 111권을 읽고 있습니다. 그리고 『환단고기』, 『증산도 도전』, 『개벽 실제상황』 등을 함께 보고 있으나 진도는 잘 나가지는 않네요.

제 입장에서 가장 시급한 과제는 기수련을 일정 단계로 끌어올리는 일이라고 생각합니다. 제가 보기에는 아직 축기 중인 것으로 추측됩니다. 항상 하단전이 따뜻해야 축기가 완성되는 것일 터인데, 저는 아직 간헐적으로만 따뜻함을 느끼고 있으니 아직 멀었다는 생각이 듭니다. 단전에 이물감이 느껴져야 하는데 손에 잡힐 듯이 구체적으로 체감되는 게 없는 형편입니다. 현재 제 수련 진도가 늦는 이유는 과거생과 현생에서 수련에 전력투구를 하지 않았던 데에 원인이 있을 않을까 생각합니다. 모든 게 인과응보일 테니까요.

지난번 메일에 말씀드린 기몸살은 지리한 장마처럼 수개월을 끌다가 지금은 잠잠해졌는데, 이틀 전부터는 머리가 아파오는 것이 빙의가 아닌지 의심됩니다. 2016년 7월 1일 선생님을 처음 뵙고 본격적으로 수련을 시작한 이후로는 두통이 난 적이 없었거든요. 최근 사무실에 크게 스트레스 받을 일도 없는데 지끈지끈 은근히 괴롭히는 것이 예사롭지 않습니다. 조용히 사태를 지켜볼 생각입니다.

오랫동안 연락을 드리지 않아 드릴 말씀이 많을 줄 알았는데 자주 연락드릴 때보다 오히려 쓸 얘기가 없네요. '이웃사촌'이 맞는 말인 것 같습니다. 그동안 연락을 드리지 못한 데 대하여 거듭 죄송하다는 말씀을 드리며 앞으로는 자주 메일을 보내도록 하겠습니다. 다가오는 새해에도 건강하셔서 후배들을 변함없이 지도해 주시길 감히 바랍니다. 그리고 생식 표준 4봉지 발송 부탁드립니다. (대금은 입금하였습니다.)

단기 4351년 12월 11일

파주에서 제자 김강한 올림

**【필자의 회답】**

오래간만에 받는 편지여서 반갑게 읽었습니다. 아무리 생각해도 지금 김강한 씨에게 가장 중요한 것은 소주천과 대주천 과정을 완성하여 일상생활화 하는 일입니다. 그래야 화두수련에 들어갈 수 있습니다. 화두수련 중이거나 마쳤을 때 견성을 할 수 있습니다. 그래야 한 사람의 구도자요 스승으로 자신의 능력을 발휘할 수 있습니다.

그런데 김강한 씨는 워낙 바쁜 생활을 하는 처지라서 그것이 쉽지 않다는 것을 잘 압니다. 그래서 생각해 보았는데 가까운 시일 안에 연가(年暇)를 내어 일주일 정도 집중적으로 삼공재에서 수련을 하는 것이 어떨까 합니다. 지난 28년 동안 많은 후배들을 수련시킨 내 경험에 따르면 김강한 씨는 일주일 동안만 집중 수련을 하면 적어도 대주천까지는 성취할 수 있을 것 같습니다. 부디 현명한 결단을 내리기 바랍니다.

2018년 12월 12일

삼공재에서 필자.

【현묘지도 수련기】

# 오성국 현묘지도 체험기

## 1단계 천지인삼매 (2018년 1월 5일~1월 9일)

### 2018년 1월 5일 금요일 (삼공재 방문, 천지인삼매 1일째)

오전 2시 10분 취침. 오전 10시 6분에 기상하여 봉서산을 걷고 달리기하며 갔다와 집에서 캐틀벨 운동하고 샤워 후 아침 겸 점심 생식했다.

오후 3시에 삼공재에서 선생님께 화두수련 허락받고, 3경구 암송 후 화두 암송 수련하다. 하단전의 열감이 조개탄을 품은 듯 타들어 가면서 따뜻함과 포근함이 기에 취한다는 표현이 적절하다. 기운이 중단전으로 올라 열을 내고, 머리는 미미하게 처음으로 도리도리하고, 때론 좌우앞뒤로 진동하는 걸 잠시 느꼈다. 상단전과 머리 전체가 철모를 쓴 듯 압박이 심하다.

고속버스 타고 내려오는 동안 『선도체험기』 116권 읽다가 버스 안이 어두워 화두에 집중하니 하단전의 열감이 지속되고 머리 전체는 철모를 쓴 듯 압박이 심하고, 중단을 짓누르는 듯하며, 오른쪽 가슴 아래 간장을 가끔 훅 할 정도로 치민다. 시간이 지날수록 누구한테 늘씬하게 얻어맞은 후유증처럼 가슴이 아프다.

**2018년 1월 6일 토요일 (천지인삼매 2일째)**

70분간 자시수련. 백회에 천기를 수신하는 위성 원반 안테나가 장착되어 머리 전체와 인당으로 시원한 기운이 폭포수처럼 들어오는 것이 시간이 지나면서 어깨, 팔, 손가락과 손끝 등 온몸을 시원하게 하고 기운이 하단전에 쌓여 화로로 만든 후, 기운이 임맥을 타고 중단으로 올라가면서 간, 위, 심장, 폐장을 마사지하듯 아픔과 시원함을 반복한다. 아마도 오장육부에 기운을 넣어 자연치유력을 높이려고 하는 것 같다. 수련 후반부에는 관음법문 파장이 일어 더 시원함을 준다.

와공을 하다가 자려고 누워서, 화두 암송 중 상단전 화면으로 아름답고 예쁜 파랑새 한 마리가 밤하늘의 많은 별들의 찬란한 은백색의 빛을 받으며 하늘을 몇 바퀴 돌며 날다가 사라졌다.

오전 11시 30분~오후 12시 30분(1시간) 정오수련. 3경구(『천부경』, 『삼일신고』, 『대각경』) 암송 후 화두수련. 어제보다 기운은 약하게 들어온다. 하단전과 중단전의 열감이 마중하고 상호 기운이 교류하며 따뜻함과 시원함을 동반한 하단전에서 중단전 상단전까지 충만한 기운이 몸을 앞뒤좌우로 미미하게 흔들리며 어제에 이어 간과 위에 시원한 기운을 주입시킨다.

오후 3시 30분 안양에서 조카 예식 참석하고, 처형 집에서의 숙식으로 오후 수련 못 했다.

**2018년 1월 7일 일요일 (천지인삼매 3일째)**

처형 집에서 오전 0시 45분 취침. 오전 8시 20분에 기상하여 팔법체조, 방석체조, 접시돌리기, 쟁기자세로 몸 풀고 오전 8시 40분에서 9시 5분까지 3경구 암송하고 오전 수련했다. 단전과 명문 위로 등판이 따뜻함을 유지하나 더 이상 기적인 반응이 없어 시천주와 태을주 암송하니 기운이 들어온다. 이렇게 빨리 끝날 일이 없는데? 좀 더 지켜보자.

오후 10시 6분부터 10시 38분까지(32분간) 오후 수련. 『천부경』, 『삼일신고』, 『대각경』 암송하니 백회로 기운이 회전하여 들어와 단전으로 쌓인다. 이후로 화두 암송하니 단전의 시원함과 따뜻한 기운이 중단을 뚫고 천돌혈을 지나 백회로 올라감에 중단이 뻥 뚫리며 환희지심이 일어나며 눈물이 난다. 나같이 못난 사람도 현묘지도 수련을 하여 본성을 찾을 수 있는 기회를 얻었다는 것에 감사할 따름이다.

**2018년 1월 8일 월요일 (천지인삼매 4일째)**

오전 0시~오전 0시 36분(36분간) 자시수련. 응집된 기운이 회전하며 상단전 중단전을 지나 하단전에 쌓이고, 기분상 마냥 앉아 있을 수 있을 거 같았으나 기적인 반응이 없어 수련 마치고 오전 1시 취침.

오전 9시에 기상하여 선생님의 현묘지도 수련 관련 14권 읽다가 백회에 기운이 들어와 오전 9시 33분에서 오전 9시 56분까지 화두수련하였으나 진동이 없고 기운이 끊긴다. 태을주나 시천주주를 암송하면 기운이 회전하며 들어온다.

오전 10시 30분 봉서산을 걷고 뛰는데 하단전 중단전이 화두수련 전보다 확실히 호흡이 편하고 기분이 날아갈 것 같다.

오후 1시에 아침 겸 점심 생식. 중단이 빙의로 뭉쳐있다.

오후 3시~오후 3시 20분(20분간) 오후 수련. 하단전의 열감이 회전하면서 중단전을 나선형으로 뚫고 올라가려고 한다. 수련 중 졸음이 쏟아져서 일어나 거실에서 보공하면서 화두 암송. 화두 암송 시 하단전이 따뜻한 조약돌을 품고 중단전을 시원 따뜻하게 하며 백회로 시원한 기운이 들어온다.

1일 2식이 기본인데 야식을 먹어 자시수련 못했다.

**2018년 1월 9일 화요일 (천지인삼매 5일째)**

오전 2시 취침. 오전 9시 25분 기상하여 보니 눈이 많이 와서 산에 못 가고, 목운동, 접시돌리기, 도인체조, 팔법체조, 방석운동 했다. 『선도체험기』 화두수련기 김희선 씨 편 읽었다.

오전 10시 20분~오전 11시 30분(70분간) 오전 수련. 단전의 시원한 열감이 약한 부위인 좌측 신장과 간을 마사지하며 기운을 넣고 양팔과 손끝까지 시원한 기운이 돈다.

○○○○은 어렸을 때 사람의 수명과 복을 관장한다는 말을 들었는데 이 화두는 천지인삼재를 뚫는 열쇠인데 무슨 의미인가? 하며 화두수련 중 ○○○○은 우주 중심의 별이고 이 별에서 천기를 받고, 땅에서 지기를 받아 몸의 중심인 하단전에 천기와 지기를 융합하여 몸과 마음에 필요한 에너지를 공급받는다.

그리고 천지인에서 인(人)은 마음을 뜻한다. 어떤 마음이 진정한 인(人)의 마음인가? 짐승의 마음을 가지면 인면수심(人面獸心)의 악인(惡人)이고, 착한 마음을 가지면 선인(善人)이다. 고로 희구애노탐염, 즉 오욕칠정에서 초월한 중도(中道)의 마음으로 지혜가 있는 마음이다.

그러므로 무사무념무심(無思無念無心)으로 정선혜(正善慧)를 행(行)하며 어떠한 고난도 인과응보로 보고 희구애노탐염에 휘둘리지 말라는 각(覺)을 느꼈다. 이 글을 쓰고 마침표를 찍는 순간 맞다고 시원한 기운이 더 감응한다.

삼공 스승님 선계 스승님 지도령 보호령께 삼배를 올립니다. 또한 현묘지도 카페의 도반 여러분의 도움에 감사드리며, 특히 현묘지도 1단계 진행에 도움을 주신 대봉 김우진, 도선 이원호, 정영범 씨에게 감사드립니다.

아침 겸 점심 생식하고 오후 1시 15분부터 오후 1시 45분까지 (30분간) 오후 수련. 지난 7일 화두가 끝난 걸 오전 화두수련 시 재확인한 거라는 직감이 왔다.

### 2단계 유의삼매 (2018년 1월 9일 오후~1월 14일)

오후 1시 50분 선생님께 2단계 화두 받고 곧바로 백회로 반응이 왔다.

오후 1시 55분~오후 2시 23분(28분간) 2단계 화두수련. 3경 암송 후 0 화두 암송하자 중단전이 하단전보다 더 크게 열감이 있고 박하를 발라놓은 듯하며 노궁으로 기운이 쏟아져 들어온다. 백회로 회오리 기운이 나선형으로 중단을 뚫고 하단전에 꽂힌다. 몸은 앞뒤 좌우로 진동이 있다가 회전하는 걸 반복한다. 행공으로 화두 암송 시 중단전과 하단전이 마중하며 교류하고, 인당이 쪼임과 확장을 반복하며 운기되며 얼굴이 얼얼하게 진동한다.

### 2018년 1월 10일 수요일 (유위삼매 2일째)

오전 0시 54분~오전 1시 34분(40분간) 자시수련. 바다에서 조각배를 탄 것처럼 온몸이 좌우 앞뒤로 계속 흔들리며 어지러울 정도다. 또한 배를 주걱으로 휘젓듯이 아프다. 때론 반가부좌한 한쪽 다리가 들썩들썩한다. 머리둘레는 시원한 기운 덩어리로 머리의 링이 형성되고, 인당은 열릴 듯이 넓혀져 기운이 들어오고 나간다. 시간이 흐르고 인당이 쪼여지면서 벌레가 움직이는 것처럼 스멀스멀한다. 온몸은 물파스를 바른 것처럼 시원함을 넘어 오싹오싹하며 피부호흡을 한다.

오전 2시 취침. 오전 9시에 기상하였으나 중단전이 뭉치고 몸의 무거움에 다시 침대에 누워 오전 10시 22분에 기상. 꿈속에서 고양이가 네발로 철조망에 매달려 있는 모습을 보았다. 순간적으로 나와 인연이 있음을 느꼈다.

밤사이에 눈이 많이 와서 산책 못 하고 집에서 사이클과 캐틀벨 운동, 방석운동 했다. 오후 내내 출입문 디지털 잠금장치 수리로 시간 다 보내고, 가게 영업시간이 다되어 오후 수련 못 했다.

가게에서 행공 시 빙의령과 명현반응 때문에 코감기 증상으로 콧물, 재채기로 수시로 코를 푸느라 일을 제대로 못 하고 화두를 자꾸 잃어버릴 정도다. 그나마 다행인 것은 단전과 아랫배는 따뜻하다. 영업시간 끝날 때까지 몸도 으슬으슬 춥고 하여 따뜻한 물로 샤워하고, 눕고 싶은 심정이 간절하다.

**2018년 1월 11일 목요일 (유위삼매 3일째)**

오전 0시 17분~오전 1시 18분(1시간) 자시수련 (엇박자 진동). 감기 증상으로 따뜻한 물로 씻고 자려 생각했다가 3경구 암송하고 화두수련 한다. 관음법문 파장이 요란하고 처음 느끼는 진동인 단전을 중심으로 하반신과 몸이 엇박자를 놓으며 앞뒤로 수련 끝날 때까지 진행된다. 백회의 기운은 빙의 때문인지 간간히 들어온다. 또한 화두 암송 수련 시 기운이 양쪽 신장, 대장, 소장, 폐, 심장 등 오장육부를 마사지하여 아프고, 익모초 쓴맛의 기운이 목까지 운기된다.

무엇이 있단 말인가? 0 화두를 암송한다. 이 세상은 희구애노탐염, 오욕칠정과 탐진치에 휘둘려 자기 욕심만 채우는 욕계(欲界)의 세상이 판을 치고 있다고 자성은 말한다.

오전 2시 취침. 오전 9시 30분 기상. 감기로 코맹맹이 소리와 목이 답답하고 머리가 아파 띵~ 하다.

오전 10시 44분에 몸이 으슬으슬 추워 와공하려고 침대에 누워 화두 암송 중 화면은 아닌데 어떤 사람이 강아지와 마당에서 놀고 있는 게 느껴졌다. 태양계를 중심으로 목성 화성 토성 금성 수성 지구가 돌고, 지구는 오대양 육대주가 있고 사람은 단전을 중심으로 간담 심소장 비위장 폐대장 신방광이 있다. 태양계는 은하계를 중심으로 돌고, 은하계는 북극성을 중심으로 돈다고 생각하다 잠이 든 거 같다.

아침 겸 점심 생식하고 세면 시 '없다. 없다. 삼천대천 세상도 없다'고 본성의 소리~. 미약하다. 좀 더 열공하자. 묵은 때를 벗겨낸 것처럼 갑자기 몸과 마음이 가벼워졌다는 느낌이 들 때 아무래도 기몸살로 수련이 한 단계 올라간 거 같다. '일체유심조(一切唯心造), 심상사성(心想事成)으로 모든 것은 필요한 것을 단지 만들어 이용할 뿐이지 영원한 것은 아니다'라는 생각이 든다.

오후 3시 이후 코 막힘, 목마름, 목 아픔에 윗잇몸이 아프고 엎친 데 겹친 격으로 인당과 백회로 기운이 안 들어오니 답답하고, 눕고 싶으나 가게 일도 있고, 끈기로 버티며 꿀물에 고추장을 먹으니 좀 풀린다.

오후 9시 45분 이후 백회와 인당으로 기운이 솔~솔~ 들어온다.

오후 11시경 삭신이 쑤시기 시작한다. 이 악물고 참으면서 일과를 끝냈다.

## 2018년 1월 12일 금요일 (유위삼매 4일째)

오후 11시 17분 취침. 오전 9시 기상하여 오전 10시 8분에 화두 잡고 등을 벽에 기대고 앉아 있으나 몸이 물 먹은 스펀지처럼 퍼지고, 콧물이 줄줄 흘러내려 앉아있을 수가 없어 그 자리에 그대로 누웠다.

아침 겸 점심을 백반에 고추장으로 비벼 먹고 가만히 생각해 보니, 이렇게 콧물이 흐르면 영락없이 가슴 답답하고 비염으로 발전하여 숨을 쉬지 못할 정도인데 그런 건 없다. 감기 증상 비슷하면서 기몸살을 앓는 것이 지난 토요일 결혼식, 일요일 동창 모임과 장례식장 출입으로 빙의와 기몸살을 앓고 있다. 기운이 세차게 들어왔다 약하게 들어오다 한다.

가게에서 영업 준비 중 아내가 배즙을 어느새 만들었는지 나에게 먹으라고 내미는데 정말 고맙다고 말하고 맛있게 먹었다. 2단계 화두 암송하며 행공 중 순간적으로 지난 4년 전(2013년)까지 매년 매 12월, 1월이면 찾아왔던 감기와 비염의 치료를 위한 명현반응이라는 직감이 든다.

## 2018년 1월 13일 토요일 (유위삼매 5일째)

오전 1시 취침. 오전 10시 30분에 기상하여 몸의 컨디션을 보니 좀 나아졌다. 도인체조, 접시돌리기, 캐틀벨 운동, 사이클을 타며 화두 암송. 샤워하면서 2단계 화두 암송 중 있는 것은 오직 진공묘유(眞空妙有)한 공(空), 마음만 있을 뿐이라는 느낌과 찌릿찌릿한 감전이 백회에서 단전으로 직진하여 내려왔다.

오후 12시 10분경 아침 겸 점심을 생식하고 글을 정리하던 중 관음법문 파장이 요란하게 일어난다.

오후 2시 57분~3시 33분 (36분간) 오후 수련. 온화하고 따뜻한 열감이 전신을 운기한다. 특히 손이 찌릿찌릿하며 열감이 손끝에 전달된다. 하늘은 똑같은 기운을 모든 생물에게 내려주지만 얼마나 운기조식을 잘 운영하는지? 여부에 따라 기운 받는 양과 질이 다르다는 걸, 기몸살 후 똑같은 기운이 다른 기운으로 느껴지는 걸 보고 확실히 알겠다. 특히 기감이 더 예민해진 거 같다.

**2018년 1월 14일 일요일 (유위삼매 6일째)**

0시 25분~오전 1시 7분(42분간) 자시수련. 3경구 암송 후 일장춘몽과 몽환포영로전이라는 심파가 계속 울린 것과 함께 관음법문 파장이 요란하고 기운이 좌우로 흔들리며 백회에서 하단전으로 직진한다. 수련 진행하다가 중단이 한 점으로 뭉친 후, 얼마의 시간이 흐른 뒤 하단전보다 큰 박하와 함께한 중단전의 열감이 얼마 동안 상단전과 하단전의 중간 다리 역할을 하며 상호 교류시킨다.

잠시 후 태양같이 붉은 금색의 원 모양의 중단전이 점점 커지면서 큰 십자 모양으로 퍼져 나가며 중단이 뻥 뚫리고 시원함이 일어난다. 2단계 화두수련 끝이라는 직감이 왔다.

오전 2시 5분 취침, 오전 11시 20분 기상하여 컨디션을 보니 감기가 코에서 목으로 전이되어 목이 텁텁하고 가래가 끓는다.

오후 2시 5분~오후 3시 3분(58분간) 오후 수련. 왼쪽 머리 위에서 태양의 열감 같은 것이 인당을 노곤하게 비쳐주며 은백색 고리 링이 형성된다. 오늘 오후 수련 시 처음으로 호흡을 분명 하는데, 하는지 안 하는지 모를 정도로 멈춰 있는 듯 미세하게 호흡하고, 중단전이 탁 트이고, 중단전과 하단전 사이에 시원한 원통관이 생겨 그곳으로 통하여 기운이 유통된다.

특히 오늘 오후 수련은 그동안 감기와 기몸살, 빙의로 좌선수련을 못한 것에 대한 기공부의 변화를 준 수련인 거 같다. 한편 오른쪽과 왼쪽의 용천혈로 번갈아 들어온 온화한 열기가 무릎, 고관절을 통하여 단전에 쌓인다.

### 3단계 무위삼매 (2018년 1월 15일~1월 23일)

#### 2018년 1월 15일 월요일 (3단계 무위삼매 1일째)

0시 33분~0시 57분 (24분간) 자시수련. 관음법문만 요동치고 기적인 반응이 없는 것이 2단계 수련은 끝이라는 직감이 인다.

오전 2시 취침. 오전 11시에 기상하여 오래간만에 봉서산 가려 했으나 눈이 쌓여 못 가고, 조금 눈이 녹은 쌍용공원을 걸으면서 화두 암송했다.

오후 1시 아침 겸 점심 생식하고 세탁된 세탁물 건조대에 널다.

오후 1시 25분~2시 34분(60분간) 오후 수련 (지혜와 자비). 어제와 같이 호흡이 태식 호흡에 가깝게 하는 듯하고 중단의 박하 같은 기운이 상단에도 이루어지며 상단에 은백색 바탕이 형성되며 마음은 매우 평온하다. '보고 듣고 익히고 체험한 지식과 배움, 능력을 나의 이기적인 데 쓸 경우 전부 사용할 수 없는 잡된 지식에 불과하고 상부상조할 수 있도록 유용하게 이용하면 참된 지식이다. 이 참된 지식을 하늘과 땅의 이치를 본받아 만물만생에 유용하게 쓸 수 있는 지혜를 갖는 것이 진짜 공부(工夫)'라는 본성의 소리가 들린다.

**2018년 1월 16일 화요일 (무위삼매 2일째)**

오전 0시 37분~0시 40분(60분간) 자시수련. 어제 오후 화두 암송 행공 시 하단전 중단전 상단전을 동시에 박하 같은 기운이 들어와 상호 보완 교류하는 걸 느꼈는데, 자시 화두수련 시 비염 때문인지 염증 냄새가 계속 나면서 그 냄새에 몽롱한 상태가 계속되고, 백회로 시원한 기운이 강하게 들어올 땐 비염 냄새와 몽롱함이 가시어 기운이 들어오는 걸 아는데 약하게 들어올 땐 못 느낄 정도다. 옛날 한옥 같은 집에 감귤 같은 걸 걸어놓아 말리는 것이 연상된다.

오전 2시 취침, 오전 11시 20분 기상하여 1시간 동안 사이클, 푸쉬업, 턱걸이, 방석운동하다. 오후 1시에 아침 겸 점심 생식하고 2017년도 부가세 신고자료 정리했다.

오후 3시 15분~오후 3시 40분(25분간) 오후 수련. 오후 화두수련 했으나 비염의 염증 냄새가 심하고 앉아있을 수 없어 25분 정도밖에 못 했다. 기운이 부드럽고 온화하며, 중단이 빙의로 뭉쳐 있는 듯 짓누른다.

오후 내내 행공과 입공 시 화두 암송하였으나 본성의 소리가 없다. 오후 10시 30분경 정신 차리지 않으면 마음에 정신이 먹혀 버린다. 정신 차리자 하고 정신집중 몰입 중 "무심이 우주심이다"와 "무주상보시(無住相布施)"라는 본성의 소리가 미미하게 들리며 나 자신이 얼마나 업장이 두텁고 애인여기(愛人如己)를 안 했으면 이런 소리가 들릴까? 하는 마음과 전생에 부와 권력이 있을 때 사람에게 모질게 하고 막 대함에 참회의 눈시울이 나도 모르게 젖는다(전생을 화면으로 보진 못 했으나 막연히 부와 권력을 남용한 듯 느낌이 인다).

**2018년 1월 17일 수요일 (무위삼매 3일째)**

오전 1시 취침, 오후 12시 15분에 기상. 최근 2단계 화두수련 후 계속해서 늦게 일어나고 비염으로 몸은 개운치 않다. 눈, 비, 미세먼지 등의 날씨와 감기, 비염, 기 몸살로 실외운동의 부족이 몸의 컨디션을 최대로 끌어 올리지 못하는 것 같다.

오후 2시 30분경 부가세 신고자료를 세무사 사무실에 갖다 주다.

**2018년 1월 18일 목요일 (무위삼매 4일째)**

오전 1시~오전 1시 50분(50분간) 자시수련. 화면도 본성의 소리도 들리지 않고 진전이 없다. 관음법문 파장과 약간의 기운만 느낀다.

비염과 중단의 빙의령 때문인 거 같고 정성이 부족한 거 같다. 단전의 열감으로 중단전이 따뜻하고 독맥의 신도, 척중이 열감으로 감싸며 수승화강이 되고 수련 막바지에 인당으로 황금색 바탕이 보인다.

오전 2시 20분 취침. 오전 11시 51분 기상하다. 계속 늦잠이다. 나에게 무슨 일이 일어나는지 나에게 반문하나 알 수가 없다. 방석운동, 108배 절운동, 접시돌리기로 운동 대체하다. 오후 1시 50분 단국대병원 정신건강의학과에 아버지 치매예방 진료 차 방문하여 상담과 약 처방 받아가지고 귀가했다.

### 2018년 1월 19일 금요일 (무위삼매 5일째)

오전 0시 21분~오전 1시 36분(75분간) 자시수련. 한 호흡 할 때마다 관음법문 파동과 백회로부터의 응집된 기운이 중단을 거쳐서 하단전에 쌓이고 손발을 찌릿찌릿하게 만든다. 수련은 되는 거 같은데 의미될 만한 화면, 자성의 소리, 텔레파시 등이 없다.

오전 1시 49분 취침. 오전 11시 34분 기상했다.

오후 1시 42분~오후 2시 42분(60분간) 오후 수련. 백회와 인당 앞에 축구공만한 기운 덩어리가 백회와 중단전, 하단전을 시원하게 한다. 잠시 후 인당으로 은백색, 노란색, 흑색이 서로 섞여 회전하다 최종적으로 노란색만이 있다가 사라진다. 이런 형태를 몇 번 반복한다. 갑자기 명예욕, 자존심이 생각난다. 아마도 자존심을 없애라는 거 같다. 더 겸손해야겠다.

**2018년 1월 20일 토요일 (무위삼매 6일째)**

오전 0시 50분~오전 2시 23분(90분간) 자시수련. 머리 위에서 직경 5센티 정도의 기운 덩어리가 백회에서 대추혈까지 시원하게 내려오고, 인당으로 노란 은백색이 보이고, 중단전과 하단전을 시원 따뜻하게 한다.

자존심을 버려라. 뿌리가 되라는 자각이 인다. 무슨 의미지? 무슨 뜻인지 자성에 물으니, 욕심인 자존심을 버리고 영원한 뿌리를 찾으라는 자성의 소리와 관음법문 파장이 더욱 요란하며, 기운이 좌우앞뒤로 진동하다가 회전한다. 수련 후반에는 운동 진하게 하고, 샤워한 느낌이 (몸과 마음이 개운한 느낌이) 든다.

오전 2시 41분 취침. 오전 11시 기상하여 식자재 마트 갔다 와서 1시간 30분 동안 봉서산 산책하고 집에서 캐틀벨 운동과 방석운동 및 도인체조 하다.

오후 1시 45분경 아침 겸 점심 생식하다.

오후 2시 42분~3시 23분(48분간) 오후 수련. 한 호흡마다 인당과 백회로 시원한 기운이 들어오고, 온화한 단전을 중심으로 온몸이 시원하고 때론 추울 정도로 손발 특히 허벅지가 차가운 중에도 기운이 진동한다.

**2018년 1월 21일 일요일 (무위삼매 7일째)**

오전 1시~1시 36분(36분간) 자시수련. 3단계 화두 자시수련 기운과 진동이 30분 동안 반응이 없다. 정성이 부족한가? 내일 수련 시 지켜봐야겠다.

오후 12시 4분~1시 42분(자존심). 봉서산 산책하는 동안 화두에 집중하며, 자존심은 하나의 욕심이고 분쟁의 씨앗일 뿐이다. 남이 날 인정해 주는 것이 진짜 나의 존재의 실상이다. 그러므로 겸손하게 나를 낮추고 상대를 존중하면 자연스럽게 상대가 나를 인정하므로 자연스런 상생의 생활이 되겠다는 자각(自覺)이 일며 걸었다.

오후 2시 59분~4시 2분(63분간) 오후 수련(자성). 기운은 머리 위에서 나선형으로 회전하며 백회에서 독맥을 타고 하단전까지 찌릿찌릿 흐른다. 그동안 오욕칠정과 희구애노탐염의 먹구름에 가려 보지 못하던 자성이 가아를 감시하는 위치 즉, 업보의 덩어리인 육체와 마음을 지켜보는 자성을 느끼니 마냥 기뻐서 춤을 출 줄 알았는데 시간이 지나면서 덤덤해지고 가아가 은근슬쩍 자성을 감싸 가리려는 걸 느끼므로, 마냥 즐겁지 않고 일심으로 수련하여 여여함을 가져야겠다.

### 2018년 1월 22일 월요일 (무위삼매 8일째)

오전 1시 50분~2시 25분(35분간) 자시수련(사랑과 겸손). 인당으로 황백색이 보이고, 나선형 기운이 인당으로 들어와 한 호흡 할 때마다 하단전보다 뜨거운 기운이 호흡에 박자를 맞춰 중단전을 축으로 회전함과 동시에 몸을 앞뒤좌우로 진동시킨다. 자성이 무한한 사랑,

겸손만을 말한다.

오전 2시 40분 취침, 오전 10시 기상하여 봉서산을 의수단전 하며 산책하고 돌아오는 길에 싱크대 수도꼭지를 사다가 교체했다. 아침 겸 점심 생식과 사과 반쪽 먹었다.

오후 2시 53분~3시 18분(20분간) 오후 수련. 기운이 미세하게 백회로 회전하며 들어와 신도, 명문과 단전을 따뜻하게 한다.

**2018년 1월 23일 화요일 (무위삼매 9일째)**

오전 0시 33분~1시 13분(40분간) 자시수련. 기운은 공백 상태이고 인당으로 황은백색만 회전한다.

오전 1시 30분 취침. 오후 12시 기상하여 집에서 사이클 타고 캐틀벨 운동과 방석운동, 도인체조 했다.

오후 5시 45분. 선생님으로부터 전화로 무념처삼매와 공처 화두 받았다.

## 4단계 무념처삼매 (2018년 1월 24일~1월 25일)

**2018년 1월 24일 수요일 (무념처삼매 1일째)**

오전 1시 30분 취침. 오전 9시 40분에 기상하여 식재 구입 정리하고 아내와 아침 겸 점심으로 짬뽕먹고, 공주대학교와 휴대폰 매장 들렸다.

오후 2시 34분~3시 26분(50분간) 11가지 호흡 수련. 11가지 호흡법을 숙지한 후 수련 얼마 후 1번 호흡에서 4번 호흡까지 진행되면서 하단전과 중단이 뜨거움과 시원함이 동시에 달아오른다. 5번 이후로는 진행이 안 된다.

오후 8시 이후 변의가 없이 배앓이 하듯이 아프다. 현묘지도 이후 가끔 이렇게 아픈 것이 명현반응인 거 같은데 잘 모르겠다.

**2018년 1월 25일 목요일 (무념처삼매 2일째)**

오전 0시 25분~1시 56분(30분간) 자시수련. 11가지 호흡이 과연 진행이 될까 걱정을 했는데 심기혈정과 심상사성(心想事成)을 믿고 무심으로 관하며 순서대로 의념하니, 단전이 달아오르고 1~4번까지 일사천리로 진행되고 오른팔의 진동과 중단이 달아오르고, 시간이 어느 정도 흐른 다음 5~10번까지 진행되면서 상단은 껌 딱지를 붙여놓은 듯하고, 중단은 박하를 발라놓듯 시원함으로 변하고, 단전을 중심으로 상반신 전체를 시원하게 하여 새털처럼 가볍게 한다 (단침을 수련 중 많이 넘김). 11번은 잘 모르겠다.

무념처삼매 수련하고 공처 화두 암송했다. 하단전과 중단전이 상호 기운이 교류 중 어깨와 대추혈을 누군가 짓누른 듯한 현상이 있은 후, 갑자기 상반신이 서서히 뒤로 넘어가 와공 수련하기를 2번 반복한다. 이 과정이 지난 후 하, 중단전의 열감이 이전보다 더 크게 달아오르면서 백회는 시원한 기운이 들어오고 인당은 황백색이 회전하며 여러 터널을 지나간다.

오전 2시 15분 취침. 오전 10시 50분에 기상하여 큰 아들 독신자 기숙사의 보일러 온수가 꽁꽁 얼어 열선 작업해주고 왔다.

## 5단계 공처 (2018년 1월 26일~4월 19일)

### 2018년 1월 26일 금요일 (공처 2일째)

오전 0시 33분~1시 37분(60분간) 자시수련. 3경구 암송 후 화두수련 몇분 후 머리둘레를 압박, 인당의 쪼임(인당으로 은백색이 보이다가 나중에는 은백색 링 부위에 무지개 빛과 겹쳐진다)과 백회로 기운이 폭포수처럼 들어와 몸의 안팎을 나선형 회오리 기운으로 훑으면서 감싸안아 전후좌우로 진동시킨다. 결국 상체를 빙글빙글 돌린다. 온몸이 춥고 오싹할 정도로 기운이 세게 들어와 양 무릎 위에 올려놓은 손이 하단전 앞에서 자동으로 모아진다. 50분 경과 시 돌부처처럼 굳어진 느낌이다.

오전 2시 취침. 오전 11시 33분 기상하여 봉서산 갔다 오는데 날씨가 혹한이라 귀가하는 데 시간이 지체되었다. 집에서 팔굽혀펴기, 캐틀벨 운동과 철봉운동 했다.

### 2018년 1월 27일 토요일 (공처 3일째)

오전 0시 45분~1시 44분(59분간) 자시수련. 자성의 반응이 없고 진전이 없는 것이 수련에 정성이 부족한 거 같다. 단지 인당의 은백색과 압박 그리고 백회로 기운이 어제보다 약하나 힘차게 들어온다.

정성이 부족함을 생각하며 더 겸손해야겠다 생각한다.

오전 1시 50분 취침. 오전 9시 기상하여 아버지 척추골절 시술받기 위하여 척추 전문병원인 우리병원과 집을 왕복하며 하루를 다 보낸다. 행공 시 저녁 8시 이후에는 백회로 시원한 기운이 소나기처럼 독맥을 타고 내려오고, 하단전에 쌓임과 동시에 단전 아래 하반신이 으슬으슬 기몸살을 일면서 상반신은 작은 진동이 인다.

**2018년 1월 28일 일요일 (공처 4일째)**

오전 0시 48분~1시 31분(49분간) 자시수련. 3경구 암송 후 화두 암송. 얼굴 안면 피부가 부르르 떨리며 진동하고, 인당과 백회로 기운이 들어와 몸 전체가 으슬으슬 춥다. 추우면서도 졸음이 쏟아져 잠깐 동안 졸면서 화두수련 하다가 정신 집중하니 백회로 기운이 들어오고, 인당과 강간이 일직선으로 기운이 관통한다. 오늘도 자성의 반응은 없다.

오전 1시 40분 취침. 오전 11시 55분 기상하여 아침 겸 점심 생식하고 도인체조와 방석운동하고, 세면 후 아버지 입원한 병원 방문하다.

**2018년 1월 29일 월요일 (공처 5일째)**

오전 2시 30분 취침. 오전 10시 30분에 기상하여 도인체조와 방석운동 하고 아버지 병실 들려 몸 컨디션 체크하고 퇴원은 내일 모래로 합의 결정하다.

오후 2시 17분~3시 15분(58분간) 오후 수련. 백회와 인당이 찌릿찌릿하게 기운이 들어와 얼굴 안면을 얼얼하게 하면서 오른쪽 뺨은 벌레가 기어다니듯 스멀스멀한다. 어깨 등판 전체에는 보슬비를 맞는 듯 시원한 기운을 느꼈다.

하단전에 확실치 않으나 연꽃 같은 꽃이 피어나면서 상단으로 올라오더니 사라진다. 인당으로 흑백 태극 모양이 회전하면서 사라지고 나타나기를 반복하다 파란색이 보이더니 없어진다. 얼핏 털모자 쓴 흑인 어린아이 이미지가 떠오르고 인당으로 흐릿하게 어두운 밤 산봉우리에 운무가 떠있는 모습이 보였다.

**2018년 1월 30일 화요일 (공처 6일째)**

오전 0시~1시 30분(90분간) 자시수련. 얼굴 전체를 벌레가 거미줄 치듯이 스멀거린다. 초반부는 잡념으로 집중이 안 되다가 후반부에 머리 전체로 기운이 쏟아지고 안면으로 시원한 기운이 들어온다. 비구 스님 얼굴과 불빛이 반짝이는 한밤의 절이 이미지로 보이고, 하단전에 거하신 부처님 상이 보인 것 같으나 잘 모르겠다.

오전 1시 55분 취침. 오전 10시 5분 기상하여 봉서산 산책하고 집에 와서 캐틀벨 운동과 방석운동, 도인체조 했다.

오후 12시 30분 아침 겸 점심 생식하고 아버지 병문안 갔다옴.

오후 2시 35분~3시 22분(48분간) 오후 수련. 백회로 들어오는 기운이 너무나 세어 두상이 얼음 덩어리로 가득하고 양쪽 어깨부터 팔 전체, 상 중 하단으로도 시원한 기운이 세차게 들어와 온몸이 오싹하다. 독맥의 신도혈에서 명문까지는 찌릿찌릿하며 시원한 기운이 들어온다. 오후 수련은 축기수련인 거 같다.

### 2018년 1월 31일 수요일 (공처 7일째)

오전 0시 22분~1시 41분(80분간) 자시수련. 백회와 인당으로 기운은 여전히 잘 들어오고 얼굴은 가끔 가렵다. 또한 뚜렷한 화면이나 자성의 소리가 없고, 단지 깊은 산골짜기의 동굴 속 바람소리 같은 관음법문 파장이 요란하다.

오전 2시 15분 취침. 오전 10시 18분에 기상하여 식자재 구입 정리 후 아버지 입원한 병원 방문, 퇴원 수속 밟아 집으로 모시고 왔다.

### 2018년 2월 1일 목요일 (공처 8일째)

오전 0시 10분~1시 5분(55분간) 자시수련. 박하같이 시원한 기운이 백회, 인당, 온 몸에 들어오고 인당으로 황금색 조그마한 덩어리가 점점 커지면서 한낮의 태양 형태가 되어 인당으로 들어오는 것이 여러 번 반복되다 사라진다.

오전 1시 50분 취침. 오전 11시 40분 기상을 늦게 하여 산책 못하고 도인체조와 방석운동 하다.

오후 1시 45분~2시 55분(60분간) 오후 수련(아집 감지). 중단전에 뭉쳐있는 오욕칠정의 덩어리인 아집이 껍질이 매우 단단한 동그란

원의 형태로 감지되어 쉽게 흩어질 거 같지 않다. 그 아집 안에는 아무것도 실체가 없는, 내 것만을 고집하는 그 아집이 단단한 껍질을 만드는 거 같다. 그 아집의 껍질을 깨려면 역지사지, 상부상조, 애인여기의 실상을 체험하여 깨우침으로써 상생의 이치로 살아야겠다.

**2018년 2월 2일 금요일 (공처 9일째)**

오전 0시 43분~1시 23분(40분간) 자시수련. 3경구 암송하고 화두수련 하였으나 오늘도 앞이 절벽이 있는 것처럼 무덤덤하고 허리가 아파서 좌선하다가 와공수련으로 자세 바꿔 수련하다 취침했다.

오전 1시 50분 취침. 오전 11시 기상하여 방석운동과 도인체조하고 아침 겸 점심 생식과 사과 반쪽 먹다. 영업 중 바쁘지 않아 현묘지도 수련자 20대 이종림 선배의 수련체험기 2번째 읽는 중 호흡에 집중하지 말고 화두에 집중하라는 말을 되새겨야겠다.

**2018년 2월 3일 토요일 (공처 10일째)**

오전 0시 26분~1시 37분(70분간) 자시수련. 3경 암송 후 화두 암송. 백회에서 공기 방울이 터지듯 뽕~뽕~ 하며, 강간과 인당의 압통이 심하게 아프면서 인당으로 외눈박이 눈이 처음은 어두운 터널을 한참 진행하다가 은백색 고리를 형성하며 라이트 불빛을 비춘다. 하단전과 중단전이 마중하며 달아오르면서 몸통을 덥게 한다. 또한 하단전 아래 하반신을 시원하게 하는 것이 피부호흡을 하는 거 같다.

어제 오전 장 보고, 내시경 시 용종 떼어낸 큰 아들이 한밤중인 오전 1시 50분에서 오전 6시 25분까지 응급실에 입원했다. 가슴이 답답하고 머쓱거리고 헛구역질이 심하게 나는 것이 빙의가 심하게 된 거 같다. 화두수련 시 빙의령이 들락날락해도 신경이 쓰이지 않았는데 이번은 좀 신경이 쓰인다.

오전 6시 40분경 집에 와서 아버지 아침 챙겨 드리고, 오전 7시 15분 취침. 오후 12시 30분 기상하여 아침 겸 점심 생식과 사과 반쪽 먹다. 장근술과 데드리프트 등 운동했다.

오후 1시 21분~2시 20분(60분간) 오후 수련. 3경구 암송 후 화두수련 시작하면서 하단전과 중단전이 장작불이 타고 난 후의 붉은 숯불로 맞불을 놓은 듯하다. 백회 근처가 원형으로 없어진 듯하고, 인당은 오전 자시수련 때보다 편안한 황백색을 비추는 것이 우주 중심과 연결된 기분이 들면서 이런 상태가 한참을 진행하다가 보라색으로 변했다, 다시 황백색으로 바뀌면서 수련이 진행된다.

수련 후반부에 보라색과 검정색이 조화를 이루면서 새의 여러 모양이 나타났으나 화면이 흐릿하여 잘 모르겠다. 하단전의 기운층이 단전을 중심으로 원형으로 증폭되면서 중단전을 넘어 상단전 근처까지 원형 기운층을 형성하고 수련 마쳤다.

### 2018년 2월 4일 일요일 (공처 11일째)

오전 0시 30~1시 35분(60분간) 자시수련. 백회, 강간, 아문 혈이 하나로 연결되어 시원한 기운이 유통된다. 중단전은 빙의로 꽉 막혀 있고, 하단전만 따뜻한 온기가 있으면서 호흡 시 기운이 몸통을 트위스트 치듯 휘젓고 다닌다. 인당은 황백색 바탕에 달팽이 무늬(모형)의 황금색이 인당으로 회전하며 들어와 하나의 블랙홀을 지나고 다른 블랙홀로 진입하기를 반복한다. 잡념으로 더 이상 진행이 안 되고 왼쪽 허리가 아파서 수련을 마쳤다.

오전 2시 30분 취침. 오전 10시 50분 기상하여 방석운동, 장근술, 팔굽혀펴기, 캐틀벨 등 30분간 운동하다.

오후 4시 55분부터 1시간 30분 (35분간) 동안 오후 수련 1시간 계획이었으나 10분 정도 진행 중 졸리고 허리가 아파 와공하다 40분 잤다.

**2018년 2월 5일 월요일 (공처 12일째)**

오전 0시 25분~1시 42분(70분간) 자시수련(자성). 3경 암송 후 화두 ○○ ○○○○이 가리키는 나는 생장소병몰(生長消病歿) 하여 없어지는 물거품에 지나지 않는 몸 육체는 아니고, 유유자적하며 무엇이든 될 수 있는 불생불멸한 진공묘유한 자성, 볼 수도 만질 수도 없지만 느낄 수 있는 텅~ 빈 청정한 공아는 이미 강재이뇌(降在爾腦)한 자성을 감지함에 감사와 충만감이 인다. 생장소병몰(生長消病歿)의 고(苦)로 물거품에 지나지 않는 육체의 욕심에 이끌려 얼마나 많은 인과응보를 의식적, 무의식적으로 지었을까? 생각하며 인과의 굴레에서 벗어날 수 있는 애인여기, 여인방편 자기방편을 되새기는 계기가 되었고, 이 공부를 할 수 있게 해 주신 삼공 선생님, 선계 스승님, 보호령 지도령, 자성에 마음속으로 감사드린다.

하단전은 쉴 새 없이 정기를 공급한다. 인당은 황백색이 회전하며 여러 터널을 지나 흑백의 그림자가 무엇인가를 표현하려는 것 같은데 잘 모르겠다.

오전 2시 30분 취침. 오전 10시 45분 기상하여 40분간 방석운동, 접시돌리기 스트레칭과 캐틀벨 운동 등을 했다. 아침 겸 점심 생식하고 천안 중앙시장에 들렀다 왔다.

**2018년 2월 6일 화요일 (공처 13일째)**

오전 1시 2분~2시 3분(60분간) 자시수련 (부처님의 삶처럼 상생의 행). 큰 이모부께서 돌아가셔 장례식장에 문상하고 와서 그런지 화두수련 30분 이상 지났는데 변화가 없어 일어나려 하다가, 변화 없는 가운데 변화가 있을 거란 생각에 수련 지속 후 자성에서 '육신과 마음을 부처님의 삶처럼 행하라' 한다. 부처님처럼? 의문을 가지니, 바르고 착하고 지혜롭게 생활하란 자성의 소리다.

오전 2시 15분 취침. 오전 9시 30분에 기상하여 봉서산 산책하며 3경구 암송 후 화두 암송. 자시수련 시 부처님의 삶처럼 행하라는 것을 되새긴다. 자등명(自燈明) 법등명(法燈明)을 의지하고 행하라, 무심의 삶 속에 상부상조, 상생을 행하라~를 자각하며 관음법문 파장이 요동을 친다.

### 2018년 2월 7, 8일 목, 금요일 (공처 14, 15일째)

어제(7일)는 장례 화장터와 장지인 동면 광덕사 절에 들리고, 오후 저녁엔 모임과 가정사(부친 병환 문제)로 인하여 수련 못 했다.

8일 오전 2시 30분 취침. 9시에 기상하여 아버지 아침 식사 드리고 몸과 마음이 지쳐서 다시 누워 자고 일어나 봉서산 가면서 『천부경』, 『삼일신고』, 『대각경』 암송 후 화두 암송하면서 산책하고 오니 개운하다.

### 2018년 2월 9일 금요일 (공처 16일째)

오전 0시 43분~1시 37분(50분간) 자시수련. 빙의로 인하여 중단이 답답하고 백회로의 기운이 감지되지 않다가 점차적으로 머리 윗부분이 없고 인당과 백회로 기운이 청량하게 들어온다. 인당으로 황백색 고리가 생겼다가 사라지고 노란색만 보인다.

오전 1시 50분 취침. 오전 10시 30분 기상. 마트 식자재 구입하고 아침 겸 점심 생식했다.

오후 3시~4시 삼공재 화두수련(공이다~). 3경구 암송하고 화두 암송하였으나 초반에는 빙의로 인하여 대추혈과 아문 사이 목 부분, 어깨, 왼쪽 복부가 아프고, 뻑적지근하며 중단전이 답답함이 수련 후반에 중단전과 하단전이 마중 유통되며 독맥의 등줄기와 임맥의 하단전과 중단전의 열감 증폭으로 숨통이 트이고 풀린다.

고속버스에서 내려 주차되어 있는 자동차로 걸어가는 동안 화두 암송하며 걷는다. 관음법문 파장이 커지면서 청량한 기운이 상단에 응집되면서 '공(空)~이다 공(空)~이다'라는 자성의 소리를 듣는다.

**2018년 2월 10일 토요일 (공처 17일째)**

오전 1시 7분~1시 58분(50분간) 자시수련. 인당의 황백색만 보이고 머리 전체가 시원하다. 그 외는 특이한 사항 없다.

오전 2시 취침. 오전 10시 45분에 기상하여 1시간 동안 봉서산 산책하면서 3경 암송 후 화두 암송하며 집으로 오는 산 능선 길에서 회오리바람이 일면서 '봉추'라는 자성의 소리가 들린다. (삼국지에 나오는 인물? 의문만 갖는다.)

**2018년 2월 11일 일요일 (공처 18일째)**

오전 10시 30분 기상하여 화두 암송하며 봉서산을 산책하다. 몸은 걷고 있는데 마음은 잡생각에 가 있어 가끔 화두 잃어버리면서 산책하다. 집에 오니 아버지께서 설사를 또 하셔서 샤워와 머리 감겨 드리고, 뒤처리 한 후 도인체조 하고 운동 마무리하다.

오후 1시 20분~2시 56분(46분 간) 1차 오후 수련. 초반에 하단전에 집중이 잘되는 듯하였으나 하단전의 축기 부족으로 졸음이 쏟아진다. 인당의 나선형 황백색이 회전하면서 인당 앞으로 향하였다가 사라지고를 반복한다.

오후 10시 2분~11시 45분 (90분 간) 2차 오후 수련. 화두수련 초반부는 백회에서의 시원한 기운이 중단을 시원하게, 하단전은 시원함과 따뜻함을 동시에 주면서 팔과 몸통을 오싹하게 한다. 인당은 황백색에 검은 원이 형성되다 사라지면서 은백색 고리를 형성 반복한다. 후반부는 몸통과 팔이 따뜻함을 유지한다. 화면은 안 보이고 기운은 약하면서 끊어진 거 같다.

**2018년 2월 12일 월요일 (공처 19일째)**

오전 1시 취침. 오전 9시 30분에 기상하여 아버지 병환으로 천안 의료원 치과, 비뇨기과, 내과 들려 진료받고 왔다.

오후 2시 14분~2시 54분(40분간) 오후 수련. 하단전의 열감과 팔과 어깨 부분의 피부호흡 외에는 기운이 안 들어온다.

**2018년 2월 13일 화요일 (공처 20일째)**

오후 12시 49분~오전 1시 17분(27분간) 자시수련. 3경구 암송하고 화두 암송으로 단전의 열감과 백회로 기운은 들어오고 인당 앞이 황백색 바탕에 흰 백색 고리가 보이고 다른 변화는 없고 하여 잠을 청하다.

오전 1시 20분 취침. 오전 8시 40분에 기상하였으나 눈이 쌓인 관계로 봉서산을 20분 늦은 1시간 50분 동안 산책하였다. 아침 겸 점심 생식 먹고 오후 2시 병원에 들려 아버지 대신 약을 타오면서 마트에 내려준 아내 데리고 집에 오니 하루가 다 갔다.

**2018년 2월 14일 수요일 (공처 21일째)**

오전 10시 기상하여 사이클 30분 운동 후 도인체조 하는 동안 한 생각.

**-한 생각-**

인과응보의 이치는 한치도 어긋남이 없음을 머리로는 알아, 이 이치를 실행(實行)하려 하나 지키지 못하고, 때로는 실천하려 하나 주위의 환경이 따라주지 않아 가족을 이해시키지 못한 것에 대한 자괴감과 업보를 인식한다.

40분간 오후 수련. 백회와 인당으로 청량하게 기운이 들어 왔다 안 들어 왔다 한다. 자성의 소리 또는 화면이 안 뜨니 답답하다.

**2018년 2월 15일 목요일 (공처 22일째)**

오전 1시 30분 취침. 오전 10시 30분에 기상하여 봉서산 산책하고 돌아와 방석운동, 도인체조 하다. 오늘까지 8일째 연속되는 아버지 설사에 속수무책이다. 『선도체험기』 100권 읽는 중이며 수련은 하나 진전이 없는 것이 축기가 부족한 것 같아 의수단전하며, 축기에 전념하면서 서두르지 않아야겠다.

**2018년 2월 16일 금요일 (공처 23일째)**

오전 2시 20분 취침. 오전 11시 10분에 일어났다. 오늘은 설 명절이나 부친의 병환으로 명절 차례를 안 지내기로 하여 봉서산 산책하고 돌아와 도인체조 했다. 배가 고프지 않아 아침 겸 점심을 생식 대신하고 좀 있다가 사과 한 개를 먹었다. 행공 시 하단전과 중단전이 가끔 마중하며 열감이 증폭된다.

**2018년 2월 18일 일요일 (공처 25일째)**

오후 10시 25분~11시 25분(60분간) 화두수련. 백회와 머리 전체로 청량하고 시원한 기운이 들어오고 인당은 후레쉬 불빛을 비춰도 아무것도 보이는 게 없다.

**2018년 2월 19일 월요일 (공처 26일째)**

오전 1시 5분 취침. 오전 9시 30분에 기상하여 봉서산 산책하고 집에서 캐틀벨 운동하는 동안 지난밤 자면서 의수단전해서 그런지 단전 부근 근육이 뭉친 것처럼 아프다. 아침 겸 점심 생식하고 머리 깎고 아버지 비뇨기과 약을 처방받아 집에 오니 오후 3시가 넘었다.

**2018년 2월 20일 화요일 (공처 27일째)**

오전 1시~1시 36분(36분간) 자시수련. 관음법문 파장 요란하고 백회와 인당으로 시원한 기운이 여전히 들어오나 변화가 없다.

오전 10시 45분 기상하여 봉서산 산책하는 동안 수승화강이 되어 몸이 후끈후끈 했다. 집에 와 보니, 아버지께서 허리의 다른 부분이 또 아프다고 하여 척추 전문병원에 입원하고, 내일 MRI 결과 보고 시술 여부를 결정하기로 했다. 가게에서 손님이 없는 틈을 타 『선도체험기』 102권 읽고 있는 중.

**2018년 2월 21일 수요일 (공처 28일째)**

오전 12시 20분~12시 50분(30분간) 자시수련. 날씨 좋은 어느 날 깊은 산속에서 강아지와 사람들이 뒤섞여 산책하는 모습이 화면이 아닌 마음으로 연상된다. (여러 가지 연상되었으나 기억나지 않음).

오전 1시 10분 취침. 오전 8시 기상. 아버지 입원하신 병원에 방문하여 MRI 결과 흉추 8번 골절로 시술하기로 하였으나 예정보다 늦은 오후 3시 23분 수술실 입실하여 오후 4시 16분 수술실에서 시술 끝나고 입원실로 옮기셨다.

오후 가게일 하는 동안 한 생각 든다.

**–한 생각 (마음과 행동)–**

마음을 일으키는 것이 의식과 무의식의 원인으로 일어나고, 또 하나는 생각과 가치관의 원인으로 마음을 동요시켜 몸이 행동하도록 한다. 고로 마음에 일어나는 모든 파장과 연상은 원인 없는, 무의미한 것은 없으므로 모든 마음의 상과 파장은 의미가 있다. 그러므로 무심으로 일어나는 파장과 연상을 관찰하자는 생각을 했다.

**2018년 2월 22일 목요일 (공처 29일째)**

오전 10시 30분에 기상하여 식자재 마트 갔다 오고 입원한 아버지 병실 들린 후 대학병원에 가서 약을 대신 받아 왔다.

**2018년 2월 23일 금요일 (공처 30일째)**

오전 0시 15분~1시 13분(58분간) 자시수련. 초반은 빙의령으로 가슴과 백회의 답답증이 있었으나 수련 종반에 인당과 강간을 직선으로 연결한 움푹 들어 간 골짜기를 만들고, 그 골짜기와 백회에 시원한 기운이 쏟아진다.

오전 1시 30분 취침. 오전 9시 30분 기상하였으나 몸이 찌뿌듯하고 무겁고, 가슴을 짓누르고 답답한 것이 빙의된 거 같다.

큰 아들 졸업식에 가족 동반 참석하는 관계로 오후 수련을 하지 못했다.

오후 8시 9분에 둘째 남동생이 전화로 입원한 아버지께서 설사가 심하니 요양병원 알아보자고 상의하다.

**2018년 2월 24일 토요일 (공처 31일째)**

오전 8시 50분 기상하여 세면 후 아버지 병원 퇴원 수속 밟고, 설사로 인한 대처가 집에서는 힘들 거 같아 요양병원 가자고 하니 싫다고 반대하시어 일단 집으로 모시고 귀가하여 추이를 보고 대책을 세워야겠다. 집에 와 아버지 샤워 시켜드리고, 큰 아들 차량 구매로 대리점 방문하여 차량 시승과 상담 했다.

가게에서 행공 시 하단전의 기방이 터질 듯한 열기가 온몸으로 퍼진다. 『선도체험기』 102권 다 읽음.

**2018년 2월 25일 일요일 (공처 32일째)**

오전 8시 50분 기상 예정이었으나 몸이 천근만근으로 무거워 오전 10시 30분에 기상하여 봉서산을 큰 아들과 오래간만에 둘이서 산책하면서 선도 얘기와 관련된 기 마음 몸에 대해서 간략하게, 그리고 가족(동생, 아내, 할아버지)에 대한 여러 가지를 공감하고 때론 반론하며 산책하고 결론은 모든 일에 긍정의 마인드를 갖자였다.

오후 2시 15분 ~3시 13분(58분간) 오후 수련. 3경구 암송 후 화두 암송. 백회로 시원함이 들어오고 백회의 우측과 오른쪽 귀 방향으로 일자(-) 모양으로 뜨거운 화기의 열감이 형성되다가 시원함으로 변하면서 들어온다. 얼마간의 시간이 흐른 다음 인당으로 흑백의 태극 모양이 회전하다가 작은 하나의 검은색으로 변하더니 사라진다(반복적으로 여러 번 한다). 진행 후 원형 황백색 고리가 생성되고 사라짐을 반복한다. 전체적으로 황색 바탕에 은백색 고리가 생성과 사라짐을 같은 방법으로 반복 일어난다. 수련 중 신혼 초라는 인상이 드는 남자가 부인을 감싸 안고 걷는 모습이 마음의 상으로 떠오르다 사라졌다.

가게 영업 중 허리의 대맥에서 상체 방향으로 90도 직각으로 부챗살 같은 것이 뻗어 올라오면서 그곳을 통한 기의 파동이 느껴지며 중완 부근의 뱃속이 따뜻하다.

**2018년 2월 26일 월요일 (공처 33일째)**

오전 0시 17분~0시 51분(34분간) 자시수련. 3경구 암송 후 화두수련. 백회로 시원한 기운 들어오고, 인당과 양쪽 볼이 안으로 움푹 들어간 느낌이다. 시간의 흐름에 단전의 열감과 오른쪽 가슴 아랫부분, 췌장, 위(胃) 부위에 시원한 기운이 들어가고, 이번에는 양쪽 가슴 아래 부위가 시원하면서 열감이 형성된다.

오전 10시 기상하여 아내와 봉서산 산책했다. 날씨가 따뜻한 것이 봄의 기운이 서서히 다가옴을 느끼며, 돌아오는 길에 단전의 열감이 양 가슴 밑 부분을 후끈함과 시원함으로 감싼다.

오후 1시 48분~2시 19분(30분간) 오후 수련. 수련 초반 인당과 백회가 꽉 막힌 것이 빙의가 심한 거 같다. 왼쪽 어깨와 목을 짓누르고, 머리를 어지럽더니 수련 후반에 인당과 백회가 약간 트이는 듯하였으나 졸음이 수련을 방해한다. 의식의 뿌리가 하단전에 튼튼하게 자리를 잡고 축기가 충분해야 수련이 일취월장할 거 같다.

**2018년 2월 27일 화요일 (공처 34일째)**

오전 10시 기상하여 평소와 같이 봉서산 산책하는데 오늘은 몸이 어제보다 가볍게 다녀왔다. 가게와 집의 연탄난로의 불을 갈고, 아내가 지인 만나러 나가면서 아버지 점심에 대하여 일러준 대로 식사 드리고, 방석운동과 스트레칭 하고 샤워 후 아침 겸 점심 생식했다.

오후 1시 46분~2시 45분 (60분간) 오후 수련. 『천부경』 암송 시부터 인당의 쪼임과 백회로 시원한 기운이 들어와 얼굴 전체를 경직시키고 인당 앞이 은백색 바탕이다. 대추혈의 왼쪽 부분을 포함한, 어깨가 묵직하고 뻐근하다. 중단전과 단전의 열감이 마음을 평온하게 한다.

**2018년 2월 28일 수요일 (공처 35일째)**

오후 2시 15분~2시 53분(38분간) 오후 수련. 3경구 암송시 백회, 인당, 송과체가 엘(L) 자로 연결되면서 시원한 기운이 회전하며 백회로 들어와 중단전을 거쳐서 하단전에 안착한다. 화두수련 시 인당으로 눈을 감은 형태가 보였다 사라짐을 반복하고, 은백색 고리가 오랫동안 지속되며 머릿속은 청량 시원한 기운 덩어리가 머물러있으며 하단전은 포근함을 감싼 따뜻함이 지속된다.

**2018년 3월 1일 목요일 (공처 36일째)**

오전 0시 40분~1시 36분(56분간) 자시수련. 인당에서 강간혈로 직선(—)으로 맞뚫어 시원하고, 백회의 회전하는 기운이 송과체를 거쳐서 중단전을 따뜻한 기운으로 바꾸고, 하단전에 안착하여 따뜻함을 준다. 인당 앞이 때때로 은백색 바탕이었다가 황백색 바탕으로 변함을 준다.

오후 1시 45분~2시 25분(40분간) 오후 수련. 3경구 암송 후 화두 암송. 백회와 인당이 송과체를 중심점으로 직각으로 만나는 상단전에 응집된 기운이 보라색으로 보인다. 인당과 양쪽 인영혈이 당기면서 아프다.

**2018년 3월 2일 금요일 (공처 37일째)**

오전 11시 30분에 기상하여 아버지 병원에 모시고 가 치료받고 왔다. 아침 겸 점심 생식하고 식자재 마트 가는 길에 작은 아들 학교에 데려다 주고, 식자재 준비물 구입 정리했다.

오후 2시 15분~2시 40분(25분간) 오후 수련. 3경구 암송 후 화두 암송. 단전 부위 배가 따뜻하고 온몸이 오싹한 것이 피부호흡이 되는 거 같다. 특히 얼굴과 어깨에서 팔, 손 부위가 경직된다.

**2018년 3월 3일 토요일 (공처 38일째)**

오전 1시 11분~1시 45분(34분간) 자시수련. 3경구 암송 후 화두 암송. 오늘은 단전의 열감이 대맥을 중심으로 상체 쪽으로 특히 등의 척중과 신도혈을 뜨겁게 하며 상승한다. 상단전의 변화는 없고 마음의 상이 여러 개 떠오르면서 고개를 앞으로 떨구며 졸음이 쏟아져서 수련 중단하고 취침했다.

오후 2시 3분~3시(57분간) 오후 수련. 3경구 암송 후 화두 암송.

얼굴의 눈, 코 부위를 제외하고 피부가 한 꺼풀 더 두꺼워진 듯 경직되고 화한 느낌이 난다. 30분 경과 시 백회와 인당으로 시원한 기운이 들어온다. 특히 백회로의 기운이 봄날의 햇살 같은 뜨거운 열감으로 강간, 아문, 대추혈 등 독맥혈을 타고 명문, 장강까지 내려가 하단전과 중단을 따뜻하게 하며 일주한다. 또한 인당으로 기운이 들어오면서 코로 호흡하듯이 인당의 움직임이 느껴진다. 팔과 상체의 피부가 파르르 기의 흐름을 느끼며 시원하다.

**2018년 3월 4일 일요일 (공처 39일째)**

오전 0시 40분~1시 35분(55분간) 자시수련. 수련 전 행공 시 백회로 공깃밥 뚜껑만 한 크기로 뜨겁고 시원한 열감의 응집된 기운이 들어와 중단전을 따뜻하게 하고, 하단전은 화롯불을 품어 기운 유통이 잘되는 상황이라 수련 진전을 기대했는데 인당혈과 태양혈을 중심으로 머리띠를 형성하고 백회에 청량한 기운 덩어리만 있을 뿐 화면으로는 진전이 없다.

오전 10시 30분에 기상하여 간단하게 스트레칭하고, 아침 겸 점심 생식 후 큰 아들 도로 운전 연습 도와주고, 돌아와 봉서산을 산책했다.

**2018년 3월 5일 월요일 (공처 40일째)**

오전 7시 5분에 기상하여 예비군 훈련장에 데려다 주고 집에 왔다. 모자란 잠 보충하고 『선도체험기』 104권 다 읽고 105권 읽는 중이다.

### 2018년 3월 6일 화요일 (공처 41일째)

오전 0시 19분~1시 16분(57분간) 자시수련. 3경구 암송 후 화두 암송. 기운이 회전하며 인당과 백회로 들어오고 인당으로 하늘을 감시하는 흑백 레이다처럼 시계 방향으로 회색 바탕에 검은 바늘침이 한동안 돌아가는 것이 보이다가 원형 검은 핵을 에워싼 은백색 고리가 돌다가 황백색 고리로 변하여 도는 현상이 보인다.

오늘은 오전 7시 20분에 눈이 뜨여 일어남.

오전 8시 11분~8시 42분(30분간) 오전 수련. 3경구 암송 후 화두 암송. 관음법문 파장이 일고, 인당으로 황백색, 은백색, 검은색의 핵 주변에 흰색이 회전하다가 보라색으로 변하여 회전한 후 보라색 바탕이 보인다.

### 3월 7일 수요일 (공처 42일째)

오전 0시 40분~1시 20분(40분간) 자시수련. 3경구 암송 후 화두 암송. 인당으로 황색바탕에 흰색 고리 원형이 회전하고, 오욕칠정과 탐진치에 휘둘리지 않기 위하여 항상 깨어있는 마음을 간직해야 한다는 마음의 울림이 일어난다.

오전 10시 14분에 기상하여 봉서산을 아내와 산책하다(마음의 소리). 산책하는 동안 3경 암송과 화두 암송하며 '바르고 착하고 지혜로워라'는 마음의 소리, '이 정선혜(正善慧) 한 마음을 가지려면 정충, 기장하여 튼튼한 몸을 가지고 신명이 밝아야 바르고, 착하고 지혜로운 마음을 가지고 행(行)할 수 있다'는 자성의 소리를 마음에 각인시킨다.

아침 겸 점심 생식하고 산소 잔디에 뿌리는 제초제를 천안 농협 조합에서 사왔다. 저녁 가게 영업 중 상중하 단전이 일직선으로 시원한 원통 기운 기둥이 형성된다.

**3월 8일 목요일 (공처 43일째)**

오전 0시 35분~1시 26분(50분간) 자시수련. 3경구 암송 후 회두 암송. 시작과 함께 등이 한낮의 햇볕 아래에 있는 것처럼 따뜻하고 백회와 인당으로 시원한 기운이 감돈다. 시간이 흐르면서 눈과 인당이 없는 듯하고, 광대 부분은 경직될 정도로 기운 층이 형성된다. '모든 난관은 인과의 결과물이므로 하나의 업보를 갚는다 생각하고, 인과응보를 확실히 철저히 믿고, 무애행(無碍行)을 행하라'고 자성의 소리와 관음법문 파장이 요란하다.

오전 10시 20분 기상하여 방석운동, 캐틀벨 운동하고 스트레칭하다.

오후 2시 44분~3시 26분 (42분간) 오후 수련. 3경구 암송하고 화두 암송. 수련 중 잠시 동안 속 빈 통나무처럼 두상과 몸통의 윗부분이 텅~빈 청량한 기운만 가득 찬 몸을 느끼며 약간의 충만감과 담담한 기분 상태를 느꼈다.

### 3월 9일 금요일 (공처 44일째)

오전 0시 25분~1시 19분(54분간) 자시수련. 3경구 암송과 화두 암송. 풀벌레 소리의 관음법문 파장이 요란하다. 하단전의 열감이 중완과 몸통을 따뜻하게 하고, 백회가 빙의로 꽉 막혀 수련 초반에 갑갑했는데, 수련 중반부에 천도되고, 기운이 들어와 천목혈 부분을 시원하게 하면서 인당에서 찍~ 찍~ 소리가 2번 정도 났다. 잡념 같지 않은데 마음의 상이 여러 개 떠올랐는데 기억이 나지 않는다.

오전 10시 30분에 기상하여 산소에 있는 과일나무 가지치기를 하고 왔다.

### 3월 10일 토요일 (공처 45일째)

오전 9시 기상하여 신차 k3 시승식하고, 고등학교 윷놀이 대회에 참석하여 인사만 하고 왔다.

### 3월 11일 일요일 (공처 46일째)

오전 0시 35~1시 20분(45분간) 자시수련. 3경구 암송, 태을주 주문 후 화두 암송했다. 전파 소리의 관음법문 파장이 요란함, 단전의 열감, 대맥 돌고, 백회와 인당으로 기운 들어오는 것 외에 특이 사항 없다.

오전 9시 기상하여 밭에 가서 제초 매트 재 설치했다.

**3월 12일 월요일(공처 47일째)**

오전 10시 기상하여 식재료 사가지고 와서 정리했다. 행공하며 화두암송 중

**-한 생각-**

자성의 한자는 스스로 자와 마음 심 변에 날 생자로 이루어진 성은 마음이 일어난 자리로 마음은 생각의 누적으로 마음이 생겨나 행(行)하므로, 바르고 착하고 지혜롭게 행하려면, 정선혜(正善慧)한 생각을 항상 가지고 착하고 바르고 지혜로운 마음을 무심한 가운데 행하는 모든 행동이 자연스러운 이타행(利他行)이 될 수 있는 경지까지 수행하자. 모든 인과응보는 무사무념무심으로 관하고 하나씩 하나씩 업보를 해소해야 한다고 생각했다.

**3월 13일 화요일 (공처 48일째, 축기를 위한 주문수련 시작)**

오전 0시 20분~1시 22분(62분간) 자시수련. 수련에 진척이 없는 것이 축기 부족인 것 같아 오늘부터 축기 강화를 위하여 주문수련을 하기로 하고, 3경구 암송 후 시천주주와 태을주 암송하며 하단전 축기를 위하여 하단전에 정선혜와 무사무념무심을 의념하며 수련했다. 특히 태을주 수련시 축기가 강화되면서 백회와 인당, 머리 둘레로 시원한 기운이 들어오고, 깊은 숲속의 바람소리의 관음법문 파장이 요란하다.

오전 9시 20분 기상하여 봉서산 산책하고, 아침 겸 점심 생식하다. 아버지 비뇨기과 상담하고 약 처방받아 왔다.

오후 2시~2시 45분 (45분간) 오후 수련 (태을주 주문수련). 인당의 은백색 원형 고리와 단전의 열감이 평이하고 중단전이 답답한 것이 빙의가 심한 듯하다.

오후 행공 시 빙의로 몸이 찌뿌듯하였으나 어느새 빙의가 천도되었는지 수승화강이 되면서 몸이 가벼워진다.

**3월 14일 수요일 (공처 49일째)**

오전 1시 6분~1시 33분 (29분간) 자시수련. 3경구 암송하고 시천주주와 태을주 수련하다. 인당으로 은백색에 노란색이 깃든 원형 고리가 회전한다. 단전과 온몸이 날씨 때문인지 너무 덥고 졸음이 와서 30분 정도밖에 수련 못 했다. 졸음이 온 것은 마지막 손님한테 빙의되어 졸은 거 같다.

오전 9시 15분에 기상하여 봉서산을 산책하는 동안 머릿속이 산만하다. 아내가 왼쪽의 고관절이 아프고, 아버지는 병환이 좀 나은 듯하니, 또 다시 무료 급식소에서 이것저것 먹을 것을 가져온다. 가슴은 빙의로 답답하고 엎친 데 덮친 격으로 머리가 더 복잡하고 몸이 무겁다. 인과응보의 업을 슬기롭게 헤쳐 나가려면 정신 똑바로 하고, 정선혜를 몸에 배게 하여 습관을 들여야겠다.

### 3월 15일 목요일 (공처 50일째)

오전 1시 33분~1시 55분(22분간) 자시수련 (시천주주, 태을주 수련). 3경구 암송과 시천주주, 태을주 암송 초반에는 기운 유통이 안 되었으나 시간이 지나면서 몸이 전후좌우로 진동하고, 기운이 회전하며 들어온다.

오전 9시 30분 기상하여 스트레칭과 접시돌리기 운동하다.

오후 3시 삼공재 방문하여 1시간 수련하였다. 수련 초반에는 집에서와 같이 빙의로 인하여 가슴 답답함과 머리의 아픔이 약간 있었으나, 후반에 나의 하단전과 선생님의 단전이 연결됨을 느끼며 달아올랐다.

### 3월 16일 금요일 (공처 51일째)

오전 0시 33분~1시 35분까지(60분간) 자시수련. 좌선 후 3경구 암송 시작부터 인당의 쪼임과 동시에 한 호흡마다 인당의 기운이 곧장 하단전으로 들어온다. 백회는 병마개로 막아 놓은 듯 답답하고, 가슴은 누가 대못을 박아놓은 듯하였으나 수련 진행 중 풀리면서 인당과 백회로 시원한 기운이 들어온다. 또한 가슴의 답답함도 풀리며 운기된다. 수련 중 언뜻 바닷게가 보인 것 같은데 잘 모르겠다.

오전 9시 30분에 기상하여 쌍용공원에서 3경구 암송과 시천주주, 태을주, 운장주, 갱생주 암송하며 조깅하고 왔다. 일부 빙의령이 나가서 몸과 마음이 가쁜하다. 집에 와 방석운동과 쟁기자세 기타 스

트레칭 하다.

### 3월 17일 토요일 (공처 53일째)

오전 10시 30분 기상하여 쌍용공원에서 3경구, 시천주주, 태을주, 운장주, 갱생주를 번갈아 암송하며 9바퀴 조깅하고 마지막 바퀴는 무사무념무심으로 바르고 착하고 지혜롭게 관하자를 암송하고 조깅했다. 집에서 방석운동, 쟁기자세, 스트레칭하다.

오후 2시 15분~3시 5분(50분간) 오후 수련 (증산도 주문수련). 3경구 암송과 시천주주, 태을주, 운장주, 갱생주 돌아가며 암송과 함께 수련했다. 오늘은 상당전 중단전이 시원하고 편안한 것이 빙의가 많이 가신 듯하다. 특히 인당의 쪼임이 없이 편하게 흰백색, 검은색, 보라색의 원형 타원형으로 이리저리 뒤섞이면서 왔다 갔다 한다. 전체적으로 하늘의 운무가 수를 놓은 것 같다. 뒷마무리 수련은 수식관으로 100회까지 실시했다.

### 3월 19일 월요일 (공처 54일째)

오전 10시 30분 기상. 척중의 왼쪽 몸속 깊은 곳의 아픔이 3일째 계속 이어진다. 아침에 방석운동 시 머리 돌리기 하는데 아~ 소리가 저절로 나온다.

오후에 행공 시, 며칠 전부터 느낀 한 호흡시마다 단전은 축기되고 인당은 호흡에 맞추어 숨을 쉬듯 톡톡 움직인다.

### 3월 20일 화요일 (공처 55일째)

오전 0시 19분~1시 6분(47분간) 자시수련. 3경구 암송 후 시천주주, 태을주 암송. 하단전의 축기가 태을주 주문이 많이 되는 게 오늘따라 더 느껴진다. 척중 왼쪽 날갯죽지의 결림은 수련 덕인지, 약의 효력인지 모르겠으나 한결 부드러워졌다. 인당으로 보이는 것이 은하수 같은 느낌이 든다.

오전 11시 30분 기상. 목 돌리기 캐틀벨 운동하고, 아침 겸 점심 생식 후 단국대병원에 가서 아버지 약 처방받아오는 동안 태을주 암송하니 머리와 중단전이 시원하며 가슴이 뻥 뚫린다.

### 3월 21일 수요일 (공처 56일째)

오전 0시 44분~1시 50분(66분간) 자시수련. 3경구 암송 후 시천주주, 태을주, 운장주, 갱생주를 차례로 수십 회 암송하고, 태을주 암송을 위주로 반복 암송하다. 하단전의 열감은 안정적으로 축기되고 인당은 눈이 부시지 않은 햇빛을 받는 듯 은백색과 노란색의 빛이 인당으로 들어온다. 좀 시간이 흐른 뒤 금빛 찬란한 빛이 눈부시게 들어왔다. 몸은 양 옆구리 부분이 오싹하게, 가끔씩 추울 정도로 기운이 들어온다.

오전 10시 30분 기상하여 사이클 30분, 고무줄 댕기기, 스트레칭하고, 15분 동안 짬이 나 좌선수련. 근래에 들어 수련 시 물이 소용돌이치듯이 인당을 중심으로 얼굴이 함몰되고 빨려 들어가는 듯하다.

또한 대추혈과 목 부분의 경직과 아픔이 백회로 순식간에 로켓트 발사처럼 빠져나가며 시원함을 준다(경추 부분의 아픔이 완전히 가신 건 아니지만 좋아질 것 같은 감이 온다).

**3월 22일 목요일 (공처 57일째)**

오전 11시 기상하여 아내 지인 모임에 데려다 주고, 쌍용공원에서 40분간 3경구, 시천주주, 태을주, 운장주, 갱생주 암송하며 조깅했다.

**3월 23일 금요일 (공처 58일째)**

오전 1시 15분~2시 5분(50분간) 자시수련. 3경구 암송 후 시천주주, 태을주, 운장주, 갱생주를 순서대로 암송하며 수련했다. 처음 『천부경』 암송 시부터 백회와 머리 둘레 부분이 시원하게 기운이 들어오고, 순서대로 주문수련 시에는 온몸이 피부호흡을 하는 듯 시원함을 넘어 오싹오싹할 정도로 춥다. 인당으로 황색바탕에 은백색 고리가 가끔 회전한다.

오전 10시 40분에 기상하여 3경구와 증산도 주문 암송하며 쌍용공원을 조깅했다. 아침 겸 점심 생식하고 식자재 마트 갔다와 정리했다.

**3월 24일 토요일 (공처 59일째)**

오전 0시 50분~1시 48분(58분간) 자시수련. 3경구 암송과 증산도 주문수련 30분 하고, 화두 암송했다. 백회와 머리 둘레로 시원한 기운이 직진으로 하단전에 기운이 쌓이면서 시원함과 따뜻함이 일으킨 다음 중단전을 시원하게 한다. 인당은 흰 백색 고리가 회전하다 사라짐을 반복하다가 검정에 가까운 회색이면서 유리같이 얇고 깨끗한 것이 잠시 있다 사라졌다.

**3월 25일 일요일 (공처 60일째)**

오전 0시 25분~1시 12분(47분간) 자시수련 (화두 암송 다시 시작). 3경구 암송 후 화두 암송. 백회는 시원하고 인당은 잠깐 동안 압박이 있다가 편안하면서 백색 고리와 황백색고리가 번갈아 가면서 회전하다가 사라진다. 마음의 잡념인지 모르겠으나, 여러 가지 인물이 연상되다가 사라졌다.

오전 9시 30분 기상하였으나 비몽사몽 의자에 앉아 졸다가 미세먼지가 매우 나빠 거실에서 방석운동, 캐틀벨 운동했다.

오후 2시 25분~3시 4분(40분간) 오후 수련. 3경 암송하고 화두를 하단전에 올려놓고 수식관 하듯이 암송 수련했다. 백회 위에 시원한 기운 덩어리가 백회에 내리꽂고, 중단전과 하단전이 함께 시원함을 느낀다.

**3월 26일 월요일 (공처 61일째)**

전날 오후 11시 20분~오전 0시 10분(50분간) 자시수련. 3경구 암송과 시천주주, 태을주 10회 이상 암송하고 화두 암송했다. 수련 시작

20분 정도 지나 졸음이 쏟아지는 걸 참고 50분 수련하였으나 변화를 모르겠다.

오전 10시 기상하여 집안일 이것저것 하다 보니 수련 못함.

### 3월 27일 화요일 (공처 62일째)

오전 9시 기상하여 봉서산 산책을 갈 때는 걸어서, 올 때는 평지와 언덕은 조깅하고 내리막길은 걸어서 갔다 왔다. 평소와 같이 3경구 암송과 시천주주, 태을주, 운장주, 갱생주 암송하며 한 생각했다.

#### – 한 생각 (중도의 마음) –

한편으로는 무심으로 이타행 하여 선업을 쌓으면 악업보다는 좋으나, 선업도 업이므로 중도의 마음으로 상생하는 지혜와 행을 하고, 행한 자체를 잊어야겠다는 자각이 일었다.

### 3월 28일 수요일 (공처 63일째)

『선도체험기』 110권 2번째 읽는 중에, 자시수련 전까지 행공 중에 관음법문 파장이 요란하고 머리 전체는 시원 청량했다.

오전 0시 30분~1시 30분(60분간) 자시수련. 3경구 암송 후 시천주주, 태을주, 운장주, 갱생주 암송을 순차적으로 번갈아 가면서 암송하며 30분간 수련하고, 화두 암송했다. 거실이 따뜻하여 졸음이 오는 건지, 수마로 인한 졸음인지 잘 모르겠는데 주문수련 시 졸음과 싸우느라 힘이 들고 기운을 느꼈다 못 느꼈다 한다. 화두수련 시 입 주위가 가렵고 스멀스멀한 것이 오래전 화상 입은 부위의 명현현상이 뚜렷하며, 인당 앞이 황백색 고리가 회전하는 중 한 여인의 상이 스쳐 지나갔는데 누군지 모르겠다.

오전 9시에 기상하여 개인일로 낮 시간이 다 지나갔다.

### 3월 29일 목요일 (공처 64일째)

오전 0시 20분~1시 22분(62분간) 자시수련. 3경구 암송 후 시천주 주 암송 시부터 먼 바다의 파도 소리의 관음법문 파장이 요란하고, 인당은 시원하게 기운이 들어오면서 잠시 동안 몸 전체가 사시나무 떨 듯했다. 백회는 불에 덴 것처럼 화끈거리더니 수련 후반에 느낌도 없이 풀리면서 시원하다. 태을주와 운장주 주문수련 후 화두암송 수련 시 집중이 미흡하여 잡념이 일어난다. 좀 더 집중해야겠다.

오전 9시에 기상하여 개인일 보고, 오늘은 몸이 가벼워 봉서산을 출발부터 뛰어가기 시작하여 좀 힘들다고 생각되는 구간에서는 도보로 하다 평지에서는 다시 조깅하는 식으로 반복하여 갔다 왔다.

### 3월 30일 금요일 (공처 65일째)

오전 0시 46분~1시 25분(39분간) 자시수련. 3경구 암송 시천주주, 태을주 주문수련 후 화두 암송했다. 오늘은 초반부터 단전의 열감과 온몸이 달아오르며, 백회와 압박이 심한 인당으로 시원한 기운이 들어와 단전과 온몸을 달아오르게 한다.

오전 9시 기상하여 개인일 보고, 봉서산을 걷다 뛰다 하며 산책하고, 돌아오는 길에 농협 들려 조합 대의원 투표하고 왔다.

오후 2시~2시 30분(30분간) 오후 수련. 1시간 수련하려 마음먹었으나 수마로 30분밖에 못했다. 요새 수련 시 수마가 장난이 아니다.

**3월 31일 토요일 (공처 66일째)**

오전 0시 50분~1시 38분(48분간) 자시수련. 3경구 암송 후 화두 암송했다. 오늘 낮에 행공 시에도 단전의 열감이 보통 때보다 뜨거웠는데 화두수련 시 하단전의 열감이 중단전 아래 중완까지 올라와 안 좋은 위경에 기를 주는지 때론 위가 아프고 시원 따뜻함을 준다. 인당은 은백색 고리가 있고, 뜬금없이 군 수송용 헬기가 연상되다 사라졌다.

오전 10시에 기상하여 봉서산을 걷고 달리면서 3경구 암송 후 화두 암송하며 갔다 왔다.

**4월 1일 일요일 (공처 67일째)**

오전 1시~2시 50분(110분간) 자시수련. 3경구 암송하고 화두수련. 오늘 자시수련은 수마로 졸지 않고 했다. 백회와 인당으로 시원한 기운이 들어오고 하단전의 따뜻함이 중단전과 대맥이 따뜻하게 한다. 인당으로 화면이 보일 듯한 기분이 드는데 아직은 보이지 않으나 긍정의 마음이 들게 한 자성에 고맙다.

오전 10시 15분에 기상하여 봉서산을 산책하며 3경구 암송 후 화두 암송했다. 이런저런 생각하며 화두 암송 중 모든 인과는 극복할 수 있는 것이 나에게 일어나는 것이니 정선혜(正善慧)와 인내로써 감내하면 인과의 업이 한 꺼풀이 벗겨지므로 자성에 가까워진다는 것에 감사하자고 생각했다.

### 4월 4일 수요일 (공처 70일째)

오전 0시 13분~1시 18분(63분간) 자시수련. 3경구 암송하고 화두암송 시 전반부는 풀벌레 소리의 관음법문 파장이 요란한 반면 백회로 기운이 들어오지 않아 답답하다. 인당으로 은백색 고리가 은하수처럼 길게 늘어지면서 (물속의 물고기 떼가 길게 늘어져 일정하게 움직이는 것처럼) 회전한다. 마음으로 여러 가지 고대 석조 건물, 2층 흙집 등 여러 가지가 연상되지만 생전에 처음 보는 장면이다. 후반부에 백회, 인당, 머리 둘레가 시원하다.

### 4월 5일 목요일 (공처 71일째)

오전 0시 15분~1시 5분(50분간) 자시수련. 오늘은 3경구 암송 후 화두 암송하는데 경구 암송 시부터 머리 뚜껑이 없는 것처럼 느껴지며 백회로 기운이 엄청 들어온다. 동시에 인당이 천목혈로 함몰되어 빨려 들어갈 듯한 쪼임과 동시에 응집된 기운이 들어온다. 하단전은 편안하면서 온화한 기운이 쌓인다. 때론 양팔과 온몸은 사시나무 떨듯이 파르르 떨고, 오른쪽 겨드랑이와 가슴이 시원하게 기운이 운기된다.

오전 9시 기상하여 방석운동과 스트레칭하고 집안일 했다.

오후 2시 55분~3시 24분(29분간) 오후 수련 (수련 진전). 자시수련에 이어 진동이 계속된다. 몸이 앞뒤좌우로 진동하고 기운이 회전하며 들어온다. 빙의로 인하여 왼쪽 뒷머리가 지끈거리게 아팠으나 시간이 지나면서 개운하고 시원하다. 단전은 따뜻하면서 그 열기가 중완까지 올라왔다.

**4월 6일 금요일 (공처 72일째)**

오전 1시 25분~3시 15분(110분간) 자시수련. 3경구 암송하고 화두 암송. 초반 빙의로 머리가 띵하며 약간 아팠으나 3경구 암송 후 화두수련 몇 분 후 천도되면서 인당의 쪼임이 심하고 양쪽 볼이 인당과 함께 천목혈 쪽으로 빨려들어가 함몰되는 듯하다. 백회는 밥공기 뚜껑의 크기만큼 기운이 쏟아진다. 30분 정도 경과 시부터 인당으로 맑은 백색 회오리 기운이 수련 끝날 때까지 계속된다. 인당으로 뭔가 보일 듯한데 희미하다.

**4월 7일 토요일 (공처 73일째)**

늦은 오전 11시 기상하여 아침 겸 점심 생식 후 식자재 마트 갔다 와서 머리 깎고 왔다.

오후에 고등학교 동창 모임과 가게 일로 수련 못함.

**4월 8일 일요일 (공처 74일째)**

오전 11시 늦게 기상하였으나, 찌뿌둥한 몸과 아픈 머리가 가시길 바라고 봉서산을 갔다 왔다. 산책하고 나니 몸은 나아졌으나 아픈 머리는 아직도 가시지 않다.

오후 1시 30분~2시 (30분간) 오후 수련 (빙의령 편두통). 빙의령으로 머리가 편두통처럼 오른쪽이 아프다. 수련 20분 경과쯤 상단에서 중단으로 뭔가 떨어지면서 몸이 나락으로 떨어지는 느낌을 받는다. 30분경에 편두통이 어느 정도 가실 쯤, 배가 아프고 변의(便意)로 수련 중단하고 볼일을 봤다.

**4월 9일 월요일 (공처 75일째)**

오전 9시 기상하여 봉서산을 3경구와 증산도 주문 암송하며 산책하고 왔다.

오후 영업 중 틈을 내어 『선도체험기』 111권 김광호 선배의 수련일지를 2번째 읽는데 다시 한번 구도의 열의에 감동했다. 나 또한 열의를 갖도록 마음을 다 잡아야겠다.

**4월 10일 화요일 (공처 76일째)**

오전 0시 6분~1시 27분(70분간) 자시수련. 3경구 암송 후 화두 암송. 오래간만에 단전의 열감이 증폭되며 동시에 인당과 강간을 기준으로 수평 단면 원형으로 자른 것처럼 머리 뚜껑이 없어지고, 그 사이로 기운이 쏟아져 들어와 임맥과 독맥을 타고 내려와서 양 어깨, 앞가슴을 시원하게 하며 단전을 따뜻하게 한다. 인당은 헤드라이트를 비추듯 황백색의 바탕이다.

오전 7시 55분에 기상하여 봉서산을 산책하고 왔다.

오후 1시 52분~2시 28분(36분간) 오후 수련 1. 3경구 암송 후 화두 암송. 백회와 인당으로 시원한 기운은 계속해서 들어오고, 전파 소리의 관음법문은 계속되나 뚜렷한 변화는 없다.

오후 11시 52분~오전 0시 51분(60분간) 오후 수련 2. 3경구 암송 후 화두 암송. 얼굴의 눈썹, 광대뼈, 턱뼈를 제외한 얼굴 부위가 없어진 것이, 즉 하회탈을 쓴 부분(탈과 살이 맞닿은 부분)만 경직되고 그 외의 부분은 없어졌다. 백회의 시원함, 단전의 따뜻함이 때론 상체의 따뜻함과 시원함이 번갈아 가면서 되는 것이 수승화강은 되나 축기의 부족으로 고개가 나락으로 떨어지는 경우가 종종 있다. 축기에 일념해야겠다.

**4월 11일 수요일 (공처 77일째)**

오전 9시 기상하여 산에 안가고 113번 절운동으로 대체했다. 개인일 보고 아침 겸 점심 생식하고 시장 갔다 왔다.

(1차 전음) 오후에 의수단전 하면서 화두 암송 행공 중 '나는 하느님의 분신이다. 고로 나는 작은 하느님이다'라는 천리전음과 백회서부터 회음, 발끝까지 찌릿찌릿하며 온몸이 감전된 듯하며 기운이 들어오고 전신이 뜨겁다.

**4월 12일 목요일 (공처 78일째)**

오전 1시~2시 정각(60분간) 자시수련. 3경구 암송 후 화두 암송과 동시에 단전의 열감이 중단전을 거쳐 상단전까지 연결되어 백회와 인당의 시원한 기운과 마주친다. 좌우앞뒤로 끄덕거리면서 약한 진동이 일어난다. 인당으로 황색 바탕에 흰백색이 회오리치면서 사라진다. 수련 중반부에 옷차림은 기억나지 않으나 평민의 옷을 입은 세종 임금과 신하라는 느낌이 오는 사람들이 호수가 옆에 무릎을 꿇고 일렬로 앉아 있고 종반부에 여인들의 얼굴이 흐릿하게 여러 상이 지나간다. 세종과 내가 어떤 관계인지 모르겠다.

오전 9시 기상하여 오전 일 보고, 아침 겸 점심 생식 후 아버지 비뇨기과 약 처방받아 약을 받아왔다.

**4월 13일 금요일 (공처 79일째)**

오전 0시 16분~1시 54분(98분간) 자시수련. 3경구 암송 후 화두암송. 풀벌레 소리의 관음법문 파장이 요란하고 잡념과 졸음으로 수련이 아닌 버팀이다.

오전 9시 기상. 개인적인 일 보고 봉서산을 산책하고 왔다. 아침 겸 점심 생식하고 식자재 구입하여 정리했다.

### 4월 14일 토요일 (공처 80일째)

오전 0시 49분~1시 55분(60분간) 자시수련. 3경구 암송 후 화두 암송. 인당으로 가을 하늘의 맑은 햇살이 들어오는 듯 높고, 맑은 바탕이 보인다. 수련 중반부에 몸의 왼쪽 부분이 머리에서 발끝까지 찌릿찌릿했으며, 수련 내내 하단전과 중단전이 동시에 맞불을 놓는다.

오전 9시 기상하여 간단하게 방석운동과 접시돌리기 하고 『선도체험기』 112권 읽는 중에 기운이 백회로 들어와 오전 9시 53분부터 10시 31분까지(37분 동안) 오전 수련했다. 3경구 암송 후 화두 암송 수련. 하단전과 중단전이 보통의 열감으로 마중하고 인당은 은백색과 흑색이 태극모양으로 회전한다.

### 4월 15일 일요일 (공처 81일째)

오전 9시 45분 기상하였으나 심신이 어제 들어온 빙의로 무겁고 모든 게 귀찮아진다. 개인일 보면서 『천부경』, 『삼일신고』, 『대각경』을 암송했다.

점심때 아내와 태조산 공원근처 식당에서 식사하고 공원에 앉아서 바람 쏘이면서 증산도 주문인 시천주주, 태을주, 운장주, 갱생주를 암송하였으나 아직도 중단전이 막혀있는 듯하다. 저녁 먹고 중앙 시장에 들려서 식구가 먹을 홍삼재료 사왔다.

오후 8시 23분 ~ 9시 22분 (60분간) 오후 수련 (휘어 감는 기운). 3경구 암송 후 화두 암송. 하단전이 달아오르고 기운이 대맥을 몇 바퀴 돌고 몸을 층층이 휘어 감으면서 목까지 올라간 후 몸통, 어깨 팔의 피부를 잔잔하게 진동한다. 이어 중단전에 작은 불씨가 댕겨지고, 하단전과 때로는 마중하며 몸이 오싹오싹 운기되며 상쾌함을 주는 것이 이제야 빙의령이 천도된 거 같다. 수련의 진전을 보려면 하단전의 축기를 강화해서 삼합진공을 목표로 매진해야겠다.

**4월 16일 월요일 (공처 82일째)**

오전 8시 45분 기상하여 개인적인 일 보고 봉서산을 산책하며 『천부경』, 『삼일신고』, 『대각경』, 시천주주, 태을주, 운장주, 갱생주 암송하고 화두 암송했다. 아침 겸 점심 생식했다.

오후 1시 23분~2시 27분(64분간) 오후 수련(심한 진동). 3경구 암송 후 화두 암송. 양손의 손바닥, 손등, 손끝, 손 전체가 오싹오싹한 기운이 운기되며, 수련 내내 상체와 하체가 피부호흡을 하는지 서늘한 기운이 운기된다. 오늘 처음으로 수도꼭지에 끼운 물의 호수가 튀어 오르듯 배가 꿀렁거리고 허리가 심하게 앞뒤로, 앉아있는 다리가 들썩들썩하며 진동한다. 하단전의 열감이 독맥을 타고 명문을 지나 척중과 대추혈 중간에 걸친 듯하다.

오후에 화두 암송하며 행공 시 얼굴의 앞과 머리 뒤통수가 없어져 납작이가 된 것 같이 느껴진다.

**4월 17일 화요일 (공처 83일째)**

오전 0시 25분~0시 51분(26분간) 자시수련. 3경구 암송 후 화두 암송. 부드러운 호흡으로 하단전에 의식을 집중하고 쪼임이 없는 편안한 인당으로 화면을 보니 노란색 원형이 보여 좀 더 집중하니 흰색 원형이 보인다. 축기의 부족으로 혼침이 반복적으로 와 수련을 중단했다.

오전 5시 30분경 큰 아들이 아프다고 전화가 와서, 평택 안중에 있는 기숙사에 가서, 천안으로 데리고 와 병원 치료시키느라 하루를 분주하게 보냈다.

**4월 18일 수요일 (공처 84일째)**

오전 0시 7분~1시 2분(55분간) 자시수련. 3경구 암송 후 빙의령으로 인하여 증산도 주문수련으로 천도 시도하고 화두 암송했다. 호흡을 코가 아닌 인당으로 호흡하는 거 같고, 천목혈 부근에서 찍~ 찍 소리가 불규칙적으로 난다. 마음으로 여러 가지 형상이 일어났으나 메모하려는 순간 기억나지 않는다.

오전 8시 40분 기상하여 개인일 보고 봉서산을 산책하고 왔다.

오후 3시 30분경 좌선수련 하려고 하였으나 졸음으로 그냥 일어났다.

(2차 전음) 오후 10시 30분경 행공 시 지난번(4월 11일) 전음을 또 듣는다. '나는 하느님의 분신이다'라는 전음과 찌릿찌릿하게 백회에서 발끝까지 감전되며, 형언할 수 없는 기운의 장이 온몸을 감싸며 마음이 환희지심에 행복하다. '일체중생심유불성~, 일체중생심유불성~이다' 마음의 소리가 심신을 울린다. 선배 도인분들이 설파한 것처럼 모든 중생은 불성이 있다는 것을 심신으로 느낌에 감사한다.

## 6단계 식처 (2018년 4월 19일 오후~4월 30일)

### 4월 19일 목요일 (공처 85일째)

오전 0시 15분~1시 00분(45분간) 자시수련. 3경구 암송 후 화두암송. 쇄~하는 전파소리 풀벌레 소리의 관음법문 파장이 요란하고, 하단전과 중단전의 뜨거운 열감이 교류하면서 몸 전체가 임독을 중심으로 따뜻하다. 머리의 백회 인당 태양혈 강간혈을 빙 둘러 기운이 들어온다. 공처 화두는 끝난 듯 반응이 없고, 증산도 주문 시 기운이 많이 들어온다.

오전 7시 50분 기상하여 봉서산을 1시간 20분 산책하고 왔다. 아침 겸 점심 생식하고 삼공재 방문을 위하여 선생님께 전화로 허락받고 출발 준비했다.

(삼공재 수련 : 파이프 관을 통한 청량한 기운) 오후 3시~4시까지 삼공재 방문하여 스승님께 일배 드리고 식처 단계(6단계) 화두 받고, 3경구 암송 후 화두 암송했다. 하단전 부위 뱃살이 원형으로 뻥~ 뚫

리면서 없어지고, 없어진 부위에 파이프 관이 형성되고, 그 관을 통하여 박하처럼 시원 청량한 기운이 하단전으로 들어와 단전을 뜨겁게 한다. 잠시 후 중단과 교류하면서 중단이 뜨거워지면서 온몸을 열감으로 감싼다. 백회와 인당은 빙의로 시원한 기운이 안 들어와 답답하였으나 인당으로 흰색과 보라색으로 바닷속 해파리 모양이 보인다.

선생님의 어려운 상황에서의 많은 도움에 다시 한번 감사드립니다.

### 4월 20일 금요일 (식처 2일째)

오전 0시 20분~0시 59분(39분간) 자시수련 (진전 없는 수련). 3경구 암송 후 화두 암송 수련 초반에는 삼공재 수련 시보다 하단전의 열감이 작으나 중단전과 교류하며 몸을 후끈후끈하게 하였으나 잠시 후 졸음과 씨름하느라 진전 없는 수련했다.

오전 9시 기상하여 잡일 처리하고 봉서산을 3경구 암송 후 화두 암송하며 산책하고 왔다.

### 4월 21일 토요일 (식처 3일째)

오전 0시 00분~1시 00분(60분간) 자시수련 (시작도 끝도 없다). 3경구 암송하고 화두암송. 오른쪽 눈과 눈알이 뜨거워지면서 시원함을 동반한 안광을 뿜어낸다. 상공재 방문에서 꺼지지 않는 원자로를 선생님으로부터 받아온 거 같다. 하단전의 원자로가 가동되면서 중단전, 상단전의 원자로를 순차적으로 불을 붙여주며, 온몸이 늦가을 햇볕의 맑고 따뜻한 박하를 발라 놓은 듯 시원하다.

호흡이 쉬는 듯 마는 듯 진행된다. 아마도 피부호흡과 삼합진공의 전단계가 진행되는 거 같다. 중. 상단전에 반짝이는 별을 품은 느낌이 들며, 피부는 없어지고 해골만 앉아있는 느낌이다. '시작도 끝도 없는 곳이다. 시작도 끝도 없는 곳이다'라고 반복하여 전음이 와 일순간 왜? 무엇 때문에 이곳에? 의문을 품으니 '인과응보, 업보다'라고 전음이 온다. 시작도 끝도 없는 곳이 어디지? 의문하니 '시공을 초월한 어느 곳에나 다 있는 사방팔방에 있다'라고 하는 『삼일신고』의 천훈편이 생각난다.

오후 1시 56분~2시 38분(42분간) 오후 수련. 하단전의 뜨거운 기운이 중완을 오르락내리락하며 달구더니, 드디어 뜨거운 기운으로 중단전을 달군다. 상단전의 인당이 불을 붙이는 듯하더니 반응이 없고 상체만이 열감으로 가득하다.

**4월 22일 일요일 (식처 4일째)**

오전 0시 39분~0시 58분(19분간) 자시수련. 3경구 암송하고 화두 암송하여 1시간 수련 예정이었으나 졸음으로 중도에 그만두고 수면했다.

오전 9시 25분 기상하여 총동창회(오전 10시~오후 12시 30분까지) 체육대회 참석하다.

### 4월 23일 월요일 (식처 5일째)

밤새 비가 온 핑계로 늦잠 자고 오전 10시 15분 기상하다. 집안일 보고 아침 겸 점심 생식하다.

오후 2시 39분~3시 40분(60분간) 오후 수련 (바르고 착한 양심). 3경구 암송 후 화두암송. 척추를 대나무에 대고 교정하는 것처럼 척추가 똑바로 세워지고 가슴을 앞으로 자연스럽게 내밀어지며, 하단전과 중단전이 원형 기운 기둥으로 연결되고, 기운 기둥관 속에 피스톤이 있어, 열감이 피스톤 운동을 할 때마다 단전과 중단전이 교류하며 기운이 쌓인다.

어제 동문 체육대회 갔다가 운전하고 돌아오는 길에 보슬비가 내리는 하늘이 높고, 깨끗한 창공이 답답한 가슴을 활짝 열어 편안함을 주는 것이 내 고향 같다는 생각이 들었는데 그 창공이 연상되면서 양심을 바르고 착하게 닦으라는 메시지가 오면서 전신이 진동한다.

### 4월 24일 화요일 (식처 6일째)

오전 0시~0시 45분 (45분간) 자시수련. 3경구 암송 후 화두 암송. 백회와 인당의 쪼임이 심하게 압박하는 듯하더니 단전과 중단전의 반응이 없고 졸음이 쏟아져 중단하고, 수련일지 쓰는 동안 하단전의 따뜻함이 올라오고, 백회로 인당으로 기운이 들어온다.

오전 9시 15분에 기상하여 지난주 큰아들 대장 관련 검진 결과를 보려고 순천향대학병원에 들렀으나 분명한 원인과 병명이 나오지 않아 좀 더 지켜보자는 의사 의견으로 답답하다.

**4월 25일 수요일 (식처 7일째)**

오전 0시 19분~1시 22분(60분간) 자시수련. 3경구 암송 후 화두 암송. '텅~ 빈 공이다~ 공이다'라는 자성의 소리에 충만감이 든다. 인당은 반응이 없다가 우주 공간이라는 느낌과 회전하는 흰 노란색 빛이 보인다.

오전 9시 12분에 기상. 아침 겸 점심 생식하고 식자재 구입 차 마트 갔다 와서 정리했다.

식자재 구입하면서 행공 시 하단전이 따뜻한 봄날의 생기처럼 정기가 충만하니, 심신이 날아갈 듯 환희지심이 일어나며 진공묘유의 묘미를 느낌에 다시 한번 자성에 감사하다.

**4월 26일 목요일 (식처 8일째)**

오전 0시 28분~1시 20분(52분간) 자시수련. 3경구 암송 후 화두 암송. 인당의 압박이 심하여 움푹 들어가는 느낌이 진행된다. 한 5분여 지나 백회와 인당을 중심으로 소나기처럼 기운이 머리와 몸 전체로 들어와, 오싹오싹한 기분이 단전은 달아오르고 으슬으슬 춥다. 특히 약한 신장 기능에 기운이 들어온다. (수련이 잘될 때는 인영의 석맥이 작아지는데 오늘도 수련 후 인영맥을 짚어보니 석맥이 줄어들었다.) 인당으로는 백열전구의 불빛 같은 붉은색과 노란색이 절묘하게 어울려 오로라 모양으로 회전한다. 오늘은 메시지가 없이 기운만 많이 들어온다.

**4월 27일 금요일 (식처 9일째)**

오전 10시 기상하여 아내와 봉서산을 산책하고 와서 작은아들이 짜장면 사달라고 하여 아침 겸 점심을 먹었다.

오후 2시 25분~2시 55분(30분간) 오후 수련. 3경구 암송 후 화두 암송. 수면을 충분히 했는데도 화두 암송 몇 분 후 졸음이 쏟아졌으나 극복하니, 백회에서 기운이 들어오고 인당에는 바닷속 해파리 모양의 보라색 빛이 나타났다가 사라지고 동그란 백색 빛이 나타나 블랙홀을 형성하며 사라졌다가 나타나길 반복하다 없어졌다.

**4월 28일 토요일 (식처 10일째)**

오전 0시 12분~0시 52분(40분간) 자시수련. 화두 암송하며 수련 중 인당으로 백열전구 불빛인 연한 노란 백색이 보이고 백회로 기운이 약하게 들어온다.

오전 6시 15분에 일어나 작은 아들 서울행 KTX 기차 타는 천안아산역에 데려다 주고 집에 와서 다시 잠을 청하고 오전 11시 15분에 기상하여 3경구 암송 후 화두 암송하며 봉서산을 산책하고 왔다.

(상생의 마음 자각) 화두 암송하며 산책 중 선인이든 악인이든, 자각을 하든 못 하든, 누구에게나 있는 진공묘유, 공, 부모미생전본

래면목, 부처가 연상되며 걷기 명상을 했다. 악한 마음과 행은 악업을 쌓으면 악인이 되고, 선한 마음과 행은 선업을 쌓으니 착한 사람이 될 뿐 부처 하느님은 아니다. 이 또한 하나의 업이므로 중도의, 무심의 마음을 갖고 상생의 길을 찾아 행하는 것이 정도요 부처, 하느님이라고 자각한다.

**4월 29일 일요일 (식처 11일째)**

오전 0시 49분~1시 25분(35분간) 자시수련. 3경구 암송 후 화두 암송하니 양손 끝이 찌릿찌릿, 상단전의 압박이 심하고 천목혈을 송곳으로 찌르는 듯하며 풀벌레 전파 소리의 관음법문 파장이 요란하다. 명문과 단전이 열감이 우측 간 부분을 따뜻하게 한다.

오전 10시 30분 기상하여 봉서산을 3경구 암송 후 화두 암송하며 걷기명상 했다. 자성의 소리가 없다가 반환점에서 접시돌리기 운동하고 돌아오는데 어제 깨달은 상생의 도가 미흡하였나 보다. '상생을 하려면 상대와 나를 면밀히 냉철하게 관찰하여 상대와 내가 조금씩 손해본다는 선에서 타협하고, 그렇지 않을 경우는 내가 좀 손해를 보고 상생할 수 있는 길이라면 그 길을 선택하라'는 메시지가 왔다.

오후 1시~2시 26분(86분간) 오후 수련. 3경구 암송 후 화두 암송. 손끝, 발끝, 온몸이 찌릿찌릿하며, 인당으로 뻥 뚫린 시원한 기운이 들어오며 백회를 통하여 천목혈을 자극하며 기운을 주며 운기된다. 온화한 기운이 몸을 감싸며 운기되니 마냥 앉아만 있고 싶은 마음이 일어난다. 이로써 마음, 몸, 기운(삼공)으로 진공묘유, 부모미생전 본래면목, 도, 공의 진수의 맛을 보니, 생사의 두려움을 극복할 수 있는 작은 깨우침을 얻어 기쁘다.

오후 11시 15분~11시 45분(30분간) 자시수련. 3경구 암송 후 화두 암송. 양 손바닥에 동그란 기운이 온화하게 운기되며 인당에 주먹만 한 크기의 기운이 응집되어 매달려 있고 백색 원형 고리가 보일 뿐 다른 변화는 없다.

### 4월 30일 월요일 (식처 12일째)

오전 10시 30분 기상하여 봉서산을 아내와 같이 산책하고 와서 샤워 후 아침 겸 점심을 친구가 운영하는 식당에 가서 해물버섯전골을 먹고 왔다.

### 5월 1일 화요일 (식처 13일째)

오전 0시~0시 47분(47분간) 자시수련 (진인사대천명, 인과응보 메시지). 3경구 암송 후 화두 암송. 시작도 끝도 없는 우주 공간이 연상되며 공과 부모미생전본래면목(父母未生前本來面目)이라는 자각이 일면서 우주 공간으로부터 황백색의 기운이 상. 중. 하단전으로 들어와 각각의 원자로를 이글거리며 가동시킨다. 특히 중단전은 타는 숯불이 가슴을 지지는 듯 매우 뜨겁게 진행되다가 하단전과 연결된 관을 통하여 단전으로 열감이 전달되어 쌓인다. 마치 상. 중. 하단전의 열감이 각각 자랑하듯, 마치 빅뱅이 일어난 듯 원형의 폭을 넓히고 부딪치며 백광의 불꽃을 내며 중단의 막힌 응어리를 풀어준다. '모든 일에는 진인사대천명과 인과응보다~'라는 메시지가 왔다.

오전 9시 기상하여 봉서산을 3경구와 화두 암송하며 산책하고 왔다.

### 7단계 무소유처 (2018년 5월 1일 오후~12일)

오후 2시 40분~3시 26분(46분간) 오후 수련 (무소유처 1일째). 3경구 암송 후 화두 암송 중 하단전과 중단전의 열감이 마중과 증폭을 반복하며 감싸이고, 상단전은 인당과 천목혈을 자극하며 오싹오싹하게 운기된다. 육체 안에 부처의 상이 느껴지며 전신은 시원하고 포근하다.

### 5월 2일 수요일 (무소유처 2일째)

오전 0시 22분~1시 7분(45분간) 자시수련. 3경구 암송 후 화두 암송. 은백색 고리가 보이고 머리 전체가 기운의 장으로 감싸였고 하단전은 따뜻하나 메시지가 없다.

오전 9시 30분 기상. 비가 와서 108배 절운동, 방석운동 했다.

오후 3시~3시 23분(23분간) 오후 수련 (무심無心). 3경구 암송 후 화두 암송. 하단전이 타올라 중단을 관하며 화두 암송 중 '무심이다. 무심~'을 반복한다. 자성의 소리와 복술 강아지와 여러 마리의 강아지의 상이 희미하게 연상되다 사라졌다.

**5월 3일 목요일 (무소유처 3일째)**

오전 0시 24분~1시 24분(60분간) 자시수련. 3경구 암송 후 화두 암송. 머리 뒤 강간, 아문 부분이 찌릿한 후 등판 왼쪽 부분이 찌릿했다. 머리 둘레를 인당을 중심으로 수평 원형 모양으로 머리 뚜껑 전체가 없어지면서 기운이 폭포수처럼 들어온다. 자전거 타는 여학생, 옛날 일제시대의 신식 여자 등 여러 여자 상이 연상된다. 수련 후반부는 이름 모를 기어 다니는 여러 곤충들이 인당으로 희미하게 보이는 것 같다.

오전 9시 30분 기상하여 아내 미장원 데려다 주고, 집에서 잡일 하다가 미장원에서 아내 데리고 청수동으로 이동하여 일 보고 왔다.

**5월 4일 금요일 (무소유처 4일째)**

오전 8시 30분 기상하여 봉서산을 3경구 암송 후 화두 암송하며 산책하고 왔다.

오후 1시 57분~2시 59분(62분간) 오후 수련. 3경구 암송 후 화두 암송. 하단전은 열감으로 꽉 차있고, 어렸을 때 보았던 만화영화 마징가제트에서처럼 로봇 조정을 위한 접시비행기를 타고 로봇 머리에 안착하듯, 자성이 상단에 앉아 수련하는 내 모습을 관찰하고 있어, 의념으로 상단전과 하단전을 연결하니 독맥과 하반신이 찌릿찌릿하다. 인당으로 은백색 원형 고리가 보인다.

오후 10시 14분~10시 36분(22분간). 가게가 한가하여 반가부좌하고 화두 암송했다. 백회를 콕콕 두드리고 인당으로는 은백색 원형 고리를 형성, 하단전은 풍선마냥 부풀고 중완을 포함한 몸통이 따뜻하나, 전신은 으실으실 약간 추운 듯하다.

**5월 5일 토요일 (무소유처 5일째)**

오전 0시 32분~1시 16분(44분간) 자시수련. 3경구 암송 후 화두 암송 중 백회와 머리 어깨로 안개비가 내리는 듯 시원하다. 오늘 수련은 중단전과 하단전이 불꽃이 튀듯 서로 마중하며 타고 시원하며 따뜻하다. 인당은 황백색 바탕에 은백색 고리가 연노란 황금색 원형 고리로 한동안 보이다 사라진다.

오전 10시에 기상하여 봉서산을 3경구 암송 후 화두 암송하며 걷기 명상했다(영원하다).

산책하는 동안 은백색 빛이 상단전에 머물고, 걷고 있는, 화두에 집중하는 모습을 관한다. 느낌, 마음이 있었기에 자성을 알고 느낄 수 있으니 가아의 감촉(感觸)에 감사하며 다시 화두에 집중하는 중 '영원하다. 영원하다~'라는 자성의 소리에 대각경의 무한한 사랑, 무한한 지혜, 무한한 능력을 자각하니, 백회로부터 걷고 있는 발끝까지 찌릿찌릿하며 가슴을 울리며 충만감이 감돈다.

선배 도인들의 조문도석가사의(朝聞道夕可死矣)를 내 자신이 심신으로 느낄 수 있게 도와주신 스승님과 선계의 스승님, 도반 여러분께 감사하다. 자성은 언제나 그 자리에 영롱한 빛을 발하며 여여하게 있는데 그동안 가아의 탐진치, 오욕칠정에 빠져 허우적대고 있었음을 느낀다.

아침 겸 점심 생식하고 식자재 구입하고 왔다. 오후 처가 집모임으로 가족들 식사 자리 참석하고, 저녁에 가게로 오라 하여 둘째 셋째 처남에게 식사 대접했다.

**5월 6일 일요일 (무소유처 6일째)**

너무 늦은 새벽 3시에 취침하여 오전 11시 15분에 늦게 기상하였으나 비가 와서 절운동으로 산책 대체했다.

오후 1시 58분~2시 53분(55분간) 오후 수련. 3경구 암송 후 화두 암송 중 인당으로 노란색 검은색 흰색이 어우러져 삼태극을 형성, 회전한다. 내가 좌선하고 있는 모습을 또 다른 내가 느껴지며 인당으로 블랙홀 가장자리가 기존은 은백색 빛이었으나 오늘은 연노랑 빛이 아름답게 빛나며 블랙홀의 가운데가 선명하다. 관음법문 파장이 왼쪽에서 강하게 울리며 하반신이 파르르 떨린 후 비행접시가 아래로 빛을 내리 비추듯 은백색 빛이 원뿔 삼각형으로 인당과 백회, 몸 앞면의 여러 곳을 내리비친다.

**5월 7일 월요일 (무소유처 7일째)**

오전 10시 30분 기상하여 개인적인 일 처리하고 절운동 하다. 가게 세무 관계 일로 낮 시간 수련을 하지 못했다.

**5월 8일 화요일 (무소유처 8일째)**

오전 0시 6분~0시 51분(45분간) 자시수련. 3경구 암송 후 화두 암송 중 관음법문 파장만 있고 기운도 들어오지 않고 별다른 반응이 없다.

오전 8시 33분 기상하여 봉서산을 3경구 암송 후 화두 암송하며 걷기명상 했다.

오후에 시간이 되어 오후 2시 25분부터 2시 44분까지 화두 암송했으나 빙의령의 원인인지 수면부족인지 졸음이 쏟아져 수련 못했다.

**5월 9일 수요일 (무소유처 9일째)**

오전 0시 25분~1시 30분(65분간) 자시수련. 3경구 암송 후 화두 암송 중 인당의 쪼임과 은백색 원형 고리가 보이고, 가끔 인당에서 쩍~ 쩍~ 소리가 난다. 중단전의 왼쪽 가슴을 꼬챙이로 짓누르는 듯, 한 곳이 집중적으로 뭉쳐 있었으나 중단이 서서히 풀리며 시원 따뜻한 열감이 하단전과 교류하며 운기된다. 동시에 백회로 시원한 기운이 들어오고 인당은 한낮의 햇볕을 맞이하듯 연노랑 햇살을 받고 있다.

오후 1시 40분~2시 35분(55분간) 오후 수련. 3경구 암송 후 화두 암송. 관음법문 파장인 음파 소리가 요란하고 상단 전체가 시원하더니 인당으로 원형 연노랑 빛이 한동안 보이다 백광으로 변하여 보인다. 얼마의 시간이 지나 인당과 백광을 연결하는 투명 진공관을 통하여 인당에서 백광이 연기처럼 뿜어져 나온다. 하단전과 중단전은 평온 그 자체로 변화가 없다.

**5월 10일 목요일 (무소유처 10일째)**

오전 0시 8분~1시 12분(64분간) 자시수련. 3경구 암송 후 화두 암송. 수련에 안정감을 준다는 결가부좌를 취하고 수련하였으나 40분 경과 시 발목이 아파서 반가부좌하고 수련했다. 영원불멸한 자성을 가지고 가아가 인과에 따른 업연(業緣)으로 나타나 용변부동본과 진공묘유의 진실을 알게 하니 가아가 없다면 어찌 자성을 알 수 있었을까? 하는 의문과 가아에 감사한 마음이 일며 기쁘다.

인당으로 원형 연노란 빛과 백광이 상하로 위치를 서로 바뀌면서 보이다가 원형 노란빛 안으로 백광이 들어갔다. 하단전과 상단전이 서로 교류와 동시에 열감을 경주하며 상체를 뜨겁게 한다. 이렇게 중단과 하단전이 교류하면서 호흡이 편하고 숨을 쉬는 듯 안 쉬는 듯하다.

오전 9시 30분 기상하여 방석운동 하고 오전 일 처리하고 봉서산을 3경구 암송 후 화두 암송하며 산책하며 한 생각했다.

**– 한 생각 –**

업을 짓지 않으려면 스승님, 선배 구도자들께서 말씀하신 '탐진치, 오욕칠정에 휘둘리지 말라' 한 가르침을 내가 실행에 옮기고 암기하기 좋은 말은 무엇인가? 생각하다 정선혜각행일치(正善慧覺行一致)로 정했다(한자가 맞는지 모르겠다).

**5월 11일 금요일 (무소유처 11일째)**

오전 0시 42분~1시 36분(54분간) 자시수련 (없다). 3경구 암송 후 화두 암송. 좌선하고 3경구 암송하자 관음법문 파장이 요란하고 백회와 인당으로 들어오는 천기가 천목혈로 집중 운기된다. 노궁과 용천혈로 찌릿찌릿하며 들어오는 기운이 단전과 중단전을 뜨겁게 태운다. 인당으로 원형 백광이 잠시 보이다 머리 위로 백열전구 빛이 내려비추 듯 노란 빛과 백광이 조화롭게 어울려 인당을 중심으로 얼굴 전체와 몸을 환하게 비춘다.

수련 마칠 쯤 드디어 '아무것도 없다~. 없다~' 자성의 소리가 들린다. 화두가 깨진 거 같다. 이글을 쓰는 지금 이 순간도 음파 소리 관음법문이 요란하다.

오전 9시 35분 기상하여 방석운동 했다. 오전 일 보고 있는 중 선생님 전화 받고 삼공재 방문 다음 기회로 연기했다. (선생님의 빠른 쾌유를 빕니다).

오후 3시 17분~3시 56분(39분간) 오후 수련. 3경구 암송 후 화두 암송. 행공 시부터 백회로 기운이 시원하게 들어오고 하단전이 뜨겁게 달아올라 수련이 잘될 것 같은 기분이 호시다마라고 빙의로 인한 중단전의 답답증과 수마로 풀리지 않다가 수련 마칠 쯤에 천도

되어 화두 7단계 끝의 확인은 자시에 해야겠다.

**5월 12일 토요일 (무소유처 12일째)**

오전 0시 25분~1시 21분(56분간) 자시수련. 3경구 암송 후 화두 암송 중 백회와 머리 둘레가 기운의 장을 형성하며 관음법문 파장이 요란하다. 인당으로 원형 백광이 수련 내내 보였으며, 손끝과 노궁의 찌릿함과 온화함이 있는 따뜻한 기운이 양팔을 진동시키며 들어와, 중단과 하단전을 태우 듯 뜨거운 것이 완전한 삼합진공의 전 단계인 거 같고 온몸이 뜨거운 열감에 기분이 좋은 것이 주천화후인 거 같다. 소리(음), 빛, 진동은 자성의 나툼일 뿐 자성은 진공묘유(공)임을 다시 한번 자각하며 확인한다.

오전 9시 20분 기상하여 아들들 기차역과 버스터미널에 각각 데려다 주고 와서 방석운동 했다.

오전 10시 2분~11시 18분(76분간) 오전 수련 (無心). 3경구 암송 후 화두 암송. 양쪽 귀에서 음파 소리의 관음법문 파장과 인당으로 황백색 빛 원형 고리가 보이고 용천과 노궁으로 기운이 들어와 단전을 뜨겁게 한다. 머리 왼쪽 위에 내가 아닌 내가 나를 보고 있는 느낌이 들며 내 자성이라는 직감이 든다.

인당의 황백색 빛을 집중적으로 관하니, 회전하여 점점 커지면서 얼굴 전체를 감싸며 백광으로 변하여 더 집중하니, 안개 같은 백광이 강줄기 형태로 내 몸으로 쏟아 들어온다. 그 기운에 온몸의 세포가 퐁~퐁하며 깨어난다. 연무를 계속 관하니 검푸른 하늘이 갈라지며 번갯불이 여기저기서 반짝인다. 좀 더 집중하니 하늘이 갈라지며 황백색 빛이 백회와 인당으로 쏟아지며 우주의 중심과 연결된 직감과 충만감이 인다.

'마음먹기에 따라서 악인, 선인, 고양이, 소, 돼지, 땅거미 등 여러 생물이 될 수 있다. 모든 것은 인과응보, 자업자득이니 업장을 소멸할 때까지 무심으로 행하라. 무심으로 행하라~'는 자성의 소리가 들린다.

### 8단계 비비상처 (2018년 5월 13일~15일)

#### 5월 13일 일요일 (비비상처 1일째)

어제 오후 3시경 선생님께 8단계 화두 받았다.

오전 0시 33분~1시 35분(62분간) 자시수련. 3경구 암송 후 화두 암송. 8단계 화두 암송 시 백회로 기운이 회전하여 들어오고, 우주의 중심으로부터 흰빛이 인당으로 들어온다. 이 회전하는 기운과 빛의 기운이 몸통 안을 청소하듯이 여기저기를 훑으며 중단전을 거쳐 하단전에 안착하니, 몸은 전후좌우로 진동하며 단전은 따뜻하다. 인당은 황백색 빛과 백광이 서로 불규칙하게 바뀌다가 검푸른 보라색으로 변하여 집중하니, 스케치한 그림 형태로 희미하게 보였으나 의미를 모르겠다. 중단의 왼쪽에 아집의 덩어리가 웅크리고 있는 게 느껴져 관하며 화두 암송하였더니 수련 끝날 무렵 흩어져 중단이 열

렸다.

오전 10시 40분 기상하여 방석운동과 스트레칭으로 몸을 풀었다.

오전 11시 6분~오후 12시 52분(108분간) 오전 수련. 3경구 암송 후 화두 암송. 관음법문 파장이 일고, 머리가 단단해지면서 인당으로 황백색 원형 고리가 터널을 지나면서 황백색, 은백색과 보라색으로 불규칙하게 바뀌는 것이 수련 내내 보인다. 허리는 반듯이 세워지면서 횡경막의 압박이 있으며, 인당에 박힌 헤드라이트를 잡아뽑으려 하면서 물을 짜듯 몸과 팔이 돌부처가 된다.

**5월 14일 월요일 (비비상처 2일째)**

오전 11시 10분에 늦게 일어나 서둘러 봉서산을 3경구 암송 후 화두 암송하며 산책하고 왔다. 아침 겸 점심 생식하고 아버지 모시고 비뇨기과 다녀왔다.

**5월 15일 화요일 (비비상처 3일째)**

영업 끝나고 샤워 시 처음으로 빙의령이 스르르~ 하고 빠져나가는 느낌이 슬로우 비디오처럼 처음 느꼈다. 기감이 예민해진 느낌이다. 샤워 후 장근술 20회, 팔 비틀기 스트레칭하고, 오전 0시 15분부터 오전 1시 11분까지(56분간) 자시수련(우주의 중심). 3경구 암송 후 화두 암송. 8단계 화두 암송시 기운의 흐름에 따라 심한 진동은 아니지만 몸이 전우좌우로 작은 진동을 동반하며 수련이 진행된다.

음파 소리의 관음법문 파장이 시작되고 인당으로 황백색 바탕에 은백색 빛의 타원형 고리가 보인다. 은백색 빛이 은하계의 중심으로부터 기운을 받아 인당으로 중계하여 준다는 느낌을 받으며 수련 중 '우주의 중심이다~. 우주의 중심이다~'라고 자성의 소리가 들리며 순간적으로 찌릿하고 감전된다. 이로써 8단계 끝이라는 느낌이 든다.

각 단계마다 심신을 울린 자성의 소리를 마음에 새겨 언행을 신중히 하므로 인과를 짓지 않고 응보를 슬기롭게 극복하겠다. 정선혜각행일치(正善慧覺行一致)하도록 항상 수련의 끈을 놓지 않을 것이다.

그동안 현묘지도 수련 시 많은 어려움과 자질 부족으로 수련 자체를 미루고 다음에 할 생각도 있었으나, 스승님과 선계의 스승님, 지도령님, 보호령님의 도움으로 수련을 마칠 수 있게 되어 감사 인사 올립니다. 또한 현묘지도 카페 도반님들의 격려와 충고에 감사의 인사를 올립니다.

## 현묘지도 후 수련일지

### 2018년 8월 1일~11월 17일

#### 8월 3일 금요일

오전 10시 기상. 11시 20분까지 개인일 보고 아침 겸 점심 생식하고 오후 30분간 3경구(『천부경』, 『삼일신고』, 『대각경』) 암송 후 운장주, 태을주, 암송하니 하단전과 중단전 사이 원통관으로 열감이 형성된다. 시천주주 암송하면서 상단 중단전은 시원한 기운이, 중단전과 하단전이 열감으로 연결된다.

저녁시간 때 아버지 입원하신 의료원에 들렸다가 집에 오는 길 마음과 생각은 동전의 양면, 마음과 생각이 일어나는 근본 자리는 무엇인가? 관하고 관하니… 늦은 저녁에 분별심을 갖는 순간에 생김을 알았다. 그렇다면 분별심은 왜 일어나는가? 자문하니 지감과 금촉 즉, 감촉이 일어나는 탐진치, 오욕칠정에 휘둘려 진아를 잃어버린다는 자각이 인다. 고로 분별심을 갖는 순간 욕심의 발동으로 자성, 진아, 양심을 잊고 반하는 행하니 인과응보의 굴레에서 벗어나지 못한다. 인간이 만든 법과 예의에 충실하면서 양심, 자성에 반하는 분별심을 갖지 말자.

**8월 9일 목요일 45분간 자시수련**

『천부경』 10회 암송 시 하단전과 몸통이 뜨겁게 달아오르고 상단은 붉은 태양이 뜰 때 이글거리는 붉은 황색 바탕으로 보이다가 태을주, 시천주주 암송시 인당으로 구름 한점 없는 흰백색으로 보이다가 어느 시점에 은백의 빛으로 보이면서 중단에서 흰백색의 몸체 형상과 합치되면서 좌선한 빛의 형상을 느낀다.

요사이 화두는 어떻게 하면 자성을 면면히 지키면서 여여할까?인데 지금의 해답은 분별심을 갖지 않음으로써 탐진치, 오욕칠정에 휘둘리지 않는 것이다. 무사무념무심으로 관하고 정선혜각행일치를 오늘도 오후에 또 관하니 하단전 중단전이 뜨겁게 상호 기운이 교류한다. 기운이 백회로 천목혈로 내리꽂고 머리 둘레에 왕방울만한 염주 형태의 기장이 형성된다.

**8월 11일 토요일**

40분간 자시수련 했다. 천부경 - 삼일신고 - 대각경 - 운장주 - 태을주 - 개벽주 주문수련하고 시천주로 마무리했다. 임독맥이 연결되면서 수승화강이 잘되고, 인당으로 일몰 또는 일출을 해변가에서 보듯 바닷물에 빛이 젖는 것처럼 오렌지 빛이 한일(一)자로 퍼져 보인다.

하루 종일 개벽주가 입에 붙었다. 잃어버리고 행동하다가도 어느새 개벽주가 암송되면서 특히 머리 전체가 시원하면서도 청량한 기운이 감돈다. 몸은 더운 날씨인데도 포근한 기운이 감돈다.

### 8월 17일 금요일

70분간 자시수련 했다. 운장주(20분) - 태을주(20분) - 시천주(20분) - 개벽주(10분) 암송 수련. 음파 소리 관음법문 파장이 시원하고 청량한 바람이 부는 푸른 숲속에서 좌선하는 느낌이다.

### 8월 30일 목요일

오전 5시에 눈이 뜨여 침대에서 뒤척이는데 영안으로 흐릿하게 그림 같기도 하고 글씨 같은 게 보이는데 뚜렷하지 않았다. 그 뒤로 잠이 안 와 카페 오전 수련 처음 참가했다. 운장주-태을주-시천주주-개벽주 암송하며 수련. 인당으로 원형 오로라색으로 진행하다가 빛이 반짝이는 행성 같은 게 보인 후 새벽하늘의 구름 같은 걸 헤치며 하늘로 올라간다.

진행 후 보라색 불꽃놀이로 한참 동안 하늘을 연출하고 수채화처럼 천지가 어둡고 안개가 낀 듯한 풍경이 여러 장면 연출된 후 인당에서 머리 모양의 오로라색 빛이 계속해서 나가는 듯한다. 좌선 자세에서 무릎 위에 올려놓은 손과 다리 부분이 보인다. 하단전과 중단전 사이를 단전 크기의 열감이 호흡에 맞추어 왕복한다. 오늘은 인당으로 여러 가지를 경험했다.

### 9월 8일 토요일

70분간 자시수련. 운장주 - 태을주 - 시천주주 - 공처 화두 암송하며 수련. 운장주 암송 수련 중 졸음이 왔으나 짱~하면서 음파 소리 관음법문이 갑자기 커지며 잠이 달아나고, 시천주주까지 인당으로 황금색의 눈동자가 번쩍이고 편안하다. 또한 하단전, 중단전은 시원 따뜻함을 유지하다가 공처 화두 암송하면서 기운이 거의 들어오지 않는 수준으로 현저히 줄어들더니 졸음이 와서 중도에 수련 중단했다.

70분간 오전 수련. 운장주 - 태을주 - 공처 화두 암송 수련했다. 기록을 하려고 하니 다 잊어버리고 단지 인당으로 지평선에 해가 뜰 때의 햇빛처럼 연붉은 빛이 한일자(一)로 늘어진 것이 보인다.

**9월 16일 (일)**

오전에 햇볕이 없고 간간히 가랑비가 내려 덥지 않은 날씨 덕에 산소 벌초했다.

오후 8시경 70분간 좌선수련. 운장주(20분) - 태을주(20분) - 시천주주(30) 묵송하며 수련했다. 인당 부위를 중심으로 양 눈, 인중까지 그리고 머리 뒷꼭지까지 즉 얼굴 대부분이 없어졌다. 머리와 전신이 시원 포근한 기운이 감돈다.

왼쪽 귀 위에 관음법문 기적 장치가 있다는 것과 관음법문의 법문파장, 빙의 시 머리 짓눌림과 아픔이 왼쪽에서부터 일어난다는 것을 나는 최근에 알았다. 시천주주 수련을 늘린 이유는 시천주주 수련이 본성을 찾는 수련이고, 현묘지도 공처 수련을 재확인하는 것임을 직감으로 깨달았기 때문이다.

### 9월 18일 (수)

자시수련 하였으나 운장주 15분 하고 태을주 수련은 졸음이 쏟아져 중도에 그만두었다.

오후 2시에 60분간 운장주 - 태을주 - 시천주주 염송하며 수련했다. 전에는 심(心)자를 하단전에 놓고 호흡하던 것을 빙의령과 내자신의 감촉을 다스리기 위해 며칠 전부터 하단전에 무심(無心)자를 넣고 행공과 수련을 해왔다. 오늘도 무심자를 하단전에 놓고 수련했다. 하단전부터 온몸이 그 어떤 것으로도 이렇게 시원하게 할 수 없을 것 같은 개운한 느낌이 들었다. 감칠맛이 난다는 표현이 적절한지 모르겠다.

### 9월 20일 목요일

60분간 자시수련 했다. 운장주 - 태을주 - 시천주주를 염송하며 좌선수련했는데 오늘은 다른 날보다 집중과 기운의 유통이 잘되어 수승화강이 수련 내내 잘되므로 기의 맛을 제대로 본 듯하다.

오후 2시 50분경 60분간 수련했다. 운장주 - 태을주 - 시천주주를 염송하며 좌선수련시 시천주주 염송 시 영롱한 불빛을 하늘을 향해 비추는 검푸른 원반 같은 것이 이리저리 불규칙적으로 왔다갔다 한다. 또한 수련 중 후반에 잠시 동안 비행하는 느낌을 받고, 빙의로 인하여 왼쪽 가슴이 몸살을 앓을 때처럼 살과 가슴뼈 마디가 아픈데도 호흡시 상중하 단전이 각각 축기되는 것 같았다. 피부호흡이 전신으로 확장되는지 불편함이 없이 기운과 하나가 되었다.

**9월 21일 금요일**

운장주 - 태을주 - 시천주주를 염송하며 60분간 자시수련 했다. 핑계 없는 무덤 없다고 산에 가려 했는데 비가 와서 못 가고, 오전에 아버지 병문안 가는 중 『천부경』과 『삼일신고』, 『대각경』을 순서대로 염송했다. 『삼일신고』의 천훈과 『대각경』을 염송할 때 순천자는 흥하고 역천자는 망한다는 직감과 천지기운이 내 기운이라는 생각이 일치하며 전율이 일어났다. 무한한 충만감이 일어 발걸음이 가벼웠다. 행공 중 모든 만물은 우주의 꽃이라는 생각이 든다.

40분간 오후 수련. 운장주 - 태을주 - 천부경 묵송 중 회음과 백회를 일직선으로 몸이 좌로 2~3번 우로 2~3번 왔다 갔다 진동한 후 앞뒤로 작은 움직임이 인다.

**9월 28일 금요일**

오후 70분간 수련. 운장주 - 태을주 - 대각경 - 천부경 - 삼일신고 - 시천주주 묵송과 염송을 번갈아가면서 수련. 열감이 하단전에서부터 서서히 달아오르면서 도넛츠 모양이 하단전부터 벽돌 쌓이듯 중단까지 올라가서 도넛츠 모양은 사라지고 열감만 남는다. 상단전은 빙의로 인하여 기운이 들어오지 않다가 수련 후반에 시원하게 들어온다. 평소의 음파 소리 관음법문이 아니고 음률이 있는 관음법문 파장이

일어났다.

**9월 30일 일요일**

점심에 아버지 병 문안하고 봉서산 1시간 산책하는 동안 중생은 육체의 감촉에 집착하여 선악청탁후박한 가아를 진아로 착각하여 탐진치, 오욕칠정에 휘둘려 중도의 마음인 무심을 갖지 못한다.

오후 1시간 수련. 산책과 행공시 운장주, 태을주, 천부경, 삼일신고를 묵송하고, 수련시 시천주주(15분) - 대각경(15분) - 태을주(15분) - 삼일신고(15분)씩 1시간 수련. 지금 일어나고 있는 것은 인과로 여기고 중도의 마음으로 최선을 다하자는 자각이 일면서 이런 무심을 영원한 내 것으로 만들기 위하여 일심으로 수련의 끈을 놓지 않을 것이다.

**10월 1일 월요일**

45분간 자시수련. 어제 저녁 행공 시 천지기운 한기운, 한기운 내 기운을 묵송하고 싶은 생각이 들어 실천하였더니 하단전을 꼭지점으로 역원뿔 삼각형이 중단전까지 형성되었다. 시원한 기운이 들어와 중단전을 거쳐 하단전에 따뜻한 기운이 맴돌며 쌓이는 현상이 이어졌다. 자시수련 시 운장주 - 태을주 - 시천주주 염송 수련하니 중단이 시원하게 트이고, 하단전을 따뜻하게 하면서 인당은 은백색과 연한 노란색이 조화를 이루면서 원형 고리를 형성한다.

### 10월 5일 금요일

아버지가 요양원 생활에 어느 정도 적응하신 거 같아 안심된다.

오후 1시간 묵송과 염송으로 수련. 운장주 - 태을주 - 대각경 - 천부경 - 삼일신고를 묵송과 염송으로 번갈아가면서 수련했다. 수련 진행 중 백회와 인당이 백열전구의 열감의 뜨거움이 느껴지며, 중단전과 하단전에 시원한 안개 기운이 느껴졌다.

### 10월 6일 토요일

80분간 자시수련. 운장주 - 태을주 - 시천주주 - 개벽주를 묵송과 염송으로 번갈아가면서 수련했다. 시천주주 수련 시 인당으로 안개 같은 하얀 기운이 계곡물처럼 지그재그로 내려오고 개벽주 수련 시는 몸통의 일부가 피부호흡을 한다.

70분간 오후 수련. 운장주 - 태을주 - 천부경 - 대각경 - 삼일신고를 염송과 묵송을 번갈아가면서 수련했다. 수련이 진행되는 듯한데 뚜렷한 느낌이 없다가 천부경 염송 시부터 중단과 상단전이 화한 느낌과 피부가 시원하고 마음이 편안한 가운데 조급증이 일어남을 감지한다.

### 10월 16일 화요일

80분간 자시수련. 운장주 - 태울주 - 시천주주 - 개벽주를 염송하며 수련했다. 주문수련 시작부터 관음법문 파장이 예전 같지 않게 파장이 크게 퍼지면서 단전과 우측 좌선한 다리까지 울림을 느끼더니 점차 왼쪽까지 느껴진다. 시간이 지남에 따라 하단전과 중단전이 하나의 열 기둥으로 연결되고 상단은 백회와 송과체를(ㅣ자) 중심으로 정확치는 않으나 대략 팔 등분하여 그 사이로 바늘 끝 같은 모양의 신령스러운 기운이 송과체로 모인다.

봉서산을 운장주, 천부경, 삼일신고, 대각경 염송시 오늘의 경구가 지난번의 염송과 다른 느낌이 일어나 염송에 집중하니, 업식을 씻어 자성을 찾게 하는 경구라는 자각이 일어난다. 돌아올 때는 시천주주를 염송하며 왔다

**10월 18일 목요일**

행공하면서 중단은 심한 빙의로 인하여 짓눌림과 아픔이 있는 가운데 기운은 시원하게 들어오고 가슴이 활짝 열려있는 상태다.

**10월 24일 수요일**

천안천(天安川)을 1시간 30분 걷고 운장주, 삼일신고, 대각경을 염송하며 걷는 동안 '겸손과 상생을 무심으로 행할 수 있을 때까지 수행하고, 상생과 겸손이 하느님과 하나가 되는 길이다"라는 자각이 인다.

**10월 30일 화요일**

오후 수련: 오후 40분, 운장주 - 대각경 - 갱생주를 묵송과 염송을

번갈아가면서 갱생주 수련 시 각 단전의 변화를 다시 한번 느끼길 바라며 수련했다. 갱생주는 상단전, 중단전, 하단전을 각 단전의 쓰임에 필요한 기운이 축기되는 것 같다. 상단전은 맑고 청아함을, 중단전은 시원하고 따뜻함을, 하단전은 용광로를 형성하여 효용을 극대화한다. 즉 갱생주는 소우주인 사람의 천지인(상, 중, 하단전)을 수련시키는 것 같다.

**11월 1일 목요일**

천안천 1시간 30분 걷고 달리기 하는 동안 운장주 - 천부경 - 삼일신고 - 대각경 묵송과 염송하는데 천부경의 일, 삼일신고의 천훈, 대각경의 하느님은 허공이라는 자각이 일면서, 우리가 숨을 쉬는데 필요하면서도 없는 듯한 허공이 나의 본 모습이라는 생각이 들고, 구름 바람이 내 형제 같다는 생각이 편안함과 포근함을 준다. 또한 요새 걸으면서 중단을 관하면 무의식적으로 합장하고 걷는 모습이 자주 그려지는 것이 겸손하라는 뜻 같다.

**11월 3일 토요일**

자시수련 1시간, 운장주 - 태을주 - 갱생주 - 시천주주를 묵송과 염송으로 번갈아가면서 수련했다. 관음법문 파장으로 수련 내내 청량한 기운이 감도는 숲속에서 수련하는 듯한 느낌을 받으며 수승화강이 저절로 된다.

**11월 5일 월요일**

자시수련 1시간, 운장주 - 태을주 - 갱생주 - 시천주주를 묵송과 염송으로 번갈아가면서 수련했다. 인당이 울렁거리면서 몸의 기운이 덩달아 울렁거린다. 또한 맑은 원형 오로라색이 얼굴 크기만 하게 보이다가 흰색과 회색, 노란색과 흰색의 나선형이 회전하며 인당으로 들어와 하단전을 화로로 만드는 것이 이전의 단전이 아니다. 어깨와 팔만이 바깥과 경계가 있고 몸의 앞뒷면의 경계가 없어지면서 몸 바깥의 공기와 하나가 되었다.

**11월 10일 토요일**

지난 1일 강력한 빙의로 중단이 계속 짓눌린 상태였다가 식자재 구입하여 귀가 중 중단이 10일 만에 열리면서 편안한 상태다.

**11월 12일 월요일**

심신상태 : 오전에 머리가 어지러운 것이 휘청할 정도로 느껴지면서 마음의 불안과 우울증을 증폭시키는 것을 감지하고 축기와 관을 했으나 저녁식사 후 연탄재 버릴 때 다시 한번 또 느낀다.

**11월 13일 화요일**

심신상태: 요새 빙의령의 장난으로 우울증, 조급증, 나태한 증상이 일어난다.

수련: 자시수련 70분간 했다. 운장주 - 태을주 - 시천주주 - 갱생주 주문수련 하면서 축기에 의념을 두었다.

**11월 14일 수요일**

천안천 걷기하는 동안 수련의 목적이 마음이 허공이 되기 위함이라는 생각에 마음이 한없이 평온하다.

**11월 15일 목요일**

자시수련 1시간. 피곤하여 씻고 자려고 했는데 수련 욕구로 자시수련 1시간 했다. 운장주 - 태을주 - 시천주주 - 갱생주 묵송과 염송으로 주문수련. 하단전은 따뜻하고 양쪽 귀에서 수련 중반 중 갑자기 천둥치는 소리처럼 우루룽~ 한 후 시원한 기운이 들어왔다. 걸릴 것 없으면서도 만물만생에 필요한 것을 내려주면서도 주었다는 자체를 잊은 허공 같은 마음이 수련 내내 들어 마음이 평온하다.

**11월 17일 토요일**

자시수련 60분간. 운장주 - 태을주 - 시천주주 - 갱생주 주문수련 했다. 인당과 백회로 시원한 기운이 쏟아지더니 얼마의 시간이 흐른 후 중단이 돋보기로 쬐이는 것처럼 한점이 시원하더니 점점 넓어지면서 시원한 기운이 들어온다.

**【필자의 논평】**

오성국 씨의 수련기를 읽노라면 언제인가 우주에 던져진 작은 빛의 덩어리가 하염없이 그리고 거침없이 우주를 항해하면서 시간이 지날수록 점점 더 속 알맹이가 충실해져 가는 느낌이 든다. 부디 대성하여 지금까지 자신을 도와준 스승들과 도우들에게 기쁨을 안겨주기 바란다. 도호는 우광(宇光)

# 현묘지도 수련기

이 창 준

삼공 선생님을 직접 뵙고 공부할 수 있게 된 것은, 이번 인생에서는 겪을 수 없었던 엄청난 축복이자 행운이다. 어느 날 우연히 하나의 블로그에서 조광님을 만났고, 삼공 선생님을 뵙게 되어 현묘지도 화두수련을 하게 되었다. 지금은 우연이 아니고 필연이었음을 느낀다. 공부 과정에서 지나간 삶에 대한 가치를 분명하게 알게 되었다. 그리고 앞으로 남은 인생을 어떤 실천적 삶을 살아가야 할지 방향을 찾게 되었다.

현묘지도 수련을 통해 근원적 주체를 각성하게 해주신 삼공 선생님께 큰 감사를 드린다. 항상 따뜻한 다과를 준비 해주신 사모님께도 감사드리고, 선생님께 인도해 주신 조광님께도 감사드린다.

## 수련의 동기와 과정들

19세 때 이층에서 떨어져 입시 3일 전까지 3달 동안 침을 맞았다. 매일 2~3시간 침 꽂은 상태로 앉아 있다가 옆에 놓여있던 건강 다이제스트 책 보고 호흡을 시작했다. 매일 하니 답답한 가슴의 열기는 빠져나가고 의식에 집중이 되었다. 하루하루 팔, 다리, 머리가 없어지고 뱃속 가운데 하나의 의식 덩어리만 존재한다. 단전이었다.

심신이 안정되고 이것이 나의 진짜 실체일까? 하고 의문이 시작되었다. 싱크로율 100% 예지몽을 항상 경험하던 때였다. 자신이 의도하지 않았고 인지하지 않았던 꿈속 화면이 현재에 펼쳐져 진행되니 내 육체는 뭔가의 연출에 의해 현실에 펼쳐지는 꼭두각시? 경험의 매개체처럼 인식되었다. 나는 나를 몰랐다. 알아야지!

### 20세~25세

매일 아침 운동과 하루 두 번의 명상을 통해 의식 덩어리를 인지하고 캤다. 그게 명상? 입정? 선정? 그때는 몰랐지만 호흡에 따라 의식이 깊어지는 사실에 더욱 재미를 느꼈다. 호흡이 끝없이 길어지고 가늘어지고 하다가 의식의 공간에 몰입될 때는 호흡이 없어졌다. 마음의 끝은 뭐일까? 의식의 끝은 뭐지? 존재에 대한 의문이 짙어갔다.

하루는 깊이를 알 수 없는 동굴같이 생긴 우물의 끝, 수백 년 미동도 않았던 잔잔함과 고요함에 본래 마음의 실체를 화면으로 보는 느낌이 들었다. 또 하루는 어느 공간에 좌정하고 있다가 귀신 같은 형상이 나타나 놀랐다.

이윽고 4일째 죽을 각오로 좌정에 들었다. 온갖 무서운 형상이 나타났다. 미동하지 않고 바라보는 동시에 그 형상이 측은하다 못해 미소가 지어졌다. 그러자 코앞의 귀신 형상은 휙 없어지고 좌정한 자신을 본다. 수만의 은빛(혹은 백색?) 실타래로 엮어진 몸속 내부의 기운줄이 보이고 지극한 평화, 둘러보니 우주 공간 같다. 공포와 두려움은 모르는 것으로 시작하고, 사람은 우주의 별과 같은 존재로 인식되었다.

또 하루는 독서 중 글 한 줄이 흑판만큼 확대되고 빛으로 갈라진다. 눈부신 빛으로 둘러싸여 어디에서 이런 빛이... 하며 둘러보고 내 몸을 보니 투명한 연노랑 빛이 발광하고 있다. 혈관들이 순간순간 보이며 몸 자체에서 발광한다. 사람은 본래 빛의 존재라고 인식되고 원인 모를 눈물이 많이 흘렀다. 기뻤고 처음으로 주위 존재(세상 만물)와 자신에게 고마움이 가득했다.

**26세~37세 : 사회생활하며 연애도 했다.**

어떤 특정인을 만나면 가슴에 에너지가 뭉쳐오고 24시간 의식이 갔다. 새벽녘 1~2시간 동안 영화 속 장면 같은, 시대와 생김새와 역할이 다른 동영상 속에 있다. 특정인과 나도 보인다. 전생이다. 뭉쳐진 가슴 에너지는 녹아내려 시원해진다. 전생에 적지 않은 종류의 역할들이 있었다. 소크라테스의 '너 자신을 알라'는 문구가 항상 마음에 각인된다. 사람은 한 생(많은 생)에 지었던 습에 의해 현생을 맞이하고 인연들이 지어지는 원리에 눈을 뜨는 거 같았다.

### 37세~38세 : 수련단체 경험

문화영 선생님 수련단체에서 1년 남짓 수련했다. 그분은 영(역사 인물과 우주인 등)에 아주 밝은 분이셨다. 『선도체험기』를 읽고 알았지만 삼공 선생님과도 인연이 계셨던 분이었다. 중국을 같이 갔다. 40명가량. 황산 여러 곳에 등반하며 잠시잠시 쉰다. 그때마다 문화영 선생님이 앉아서 입정에 드신다. 뭘 하실까? 하루가 지나 모두 앉혀서 눈 감고 수련에 들라 한다. 사범들이 무슨 종류의 안테나를 연상하란다. 책을 안 읽어 몰랐다. 그냥 입정에 들었다

그러자 눈앞에 황산 봉우리들이 양열로 쭉 늘어선다. 봉우리 위에는 큰 고무보트 위에 파리 에펠탑처럼 생긴 탑들이 놓여있다. 저게 안테나인가 했다. 나중에 사범에게 물어보니 맞다고 한다. 사범이 문화영 선생님께 얘기했더니 “이번 여행에서 한두 분이 좋은 경험하실 거라 했는데 엉뚱한 사람이 하셨네요”라고 했단다. 한 사람씩 일어서서 진행하는 여행 마지막 날 개인면담 시간에 나보고 영이 아주 맑은 분이라고 하셨다.

### 39세~49세 : 수련단체 경험

한○ 선생님의 공부 내용으로 수련했다. 수련에 많은 도움이 됐다. 수련단체의 창시자가 돌아가시고 일어나는 전형적인 경우들을 보고 알게 됐다. 도인을 자처하고 도계, 천계를 오간다는 사람들도 봤다. 기운이 출중하고 현생에서 본인의 사명을 깨닫고 이행하기까

지 인간적으로 많은 인고의 세월이 있었을 것이다. 묵묵히 자신의 수련에 충실하신 분들도 계셨다. 하지만 지극히 인간적인 불미스러운 일은 어느 곳에서나 일어나는 모양이다. 결론은 인간은 인간으로 태어난 이유가 있다. 도계, 천계를 오가고 자신을 어느 정도 알고 도력을 갖춰도 현생의 인격에 도격을 녹여내지 못한다면 의미가 없다는 것을 알았다.

**50세~55세 : 2018년 삼공 선생님을 뵙게 되다.**

수련을 5~6년 놓았다고 생각했는데 마음은 생활 속 수련과 함께 했다. 지극한 평상심이란 무엇일까? 꼭 수련을 하지 않아도 수십 년 수행해 온 사람들 이상으로 평범하면서도 깊은 의식의 소유자들이 있었다. 책에서도 볼 수 있었고 현실에서도 그렇게 느껴지는 분들이 있었다. 그분들은 그렇게 자신들의 사명과 역할을 충실히 하고 시행했다. 깨우친 선지자들께서 항상 평범함과 평상심을 말씀하셨다. 평생 동안 내 마음이 그렇지 못한 순간순간 스스로 공부가 모자람을 절실히 느꼈다.

2018년 우연히 조광님 블로그를 알게 되었고 조광님의 배려로 삼공 선생님을 뵙게 되었다. 『선도체험기』도 읽게 되었고 삼공 선생님을 뵈면 뵐수록 지극한 평범함과 평상심의 롤 모델처럼 느껴진다. 선생님의 『대각경』은 깨달음이다. 생의 모든 공부의 총체이자, 지금 순간을 깨우는 공부의 관문이다.

**2018년 4월 28일, 삼공재 첫 번째 방문**

선생님께 인사를 드리고 생식 처방, 수련을 시작한다. 정좌하고 앉으니 양팔과 어깨 너머로 기운이 훌훌 흘러간다. “기가 느껴집니까?” 선생님이 물었다. “네~“ 작은 소리로 대답해서 잘 안 들리시는 듯했다. 계속 호흡하자 백회와 인당에 시원한 얼음 팩을 부쳐놓은 듯 강한 자극이 온다.

조광님과 삼공재 방문 약속한 날 5일 전부터, 저녁 자시부터 두세 시간 이상씩 집중이 됐다. 5일 동안 백회와 인당에 자극이 오고 시원했다. 하지만 선생님 앞에서 정좌 후 느껴지는 기운은 온도가 달랐다. 눈동자 안까지 시원해진다. 몸 여기저기서 오랜만에 느끼는 기운이 변화도 일어난다. 저절로 반성이 된다. 5~6년 동안 수련을 놓다시피 하고 세끼 밥은 꾸역꾸역 챙겨온 자신이 부끄러웠다. 한편으로는 새로이 수련을 하게 된 모든 동기들에 감사하고 그런 자신이 은근히 기쁘기도 했다.

감았던 눈을 뜬다. 방안의 청량감이 맑게 느껴지며 좋은 산림욕을 하는 기분이 들었다. 선생님은 나이만 드신 청년 같았다. 순수한 애기(한 살에서 두 살)에게 느껴지는 기운도 느껴졌다. 솔직히 이 세상의 기운이 아닌 것처럼 느껴졌다. 첫날 방문은 백회와 인당, 눈 안이 깨끗이 청소가 되는 것 같았다. 책을 구입하고 인사를 드리고 나왔다

## 5월 5일, 삼공재 두 번째 방문

조광님을 만나 삼공재 방문. 인사를 드리고 수련한다. 전번 주와 같이 양팔 어깨 너머로 기운이 흐른다. 조금 시간이 가고 하단전이 축기된다. 백회의 기운이 갑자기 발동한다. 동시에 중단전이 강하게 자극되고, 송곳으로 깊이 찌르는 듯하다. 좀 놀랐다. 그런데 마음은 개의치 않는다. 똑같은 리듬으로 호흡한다.

축기된 하단전의 기운이 중단전을 채우며 올라오고 백회로 기운이 상단전을 적시고 중단으로 내려간다. 중단전이 기운으로 꽉 찬다. 든든하고 시원해지면서 양손 노궁으로 많은 기운이 발산된다. 중단전이 단련되는 날 같았다.

첫 번째 삼공재 방문 후 일주일 내내 백회와 인당, 눈을 적시는 차가운 기운 덕분에 책 보기가 쉬워졌다. 5~6년간 20분을 보지 못했던 책을 이제 계속해서 한 시간 이상씩 읽는다. 눈의 피로감이 몇 배로 사라졌다. 선생님께 감사드리며 조광님께도 감사드리고 싶다.

## 5월 19일, 삼공재 세 번째 방문

이 주일 만에 선생님을 뵈었다. 지각도 했다. 매일 생식 일식 이상씩 하고 수련은 한 시간에서 쉬어가며 네 시간도 한다. 첫 번째 방문 때도 삼 단전이 연하게 연결고리가 느껴졌으나 두 번째 방문 후 느껴지는 상중하 단전의 연결고리가 좀 더 짙어가는 것을 알 수 있다. 백회와 인당이 시원하고 중단을 적셔가고 하단전까지 축기되어 들어온다. 『선도체험기』를 읽을 때마다 조금씩 이런 현상이 일어나고 반응한다.

인사를 드리고 정좌수련. 팔 주위에 기운이 흐른다. 오늘은 하체까지 기 바람이 불어온다. 10분 지났나? 용천에 강한 자극이 오고 노궁도 연하게 오고 있다. 나도 모르게 무릎 위에 덮어 놓은 양 손바닥을 뒤집어 하늘로 향하게 한다. 보통 때와 같이 축기가 되자 백회의 반응이 왔을 뿐인데 오늘은 용천과 노궁에 자극이 오고 팔 다리 내부로 기운이 슝슝 나온다. 몸속 전체를 샤워하는 느낌이다. 시원한 바람은 훈풍으로 바뀐다. 기분 좋고 온화하다. 20분 정도 계속해서 흐른다.

조용해지고 한 타임 수련이 끝나나 생각하자 갑자기 왼쪽 손등에서 팔꿈치, 어깨, 등 쪽으로 이어서 오른쪽 어깨, 팔, 손등까지 전깃줄같이 뒤쪽 나를 감싼다. 나의 기운이 아니다. 누군가 뒤에서 포옹하듯 감싸안는다. 조금 놀라긴 했지만 기분이 나쁘거나 거부반응이 일어나지는 않는다. 잠깐 그러더니 이번엔 크고 넓게 한번 더 감싸안는다.

이런 느낌들이 도움의 신명인가? 선생님의 배려인가? 대맥과 소주천을 운기해 보니 전보다 강하고 빠르다. 수년 전 수련했던 대맥과 소주천, 대주천 운기가 자연스레 진행하여 새롭게 되는 것 같았다. 마치 자전거 타기를 배워 수년간 타지 않다가, 다시 타보니 잊어버리지 않고 금방 잘 다뤄지는 느낌이었다. 『선도체험기』 1~4권에서 선생님께서 강조하신 축기의 중요성이 다시 한번 생각된다. 오늘은 은혜를 입은 기분이다. 감사한 마음이 저절로 솟아난다.

### 5월 26일, 삼공재 네 번째 방문

세 번째 방문 후 일주일 계속 용천에서 기운이 나왔다. 앉아서도 나오고 잠자리에 눕기만 해도 훌훌 계속 나왔다. 좌공을 해도 나오고 있었으나 축기도 잘된다.

인사를 드리고 수련 시작. 백회에 자극이 오고, 상중하 단전 축기가 된다. 오늘은 일주일 계속 자극이 왔던 용천이 이렇게 구멍이 컸나 싶을 정도로 분명한 느낌이 왔다. 수련이 잘됐다. 선생님 앞에서 수련하면 왠지 수련 내용이 분명히 드러나는 것 같다. 혼자 수련한 내용이 결실을 맺듯 분명히 느껴진다. 자가 점검이 되는 것처럼. 선생님 기운은 깨끗한 거울 같다는 생각이 든다.

### 6월 2일, 삼공재 다섯 번째 방문 (기운 충만감)

인사를 드리고 앉는다. 백회와 인당의 반응이 오며 상단 중단 하단과 용천 노궁에 기운이 흐른다. 계속 호흡하자 삼 단전이 충만하고 이어서 용천과 노궁에 기운이 머문다. 백회에서 전달되는 기운이 전보다 좀 빨라진 거 같다. 전신에 에너지가 꽉 찬 느낌이다. 이제까지는 흐르는 기운과 단전에 축기가 되는 형식이었다. 그런데 노궁, 용천까지 기운이 찬다. 오랜만에 느끼는 기운의 충만감이다. 새로이

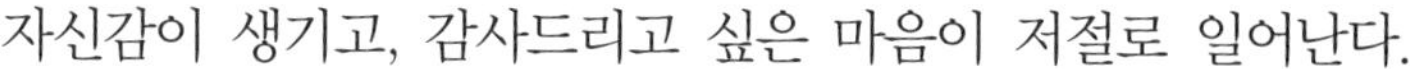

자신감이 생기고, 감사드리고 싶은 마음이 저절로 일어난다.

**6월 9일. 삼공재 여섯 번째 방문**

오늘은 선생님께서 컨디션이 별로 안 좋다고 하신다. 그러면서 미안하다고 하신다. 안 그러셔도 되는데···선생님의 표정과 미소에서 순수 그 자체의 기운이 우러난다. 이런 요소도 삼공재 기운의 근원점 중의 하나가 아닐까?

조광님께서 『선도체험기』 117권에 대해 선생님과 의논하신다. 옆에서 현묘지도 수련을 마친 인암님이 아랑곳없이 수련한다. 처음 보게 된 인암님의 수련 진동이 화려하다. 조금 후 절도 있게 진동하는 인암님으로부터 기운이 느껴진다. 진동이 세차다. 내부로 전달되는 기운보다는 몸 바깥 외부로 지리릭 전기가 통하듯 느껴졌다.

**6월 23일, 삼공재 일곱 번째 방문**

선생님을 이주일 만에 뵙는다. 다섯 번째 방문한 이후로 축기 시간이 단축됐다. 이번 주 내내 백회, 인당, 임맥과 독맥의 흐름이 많이 분명해지고 운기의 속도도 더 빨라졌다. 그리고는 전신에 축기가 되는 느낌이다. 노궁과 용천까지 기운이 찬다.

오늘도 수련 시작 몇 분 후 기운이 시원하게 유통이 되다가 축기를 한다고 마음을 먹으면 단전에 축기가 되고 양손, 팔다리까지 축기가 되는 느낌이다. 저절로 감사함이 우러나온다. 이런 은혜는 어떻게 갚아야 하나? 하고 생각이 든다. 아직 미진하고 수준 낮은 기운일지언정 전신에 축기된 기운이 선생님께 조금이라도 도움이 되면 좋겠다는 생각이 든다. 적어도 같이 수련하고 계시는 도반님들께 좋은 기운의 영향이 미치면 좋겠다는 생각이 강하게 일어난다.

### 6월 30일, 삼공재 여덟 번째 방문

오늘은 방문자 수가 많다. 유광님의 현묘지도 수련 졸업 파티를 하는 날이다. 모두 정좌해서 수련에 든다. 사람이 많았지만 기운도 활발하다. 삼공재에 처음 방문했을 때 받은 인상처럼 기운이 막 흐른다. 팔, 다리, 머리로 흐르더니 이내 축기된 단전을 느낄 수가 있다. 백회에서 기운이 사뿐히 들어와 상중하 단전을 시원하게 새로이 적신다. 용천과 노궁까지 기운이 찬다. 왠지 노궁에서 기운을 흘려보낼 수도 있겠다는 느낌도 들었다. 짧게 대맥과 소주천을 운기하고 난 뒤 다시 전신이 충만한 상태가 된다. 자신감이 더해지고 기분이 좋아진다.

어떻게 5, 6년 전에 놓았던 수련이 이렇게 빨리 회복되고 마음마저 단단해져 확신에 차게 됐나? 하고 생각하면 지금은 선생님과의 인연에 감사하고 은혜로운 느낌만 깊어진다. 삼공재에서의 수련은 수월하다. 청명하고, 투명해서 분명한 느낌의 기운이 체감된다. 삼공선생님의 성격과 기운을 위시해 보이지 않는 신명들이 공존하는 공간 같다.

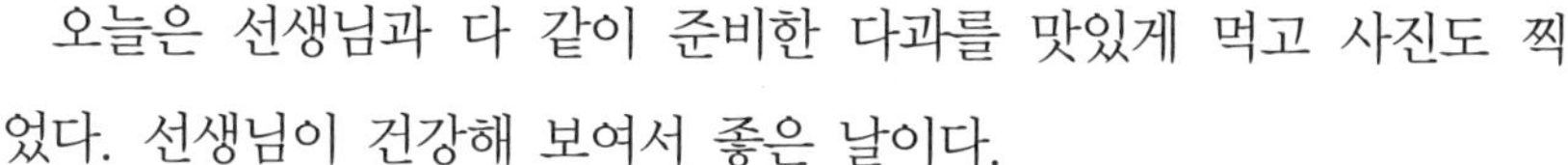

오늘은 선생님과 다 같이 준비한 다과를 맛있게 먹고 사진도 찍었다. 선생님이 건강해 보여서 좋은 날이다.

**7월 14일, 삼공재 아홉 번째 방문 (기운의 변화)**

이 주일 만의 방문이다. 일본을 10일 다녀왔고 거기서도 수련은 멈출 수 없었다. 백회, 인당, 용천에 지속적으로 기운이 들었기 때문에 기분 좋게 수련했다. 이렇게 진하게 의식되는 기감은 장거리 여행에서도 매일 자신을 수련으로 유도하는 듯이 느껴졌다.

인사를 드리고 좌정한다. 변화를 느낀다. 기운이 진해진 듯 밀도감이 더해졌다. 백회를 통한 삼 단전의 축기와 충만감에 다다르는 시간이 단축되었다. 대맥과 소주천 운기를 해봐도 그랬다. 평소보다 진한 밀도의 대맥을 좀 더 돌려봤다. 든든함이 의식의 깊이도 동반하는 듯한 몰입도를 가져왔다.

수련을 마치고 삼공재에서 처음 만난 오주현 님과 함께 차를 마셨다. 그분이 나한테 물어본다. “오늘 혹시 대맥 운기하셨어요?” 하며, 자신은 보통 잘하지 않는데 수련 중 저절로 대맥 운기가 일어났다고 한다. 그러면서 “혹시 오른쪽이 좀 껄끄러웠는데 그쪽이 걸리십니까?” 하고 묻기에 나는 “네, 오늘 대맥을 진하게 돌렸어요“라고 대답했다. 진하게 기운을 운기할 때 공명현상이 일어났던 것 같다. 평소에 운기를 잘하지 않으셨다고 말씀하시는 도우님의 대맥이 자연스럽지 않았던 것이 아닌가 생각했다.

오늘도 변화된 기운이 스스로 점검된 삼공재의 수련. 선생님과 삼공재의 기운에 감사드리고 싶다.

**7월 21일, 삼공재 열 번째 방문**

이번 주는 『선도체험기』를 읽는 내내 백회, 상단, 중단, 하단에 기운이 스물럭스물럭 들어왔다. 이렇게 계속 기운이 들어오면 나중에 농도가 어떻게 될까? 궁금해질 정도였다. 자연 책 보는 시간이 많아졌다. 아홉 번째 방문한 다음날부터 수련만 하면 중단, 하단이 엄청 커진다. 일주일 계속 커진 단전을 느낀다. 어떤 때는 몸 바깥까지 단전이 느껴진다. 며칠 커지다가 어느 날 갑자기 타조알만한 크기의 단전이 중, 하단에 맺힌다.

오늘 삼공재 수련에서도 이 현상은 뚜렷하게 드러난다. 전체적으로 백회와 인당의 기적 작용이 보다 선명해졌다. 그리고 세 단전이 보다 더 확실히, 착실히 자리 잡은 상태가 확인되는 시간이었다. 노궁과 용천에서 기운의 들고남, 충만감도 좀 더 밀도가 더해진 것 같다. 마음에서의 자신감과 스스로에 대한 믿음이 충만된 기운과 아우러지며 든든한 평화로움이 무게감 있게 실린다.

수련을 마치고 생식을 구입하며 선생님에게 요즘 백회로 기운이 많이 들어온다고 말씀드렸다. 선생님께서 "그때가 좋은 때야!" 라고 하시며 웃으신다.

### 7월 28일 삼공재 열두 번째 방문 후

8월, 9월은 여느 때와 같이 흐르는 일상생활이 있었다. 지난해 여름과 다른 면이 있다면 수련이 거의 함께하는 일상이었다. 다시 선생님을 뵙고 수련할 때는 현묘지도 공부를 할 수 있는 시간을 그리며 수련했다. 처음엔 때가 되면 하겠지 라고 생각했지만, 이제는 그렇지 않다 하고 작심한다. 때와 운명이 있어도 준비되지 않는다면 모든 걸 놓친다. 준비할 수 있는 실행력도 공부요 길이라는 생각으로 8, 9월을 보냈다.

## 화두수련 1

### 10월 13일

약 한 달 이상 날이 너무 더워 삼공재를 가지 않았다. 더운 여름날 토요일까지 매일 사람들이 찾아와 수련을 하니 선생님의 건강도 조금은 걱정이 되었다. 오늘은 오랜만에 조광님과 그동안의 수련 얘기를 나누고 맛있게 차 한잔 하기 위해 만나러 갔다.

삼공 선생님께 간다고는 생각도 하고 있지 않았다. 약속 장소로 가는 도중 아침에 꾼 꿈이 생각났다. 30몇 년 전 일인가 잠시 사귀었던 첫사랑이 나타났었다. 잠에서 깨어나 다시 생각해 보고 기억을 더듬어 보니 조금은 뜬금없었다. 하지만 꿈속에서는 반갑고 새롭고 재미있기도 하였다.

항상 만나던 장소에서 만나 자연스레 발길이 향한 곳은 삼공재였다. 조광님도 한동안 선생님을 못 봬서 수련보다 인사하러 가겠다고 통화를 하신 터였다. 인사를 드리고 나니 그냥 수련 분위기. 개인적으로 그동안 생각해 오던 화두수련에 대해서 말씀을 드릴까 했는데, 조광님께서 거침없이 물어봐 주시니, 삼공 선생님께서 나의 소주천, 대주천에 대한 상태를 잠깐 물어 보신다. 간단하게 말씀드리고 나니 가까이 오라 하시며 첫 번째 화두를 주셨다. 자연스레 이어진 화두수련의 시작이었다.

그야말로 새롭고 반갑고 재미있는 현상이었다. 공부에 대한 마음과 처음 대하는 화두수련이 첫사랑과 같은 즐거움으로 시작되었다. 그러고 보니 전날 저녁부터 누가 시킨 것처럼 식사를 참신하게 했었고, 왠지 평소 리듬에 없는 아침 화장실을 두 번 갔었다. 그 느낌은 장을 깨끗이 청소한 느낌이었고 전날부터 오늘 이 순간이 예측이라도 되었던 듯이 자연스럽게 진행이 되었던 것 같다.

선생님께서 화두 한 단계가 끝났다 싶으면 연락해서 두 번째 화두를 받으라고 말씀하신다. 자리로 돌아와 앉아 화두를 마음에 놓고 축기한다. 자연스레 움직이는 숨길에 화두를 맡기니 온몸과 정신이 깨끗해지고 텅 비는 듯한 느낌이 든다. 이렇게 입정에 드는가 보다 하고 느끼는 순간 양팔 양다리 몸통 머리로 종류가 다르게 느껴지는 기운이 선을 그리며 들어온다. 이렇게 종류가 다양한 기운이 동시에 느껴지며 들어오는 것에 좀 의아했다. 백회가 크게 작용하고 두부(頭部) 윗부분이 전부 열리는 듯한 느낌이 든다.

표현하자면 열린 두부 부분을 둥그랗게, 굵은 손가락 정도의 두께로 테두리가 만들어진다. 양끝이 말려서 올라온다면 손오공의 머리띠와 비슷하지만 그냥 앞이 조금 트인 둥그런 관 모양의 띠다. 3D 복사기마냥 입체물이 재생되는 것처럼 흡사하게 만들어진다. 머리 전체에서 아주 짧은 기운선들이 짜깁기하듯 분주하게 왔다갔다 하고, 5~10센티 정도 길이의 기운줄로 작업이 되는 거 같다. 정말 빠르게 움직인다.

선생님 책을 보면 신명들이 바쁘게 움직이는 표현이 나온다. 하지만 신명들의 모습이 구체적으로 보이거나 하지는 않았다. 이 순간 상황에서는 이런 생각들이 개입될 틈도 없이 진행되었다. 예기치도 않은 상황을 접하고 있었고 깊은 호흡 중에 일어나는 일을 지켜보고 있을 뿐이었다. 느껴지는 기운의 길이가 보여지는 듯 분명하고 동시에 몸에서도 기적인 현상이 바쁘게 일어나고 있다.

결국 엄청 큰 말발굽 모양의 테두리가 머리 위 둘레를 쳐서 만들어졌다. 튀지 않게 누른 금색이 무게감 있게 빛이 나고 있다. 살짝살짝 그물 모양의 금색 줄들이 어망처럼 쳐지고 사라지기를 반복한다. 이 순간들과 동시에 몸에서는 30~100센티 전후의 길이로 종류가 다른 기운들의 움직임이 든다.

마치 온갖 별들의 기운이 그동안 자신도 모르게 비어 있었던 빈자리를 매워가듯 줄줄이 채워져 들어온다. 섬광처럼 칼날처럼, 별똥 별이 떨어져오는 듯하다. 수백, 수천의 줄기?가 짧은 시간에 들고나고 하니, 바쁘게 작업한다는 표현이 적절하다. 이 느낌은 마치 본래부터 이러한데 내가 모르고 지내왔던 사실을 알게 하는 것과도 같은 느낌이다.

우리들의 몸과 기운체가 여러 별들의 기운과 맞물려 형성되어 왔고, 공부가 부족해 채워지지 않은 여러 부분을 본래의 그 기운들이 와서 채우고 자리 잡는 듯하다. 하늘의 무지개가 한 줄로 드리워져 있지만, 각각의 빛으로 구성되어 있듯이, 이 기운들은 우리 몸과 사지에 자기의 용도를 찾아서 들어가 안착되는 느낌이었다. 순간 우리 몸을 이루는 모든 구성 요소와 기운체들이 우리가 인지하지 않고 있는 순간순간 대단한 역할들을 수행하고 있었구나 하는 것을 새삼 인지하게 되었다.

그 이외의 부분까지도 작업이 되는 느낌이 있었지만 수련을 통해 알아야겠다는 생각이 들었다. 일순 과정이 지나가고 전체적인 기운이 안정되고 고요해진다. 백회와 몸 전체가 시원하고 기운으로 든든하다. 몸의 모든 기운이 하나로 공통된다. 둥실하게 찬 사지와 몸 기운이 시원하게 하나로 되고, 백회의 띠 테두리와 상태가 뚜렷한 느낌이 한동안 계속된다. 하나 된 느낌은 마치 현란했던 여러 가지 기적 작업들이 갈무리되고 정리됨을 느끼기에 충분했다.

얼마나 시간이 흘렀을까? 느끼기엔 10분 정도였지만 눈을 뜨고 시계를 보니 45분 이상 지나 있었다. 한 달 이상 못 뵈었던 선생님의

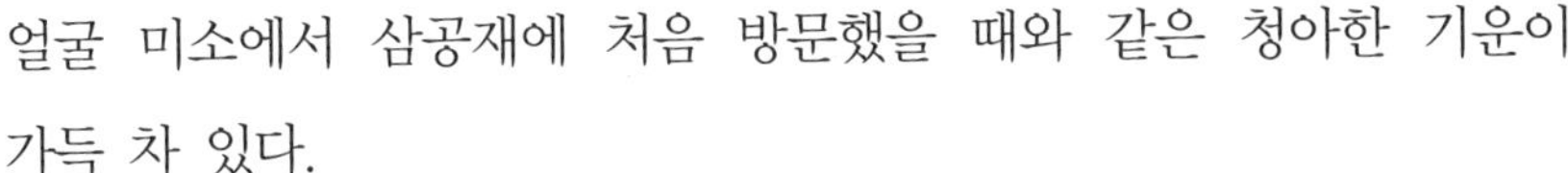

얼굴 미소에서 삼공재에 처음 방문했을 때와 같은 청아한 기운이 가득 차 있다.

**10월 14일**

자고 일어나니 전신이 근육통처럼 느껴지지만 몸의 움직임은 평소와 같이 움직여진다. 기몸살 같은 현상이 나타나고 있지만 마음이 든든하고 어제의 기운이 갈무리되고 있는 상황이 계속 일어나고 있다. 다른 때 이와 같은 기적 체험이 있은 후에는 아마도 몇날 며칠을 앓았을 수도 있었을 거라고 충분히 상상이 간다. 하지만 다르다. 직설적으로 표현하자면 뭔가 무장이 탄탄하게 된 느낌이다.

저녁이 되어 다시 화두수련. 정좌하고 앉으니 깊은 호흡에 들어간다. 조금은 숨이 거칠게 쉬어지고 축기가 되면서 목 주위가 도래도래 흔들린다. 단전이 충만해지고 갑자기 허리가 도래도래 흔들리며 돌기도 한다. 어제도 조금은 그런 느낌이 있었는데, 오늘은 더 진하게 느껴지며 진동이 진행된다. 양 어깨와 고관절까지 진동이 전해져 온다. 자연스럽게 놓아두니 깊은 호흡은 계속되고 진동에 따라 그냥 흔들흔들 춤추듯이 들어간다.

시간이 조금 더 지나자 진정이 되고 고요한 안정이 스며든다. 화두를 상기한다. 혹시 화려했던 어제의 기적 체험이 또 일어날까? 하는 생각이 마음 한구석 잠깐 일어나기도 했다. 기운이 꽉 차고 투명해진 느낌이 깊어진다. 상단, 중단, 하단전의 경계도 없는 듯 꽉 찬 느낌 속이다. 특별한 기적인 반응은 없는 듯하더니 갑자기 “북극성에서 왔다! 나는 북극성에서 왔다! 내가 북극성에서 왔다!” 대여섯 번 내면의 소리가 울려들려 왔다. 천리전음이라고 하는 것이 이것이다라고 인지된다. 하지만 멀리서 크게 울리며 분명하게 들리는 이 소리는 내 자신의 내면에서 울려오는 나의 소리였다.

상중하 단전 할 것 없이 백회 전체가 뚫려 있는 상황에서 통체로 울려내니 아주 먼 하늘에서 전해 내려오는 전음처럼 인식이 되겠다고 생각된다. 세 번째 울려 퍼지기 시작할 때부터 내 자신임을 의심할 여지가 없이 확실하게 느껴진다. 한동안 이 느낌은 계속되고 아주 투명하고 깨끗한 기운 속에서 여여하게 있다. 보통 축기할 때나 운기할 때 몸속에서 느껴지는 기운의 느낌과는 차원이 다르게, 모든 것이 안팎으로 청정한 기운과 하나 되어 자신의 모든 것이 존재하는 느낌이다.

짧은 시간 속이지만 평소 가슴에 들어있는, 머릿속에서 생각되는 여러 가지 것들이 강하게 정화되는 느낌이 많이 들었다. 이 순간만큼은 아마 누구라도 그럴 것 같다. 오늘도 수련 시간이 짧은 시간 안에 진행되었나 생각했지만 50분을 훨씬 넘긴 시간이 지났다. 화두 수련이 왠지 연결이 되어 진행되는 느낌을 가지게 된다.

### 10월 15일

근육통이 깨끗이 사라지고 아무렇지가 않다. 보통 이런 근육통은 일주일은 지속된다. 견디다 못해 2, 3일 뒤라도 몸살이라도 있었다.

1박 2일 만에 없어지는 근육통의 경험도 처음 해보는 것 같다. 오늘도 평소대로 수련을 한다. 인당이 자주 자극이 되고, 백회와 단전, 용천과 노궁으로 자연스러운 흐름의 기운이 일어난다. 축기를 계속하고 조용히 입정에 들어 화두를 의식해 본다. 그냥 좋다.

**10월 16일**

오늘은 수련에 들자마자 지난 4월 말 처음 삼공재를 방문해 5월 초 두 번째 방문하기 삼 일 전 꿨던 꿈이 불현듯 떠올랐다. 선생님과 사모님이 반갑게 맞아주시고 다과와 차를 즐긴 후 뒤뜰에 나가 모여 있는 몇 분들과 함께 섰다. 나의 팔을 당겨 선생님께서 하늘에 떠 있는 별들을 손수 가리키며 구체적으로 설명을 해 주시는 광경이다.

이 공부 과정이 우연이 아닌 필연으로 진행되는 것으로 느껴졌다. 당연히 때가 되어서 만나야 하는 사람을 만나게 되고 일어나야 할 일을 겪어야 하는 것처럼, 선도 공부도 이렇게 진행되고 있다. 숙명적임을 알게 되는 것 같다. 첫 번째 화두수련을 마친 것이 확인되는 날 같다.

## 화두수련 2

### 10월 20일

삼공재 방문하여 첫 번째 풀린 화두에 대해 말씀을 드리고 두 번째 화두를 받기 위해 선생님 가까이 가서 얘기를 꺼내는 순간, 선생님께서 손을 내저으시며 아무 말도 하지 말라고 하신다. 그러시면서 두 번째 화두를 주신다. 자리로 와서 화두를 마음에 놓고 정좌했다.

여느 때와 같이 강한 기운이 일어난다. 축기를 하는 중에 백회와 인당, 노궁으로 기운이 들고, 얼마 뒤엔 전신으로 기운이 들어온다. 부풀어지듯이 기운이 꽉 찬다 그런데 오늘 기운은 또 다르다. 강렬하지는 않다. 굉장히 고운, 비단결처럼 정갈한 기운이다. 하나의 단전이 전신이 된 것 같은 느낌이 든다. 아주 평온하고 흔들림이 없다. 기운이 계속해서 들어와서 펴진 허리와 온몸을 구석구석 있는 대로 세우는 듯하다. 모든 것이 올곧게 서는 느낌이다.

의식은 지금 현재 세상의 존재와 자신의 존재와의 상대성에 집중된다. 기운이 전혀 자극적이지 않고 아주 고운 모래알처럼, 아주 고운 선풍기 바람처럼, 그윽하게 공간에 가득 찬다. 조금 있으니 몸 구석구석 컨디션이 좋지 않은 부분이 선명하게 드러나 아파온다. 정말 고통스럽게 아프다. 보통 축기가 되면 몸의 안 좋은 부분이 낫거나 좋아졌었다. 오늘은 정반대다. 축기가 되니 더하다. 스스로에게 그 부분을 더욱 또렷하게 보여 주는 것 같이, 한동안 이 현상이 계속된다.

고통이 옅어지고 아픈 곳들이 사라질 즈음에 또 다른 느낌이 일어난다. 자신이 느끼는 세상에 현존하는 존재들과 사물들, 그리고 자신을 포함한 것들과는 전혀 상관되지 않는 부분이라고 느껴지는 영역이다. 어떻게 표현해야 할지 모르겠다. 말하자면 너무나 넓고 엄청나게 큰 범위로 새롭게 와닿아 느껴지는 기적 체험이다. 한마디로 다 알 수 없고 끝이 있을 수 없는 무한대의 기운이 이럴까?라고 표현을 할 수밖에 없다. 그 공간이 가득 찬다? 아니다! 이미 나와 세상은 그 공간 안에 존재할 뿐이다.

사람의 역사를 갖다대어 비교한다고 해도 미미하다고 하겠다. 지구와 하나의 태양계와도 별로 관여되지 않고 있는 영역의 범위라고 표현하고 싶다. 느낌은 그랬다. 이것은 알고 보니 두 번째 화두수련을 시작하고 서서히 느껴지는 끝을 알 수 없는, 지극히 고운 바람결과 같은 기운과 다르지 않다.

지금 현상은 이미 와닿아 있는 기운 속에서 인지되는 의식이 확장되는 것임을 알 거 같다. 의식의 확장은 기운과 같이 끝이 없는 듯하다. 이 느낌 자체만으로도 여여하다. 자신과 의식되는 대상들이 존재하는 모든 공간, 의식되지 않은 공간의 영역이 모두 연결되어 있다. 내가 몰랐을 뿐이다. 현재 의식이 인지하지 못했을 뿐인 것이다.

자성은 이미 깨달음의 존재임에 틀림없다. 그저 많은 생에 걸쳐서, 지금 펼쳐지고 있는 현실의 범위와 실상들을 바로 알게 하기 위해 유도하여 체득시켜준다. 여기에 삼공 선생님과 보이지 않는 곳에서의 고마운 신명들께서 도와주고 계신다.

자성에서 '상반합'이라는 문자를 또렷이 남겨 놓는다. 상자는 서로 상자이다. 범위를 알 수 없는 공간의 기운을 자신의 의식이 얼마나 인식할 수 있을까에 대한 의문이 항상 있었다. 의문이 풀려버린 느낌과 함께 평소 생각할 수 없었던 해방감이 젖어 든다. 기분 좋게 선생님께 인사드리고 귀가했다.

### 10월 21일

날씨가 좋은 일요일 하루가 여느 때와 다른 느낌이다. 슬금슬금 걸어 다니다가 제자리에 섰다. 화두를 마음으로 새기면서 정원에서 호흡을 한다. 여전히 부드럽고 꽉 찬 기운이 일어난다. 맑은 하늘과 나무들 사이로 줄 처진 거미들의 모습과 바람이 새롭게 느껴진다. 하늘과 마당에 있는 자연물과 나 자신이 꽉 찬 하나의 기운으로 느껴진다. 고요하고도 든든한 상태가 지속되니 머릿속이 맑아진다.

어제 선생님 앞에서 수련하다 자성이 보여준 상반합이란 단어가 불쑥 떠오른다. 상대적 현상계의 모든 물질과 자신은 이미 하나의 공간 기운 속에 동시적으로 존재한다. 이 존재감은 연결된 기운으로 일체감을 느끼게 한다. 경계가 없다. 한마디로 하나가 된 느낌이다. 꽉 찬 하나의 기운이다. 시간이 얼마나 흘렀을까 서서히 기운이 갈무리되는 듯 사물이 뚜렷해진다. 현관과 정원에 평소 손이 가지 않았던 곳을 깨끗이 청소하며 다음 화두가 기다려진다.

## 화두수련 3

### 10월 27일

구월 달에는 뵐 수 없었던 선생님의 건강이 훨씬 좋아져 보여서 좋았다. 선생님께서 항상 건강하게 계시면 더할 나위 없겠다는 생각을 한다. 세 번째 화두를 주셨다. 두 번째 화두를 풀 때쯤 세 번째 화두가 무엇인지 짐작은 했다. 또 새로운 어떤 기운을 체험하고, 이 체험이 어떤 새로운 체득과 개념을 자신에게 선사할지, 굉장히 기대가 되고 재미있기까지 하다. 살아오면서 이렇게 새롭고 흥미진진하고 실천적인 공부를 할 수가 있었던가? 이렇게 생각되니 정말 보람있고 감사하다.

이 공부는 나 자신을 나 자신 안에 그래서 세상 안에 우주 안에 던져 넣어 버리는 공부 같다. 이미 첫 번째 화두를 통해 알았지만 화두수련은 생각 정리도 아니고, 상상 수련도 아니다. 분명한 자성이 이끌어내어 주는 길을 충실이 밟아서 현재 의식이 자성과 일체화되기까지, 엄연히 체험을 통한 체득으로 이어진다. 왠지 삼공 선생님의 화두수련은 여덟까지로 진행되지만 모든 것이 연결되어 진행되는 것 같다.

평소와 같이 화두를 받고 좌정한다. 축기를 하니 삼 단전이 시원하다. 화두를 마음속으로 염한다. 몇 번을 염하듯 되뇌었을까? 깨끗하고 맑은 기운이 서서히 몰아친다. 점점 굉장히 크게 들어온다. 종류와 느낌이 또 다르다. 크고 세차게 몰아칠수록 용천과 노궁 이외의 온몸 혈자리에서 반응들이 온다. 전신에 깨를 뿌려놓은 듯이 반응한다. 조금 시간이 지나 전신의 반응들이 점점 누그러진다.

백회와 전신에 기운이 빵빵하게 차 있는데도 기운은 계속해서 듬숭듬숭 온몸을 엎어씌우듯 덮어온다. 어… 이러네… 하며 놀라는 나의 마음을 감출 수가 없다. 이 놀라움을 통해 솔직히 고백하지 않을 수 없다. 세 번째 화두를 짐작하고, 선생님으로부터 직접 화두를 받고서도 마음 한구석에는 화두의 단어에 대한 선입견이 나도 모르게 조금은 자리 잡고 있었다는 것을 알았다. 하지만 체험이란 평소 알고 있는 지식적 차원의 해석과는 전혀 다르다. 아! 이래서 알음알이로는 접근이 불가능한 공부라고 여러 선지식이 지적을 하셨구나.

맑고도 청아함이라는 느낌을 새로이 접해보는 사람이 되는 순간들 같다. 그냥 받아들일 뿐이다. 한동안 지속된다. 어느덧 잠잠해지고 농축된 듯한 에너지가 온몸을 꽉 채우는 듯하다. 몸안에서 묘한 기운이 돌고 미미한 진동마저 느껴진다. 어느 때보다도 맑게 정화된 에너지로 차 있음을 느낀다.

몸 안쪽이 진동을 하고 거기에 몸을 실어 보기도 했다. 호흡 변화에 따라 배가 들쑥날쑥하고 가슴이 에너지로 꽉 찬 느낌이 들었다. 백회에서 들어오는 기운을 한동안 상중하 단전으로 보내니 머리와 가슴과 아랫배 쪽에서 대맥이 운기되는 것과 같이 세 곳에서 링처럼 묵직하게 돌더니 조금 있다가 몸통 전체로 계속 돌아간다.

몸의 기운이 하나로 연결되고 또 다른 느낌의 든든하고 안정된 고요함으로 기운이 갈무리가 된다. 청아한 기운이 너무 생생하다. 맑기가 그지없다. 깨끗함의 극치라고 할까? 끝이 어딘지 모르게 느껴지는 청아함의 깊이에서 한계를 찾을 수 없고, 헤아릴 수가 없을 거 같다. 마음에서는 우리의 의식이 끝이 없는 우주를 모를 뿐이며 일치되어 알아가고 있는 중이다라고 조용히 느껴진다. 천부경의 구절이 읊조려진다.

## 화두수련 4

### 11월 3일

선생님께 인사를 드리고 세 번째 화두가 끝났음을 말씀드리니 종이에 열한 가지 반응이 적힌 메모지를 주신다. 수련 중에 해보라고 하신다. 내용을 보니 첫 화두 때부터 일어난 다양한 반응들이었다. 적힌 메모지를 집중해서 보고 마음에 넣어서 호흡을 시작했다.

시작하자마자 얼마 안되어 길지는 않은 호흡이지만 깊이 있는 세찬 호흡이 진행된다. 얼마간 계속된다. 의식적으로 멈출 필요는 없었다. 긴장을 풀고, 그 호흡에 숨을 맡기고 몸을 실었다. 단전에 기운이 모이는가 싶더니 목 안쪽에서 설레설레 흔들어댄다. 옆으로 도리도리. 앞뒤로 기운이 작용하는 대로 움직인다. 호흡은 계속 되고 조금 있으니 허리가 돈다. 하단전 쪽에서 대맥이 같이 돈다. 훌라후프 돌리듯 돌아간다.

어느 정도 돌더니 허리가 앞뒤로 왔다갔다를 반복한다. 세차고 깊이 있게 호흡이 계속된다. 무식호흡인 것이다. 하단전에서 어떤 리듬을 느끼기 시작하자 오른쪽 다리가 고관절 안쪽부터 진동되어 나오고 얼마간 진동되더니 왼쪽 다리가 시작된다. 조금 지나니 양다리가 닭 날개처럼 퍼덕거리는 진동이 시작된다. 의식을 내어서 멈출 수는 있을 것 같았다. 하지만 화두수련 중이니 그대로 놓아둔다.

호흡이 또 변한다. 이번에는 깊이깊이 들이쉬고 난 후에 깊숙이 내어뱉는다. 그러기를 몇번 반복한다 중단전으로 기운이 꽉 찬다. 어깨가 스르륵 올라가고 진동하듯 슬슬 돌아간다. 조용히 무게 있게 몇 바퀴 돌더니 양팔로 진한 기운이 전달된다. 그 느낌에 이제 팔이 진동할 모양이다라고 생각했다.

그런데 손가락 마디마디로 기운이 빠지듯 흘러든다. 팔과 손가락이 무게 있고 진중한 분위기로 여러 모양의 인을 만들어 낸다. 영화나 만화에 나오는 여러 가지 수인 모양새를 취하며 양손이 모였다 떨어졌다를 수차례 반복한 후 또 호흡이 바뀐다. 어떻게 바뀌든 맡겨 놓는다. 마음으로 바라보는 자세로 숨을 쉴 뿐이다.

굵고 조용한 호흡이 진행되자 상중하 단전에서 세 개의 단전이 대맥 방향으로 회전이 일어난다. 속도를 더해 빠르게 운기가 일어난다. 호흡은 굵게 일정하다. 운기 속도만 빨라지고 일정 속도의 진동 리듬을 형성한다. 몸 전체가 한바탕 굵고 잔잔한 진동을 일으킨 후 조용해진다. 너무나 다양하다.

정신은 선명해지고 또 다른 호흡이 진행된다. 이번에는 조용하고 지극히 예민한 호흡이다. 또 맡겨놓고 관한다. 기운의 감각들이 상단전 쪽과 얼굴 안면에 집중된다. 얼굴 여기저기에서 파장이 일어난다. 찌릿찌릿하다. 진동과 같은 전류가 얼굴 전체 구석구석까지 기운을 띠면서 일어난다. 안면에서 일어나는 진동에 의해 얼굴 표정도 바뀐다.

몇 차례나 진행된다. 어떤, 무슨 종류의 기운이 오고 가는 것을 증명이라도 하듯 표정이 다양하다. 몇 종류의 얼굴이 연출되었던 거 같다. 거울이라도 봤으면 좋았겠다. 처음에는 단순한 무식호흡에 몸을 맡긴다고 생각했다. 하지만 다양한 호흡의 변화 종류는 마치 수련의 차원이 달라지는 경계를 알려 주는 듯하다. 숨의 깊이 변화와 강약의 변화에 따라서 호흡의 폭도 달라진다. 안면 구석구석의 진동에서 느껴지는 여러 가지 변화와 다양한 파장을 통해서 여러 선도 신명들의 작용과 그들의 보호와 도움이 같이 진행되고 있는 것에 눈을 뜨는 것 같다.

눈을 떠 시계를 보니 50분 가까이 지났다. 대략의 변화를 선생님께 말씀드리고 나니 "그럼 다 한 거야"라고 하시며 다섯 번째 화두를 주신다. 그리고 "그렇게 모든 화두수련에 이 호흡들이 일어나 작용을 한다고! 아주 신기한 것이에요"라고 하시며 환하게 웃으신다. 선생님과 선계의 신명들께 감사의 마음이 저절로 일어난다.

## 화두수련 5

### 11월 4일

네 번째 화두를 끝내고 혹시 몸살기라도 일어날 수가 있다고 생각은 했지만, 오늘도 몸 컨디션은 아주 좋았다. 어제 삼공재에서 있었던, 몸 구석까지 휘몰아친 작고 큰 진동들과 종류 다른 거칠고 깊은 호흡들이 평소 같으면 육체에서 느껴지는 부담감도 있음직했다. 그러나 오히려 몸은 개운하고 기운이 잘 느껴지는 듯하다.

선도수련을 해오면서 어떤 선입견을 가지거나 예측을 한다고 해도 그것이 현재 의식의 알음알이로 구축된 것이라면 그 일은 일어나지 않는 것 같다. 오히려 알음알이야말로 수련에 부자연스러운 역할이 된다. 예측 불가능하고 그래서 예측을 하려고 할 필요도 없다. 마음을 깨끗하게 비워서 수련에 임해야 하는 자세야말로 기본 중에 기본임을 새삼 되새긴다.

일요일 오후 다섯 번째 화두를 가슴에 넣고 여느 때와 같이 정좌해 수련에 임한다. 지금까지 살아오며 처음 수련을 접했을 때부터 일어난 지난 과정들과 경험들이 주마등처럼 스쳐 지나간다. 호흡과 화두에 집중을 더한다. 깊은 호흡과 함께 축기가 되고 안정된 상태에서 잠깐의 운기가 일어난다. 화두를 의식해 더욱 깊이 집중해 들어간다. 의외로 다른 반응이 일어나지 않는다. 기적 충만 상태에서 아무렇지도 않다. 그냥 그대로 수련한다.

### 11월 5일

오늘은 늦잠을 자고 일어나 볼일을 천천히 다 보고나니 오후가 되었다. 초저녁 수련에 들었다. 어제에 이어서 편안한 기분과 마음이 유지된다. 기적으로 충만하고 든실한 가운데 화두에 집중한다. 평소와 다른 것이 있다면 화두에 대한 새로운 경험치의 기대, 해내야 한다는 마음마저도 뭔가에 희석되는 듯 옅어진다.

평상시 사소한 일상생활에서 느끼는 기분, 어쩌면 화두수련을 염두에 두지 않은 채 수련에 임하는 느낌이다. 이래도 되나 싶은 마음까지 들 정도로 아주 일상적 평범한 마음 상태가 유지된다. 마음 한 귀퉁이에 숙제처럼 느껴지는 어떤 조각도 없어지자 아주 편안해진다. 평상심이란 이런 것일까라는 생각이 든다. 따뜻하고 온화한 분위기로 기분 좋게 축기하고, 운기와 입정의 순서를 거쳐 초저녁 수련을 마친다.

### 11월 6일

자시가 되어 초저녁과 비슷한 느낌으로 수련에 든다. 화두수련을 하는 것은 분명했다. 그런데 또 화두수련이라는 생각과 다짐조차 맹물처럼 희석될 만큼 의식이 되지 않는다. 하지만 괜찮다. 편안하다. 마음도 정신도 기운도 평화롭다. 아무렇지도 않고 평안한 밸런스만을 일정하게 유지한 채 시간은 계속된다.

평소대로라면 수련에 앞서 단단하고 정확한 각오를 한다. 그 각오로 인하여 경직되는 몸을 편안히 릴렉스시키기 위해 깊은 호흡을 몰아쉬거나 진동을 하거나 어떤 땐 수련에 앞서 행공을 하거나 해서 축기와 운기를 한다. 오늘의 자시수련은 전혀 그렇지가 않다. 무리함이 없다. 마음이 평화스럽다. 각오도 하지 않는다. 자연스러움 속에 지극한 평상심을 느낀다. 기운이 몰아치거나 특정한 운기가 일어나지도 않는다.

조용하게 앉아서 보통의 집중력으로 화두를 마음으로 되뇌이고 기분 좋게 의식 속으로 들어간다. 순간 '조화천주'라는 말이 들려오는 동시에 보여오고 울려온다. 하늘에서 벼락이 내려꽂는 듯 광풍처럼 휘몰아 오는 그런 느낌들이 전혀 없다. 지극한 평상심 속이라고 표현 할 말밖에 없다. 두세 번 반복하지도 않는다. 일정 시간 의식에 선명히 머물러 울리고 있다.

한자가 아니고 한글이다. 글자가 보이는 바탕은 강열하게 빛나지도 않고 화려하다거나 자극스레 비춰내는 빛깔도 없는 공간이다. 그냥 오래되고 친숙한 공간이 은근하게 환하다. 조용하고 고요하고 그윽하다.

뭔가 크게 마음의 동요도 일지 않는 것이 한편으로는 냉정할 정도라고도 하겠다. 마음에 미동이 없다. 조용히 진행되는 그윽함 속에 팽창감 없이 꽉 찬 느낌이다. 모자람, 부족함, 과해서 지나친 느낌이 전혀 없기에 꽉 차 있지만 넘쳐남도 없다. 솔직히 표현에 한계를 느낀다. 잠시 시간이 흐르자 내 자신의 고개가 끄덕여진다. 온전히 의식이 동조되면서 수긍된다. 얼굴에 미소가 그려진다. 묘한 기운이 무게감 있게 퍼져나가고 마음은 아주 가볍다.

**11월 7일**

정좌하여 호흡을 가다듬고 자성에서 보여준 '조화천주'라는 낱말을 떠올린다. 또다시 어제와 같은 기운이 전개된다. 펼쳐지는 기운 속으로 의식을 조용히 흘려보낸다. 읽어내듯 느낌이 들기 시작한다.

지난 3, 4일 동안 있었던 왠지 모를, 조금은 의아하기도 했던 여러 가지 기운 현상은 다가오는 주제에 대한 하나의 준비 기간이었다. 전혀 자극적이지 않고 넘치지 않고 모자람 없이 균형을 갖춘 지극한 조화의 기운이라는 옷으로 갈아입는 과정 같았다.

조화천주, 하나님, 자성, 주인공, 본래면목… 단어는 어느 시절, 민족과 나라와 역사에 따라 변천한다. 그리고 그것이 의미하는 뜻은 기준에 따라 다를 수도 있다. 하지만, 그 단어 속에 담긴 기운은 변할 수 없다. 단어 안에 엄연히 존재하는 실재의 기운을 체험, 체득했을 때 비로소 그 말을 안다고 할 수 있는 것 같다.

자성은 나의 현재 의식을 조화천주라는 기운으로 느끼게 하고 보여주고 일치시켜 주었다. 그 순간 그것은 나의 기운이자 마음이고 의식이라는 것을 확신하게 되었다. 더 나아가 사람은 누구나가 하나님과 연결되어 있고. 하늘의 마음을 품고 있으며, 조화천주의 기운과 통하고 있고, 우주의 의식을 공유하고 있는 평등한 입장에 있다고 정리가 된다. 삼공 선생님의 대각경이 읊조려지고 스스로를 통해 입증되고 체득되어가는 느낌이 든다.

**11월 8일 중간 정리**

지난 며칠에 걸쳐 다섯 번째 화두수련을 하고, 처음 화두수련을 시작으로 정말 짧은 시간에 여러 가지 체험을 하고 체득이 된 것 같다. 그것을 통해서 많은 자신감이 생겨나고 자신이 변했다는 것을 알겠다. 특별히 기운의 변화와 마음과 생각들이 많이 변했다. 어쩌면 10년 20년을 지나도 그대로였을지 모를 내면의 요소들이 이 짧은 시간에 새삼 변화한 것이 직감적으로 감지된다. 자아관, 세계관, 우주관이 새롭고 다르게 변화했다. 마음의 시각이 달라졌다.

그리고 역시 선생님의 화두수련은 모든 것이 연결되어 있다. 화두를 하나 마치고 나면 전화를 걸거나 선생님을 찾아가 그 다음 화두를 받게 되어 있다. 나의 주관적 해석이지만 전체적으로 연결되는 공부의 흐름을 놓치지 않게 하기 위한 선생님의 배려인 거 같다. 나는 서울에서 생활하고 있기에 바로 가서 뵐 수도 있었다. 하지만, 항상 토요일 날 조광님과 만나 선생님 댁을 방문해 왔다. 하나의 화두를 끝내더라도 시간을 가지고 자신을 관찰하고 싶고, 기운 변화와 마음 변화도 체크하고 싶었다. 아울러 주위의 도반님들께도 감사를 드립니다.

## 화두수련 6

### 11월 10일

오늘 여섯 번째 화두를 받고 자리에 앉았다. 잠시 생각에 들었다. 10월 13일 첫 번째 화두를 받고 변화를 겪은 후 갈무리가 되었다. 그 다음날 또 다른 변화를 체크하기 위해 수련을 하였고 그때 불쑥 여섯 번째 화두의 답이 나왔었다. 앞서 봤던 체험기들에선 이런 예를 못 본 것 같다. 하지만 어떠랴! 이유가 있겠지! 하고 마음에 맡겨 놓고 화두에 집중해서 호흡에 들어간다.

화두는 받았지만 중단전에는 '북극성'이 자리한다. 투명하고 맑은 기운이 그때와 똑같이 온다. 왠지 삼공 선생님으로부터 방출되어 나오는 듯 오늘은 앞쪽에서 온몸 전체를 감싸듯이 덮어온다. 굉장히 상쾌하다. 청정한 기운 속에서 백회로 노궁, 용천으로 기운의 들고 남이 강하다. 화기의 열이 고강도일수록 불꽃은 더 가볍고 섬광처럼 투명하다라고 비유될까? 이 청청함에서 느껴지는 강한 기운이다.

얼마나 흘렀을까 깊고도 연한 호흡이 이어지는 가운데 여여한 안정감이 흐르고 기운의 갈무리도 수월하고 빠르다. 그리고 분명하다. 수련을 마치고 선생님께 분명하게 마쳤다고 말씀드리니 일곱 번째 화두를 받아가라고 하신다.

### 11월 11일

일요일 오후 서서 간단한 손동작 발동작을 하며 호흡에 맞춰 몸을 움직인다. 팔과 다리에 힘을 빼고 숨결이 가는 대로 허리가 돌아간다. 단전에는 기운이 차고, 척추와 팔다리로 전류가 흐르듯 느껴진다. 주위의 공기가 묵직하게 다가오고 느껴지는 공간의 흐름에 내 몸을 맡긴다.

살그머니 움직여지는 몸동작은 춤도 아니고 무술도 아니다. 상관없다. 호흡의 중심은 단전에 가있고 몸에 흐르는 기류는 공간의 흐름과 같이 움직이고 있다. 춤추고 있는 것이다. 호흡과 몸의 기류와 공간의 흐름이 하나가 되어서 즐기고 있다. 잠깐씩 무식호흡이 됐다가도 동작에 따라 숨이 달라진다. 두 다리가 모여지고 양손은 합장의 형태로 호흡이 갈무리된다.

안정된 상태에서 정좌하여 또 축기한다. 화두를 떠올리니 북극성과 조화천주가 동시에 캡쳐되어 가슴에 자리한다. 평화롭다. 마음에서 "사람에게 있는 오욕칠정은 지극히 조화로움으로 승화됨이다"라고 각인된다.

## 화두수련 7

### 11월 12일

오늘은 오전에 컨디션이 좋다. 간단한 체조를 하고 정좌한다. 여느 때와 같이 축기를 하고 화두를 몇 번 되뇌이고 단전에 넣는다. 아주 짧은 시간 사이 중단전 깊숙한 곳에서 반사가 되어 나오듯이 뻥 뚫린 백회 쪽으로 울려 나온다. "나는 빛이다" "나는 세상의 빛이다." 기다렸다는 듯이 울려 퍼진다. 서슴없이 툭 나와 버린다.

순간 그동안 수련해 오면서 체험했던 공부들이 헛된 것이 아니었다는 것을 가르쳐 주는 것 같다. 언젠가 수련 중에 빛의 경험을 몇 번 한 적이 있다. 깊고 잔잔한 호흡을 이어 가던 도중에 호흡이 없어지듯, 육체의 감각들이 모두 사라지고 의식의 덩어리만 존재한다. 이 에너지 체를 관한다. 빛 덩어리다. 우주 공간 속 수많은 별들과 같이 빛나고 있는 하나의 빛의 존재였다. 이 빛을 관하고 있는 주체가 자성이었을까?

화두수련을 하는 지금 바르게 알겠다. 보고 있다. 빛 덩어리가 모양을 변해 좌선의 형태로 된다. 자세히 보니 수많은 실타래가 경락이 되어 에너지가 흐르고, 그것이 한줄한줄 모여 덩어리로 발광하고 있다. 형태만 사람 모양이다. 빛인데 투명하다.

언젠가 수련하다가 책을 읽었다. 바른 자세로 집중하여 읽고 있었다. 인쇄된 문장 하나가 학교 교실의 흑판 모양만큼 크게 눈앞에 전개된다. 놀랄 순간도 없이 흑판이 갈라져 사라지면서 주위가 발광하고 있다. 처음에는 너무 눈부셔 눈을 바로 뜨지 못했다. 책을 읽고 있는 장소도 분명했다. 눈부신 빛살 너머로 보이는 방문도 알겠고, 침대도 보였다. 이 빛은 어디에서 왔나? 하고 천천히 고개를 돌려서 나 자신의 몸을 보게 된다. 거기서 빛이 나고 있었다. 우리는 빛의 존재구나! 하고 인식했다. 그 순간은 의자에 앉아 있던 감각마저 없었고, 병아리색처럼 연하고 투명하게 몸을 투광하고 있는 자신을 볼 수 있었다.

그때는 빛 체험을 통해 근원적인 실체의 의문만 일부 해소되는 듯했다. 그것만 해도 숨통이 트일 것 같았다. 그러나 지금의 화두수련을 통해 자신의 실체는 빛나는 자성, 별들과 우주 공간, 조화천주를 통한 우주의식까지 연결되어 확장되어 가고 있다. 일시무시일 일종무종일. 빛 체험이 선생님의 화두수련에서 자성의 울림을 통해 바로 체득되고 결실을 본다. 고요한 숨결 속 "자명등" 하고 결을 짓는다.

### 화두수련 8

#### 11월 17일

선생님 곁에 다가가서 적힌 화두를 보았다. 몇 번을 읽고 숙지한 다음 자리로 왔다. 문장으로 만들어진 화두는 8개 중 최고 길었다. 읽어서 숙지하는 과정에서 앞 과정의 화두와 연결되어 자연히 공부로 인도되고 있었다. 보는 순간 기운이 작용하고 있다. 좌정하는 순간들이 이미 수련 기운과 이어져 있어 바로 입정에 든다.

상단전이 큰 원통과 같이 이어진 중, 하단전으로 내려와 깊이 빠져 들어가며 한 덩어리가 된다. 빛으로 이어지는 에너지 체가 보이듯 둥실 떠오른다. 확장하고 팽창하듯 그 경계가 뚜렷한가 싶더니 작게 축소한다. 순식간에 다시 팽창하며 빛의 경계가 사라진다. 느낌만 남는다. 비어있지만 빈틈없이 차있다. 이래서 공즉시색이다. 공간성 자체가 자신이 되어 있다.

태양계나 우주 공간을 지적해서 표현해야만 할 이유가 없다. 어딘들 괜찮고, 무엇인들 괜찮다. 하나이다!! 하나로 이루어져 있다!! 표현을 하자니 이어져 있고 연결되어 있고 일치할 뿐이다. 모든 것의 기본이고, 밑바탕이 된다. 선과 악도 없고, 시시비비도 없다. '진공묘유' 대각경으로 마무리한다. 조화롭게 수도하고, 깨달아 가자. 삼공선생님 감사합니다. 선계의 신명님들 감사합니다.

## 후기

삼공선생님의 현묘지도 수련은 대각경을 깨닫게 하는 연금법 같다. 현실의 실상을 순간순간 깨어있는 시각으로 보게 하는 열쇠 같다. 무엇보다 자성이라는 실체를 분명히 깨워, 의식을 확장시킨다. 바로 그 의식을 통해서 자신관, 세계관, 우주관을 변화시키고, 더 나아가 존재성, 흑백, 유무의 논리와 실체를 초월하는 근원에 와닿게 한다. 그래서 누구나가 근원에서 비롯된 사랑과 지혜와 능력을 구사하는 주체자로서의 실상을 깨닫게 한다. 선생님은 무엇보다 실천을 강조하신다. 스스로 실천을 통한 삶을 다 꺼내 놓고 보여주신다. 나도 부끄럽지 않게 실천하여 주체자로서의 사명과 역할에 더욱 밝게 눈을 뜨고, 모두가 조화로운 실상에 임할 수 있도록 노력해야겠다.

**【저자의 평론】**

이미 깨달음을 얻은 걸출한 수행자 이창준 씨가 삼공재를 통하여 세상에 나가게 되었다. 소주천과 대주천은 영계와 현상계 스승들의 도움을 받아 스스로 마쳤으니 도호는 자통(自通).

# 오주현 현묘지도 수련기

## 1단계 화두

### 3월 31일 토요일

고등학교 1학년 때 김정빈의 소설 "단"을 읽고 난 후 도를 닦고 싶었다. 지금 51살이니 수련 시작한 지 22년 만에 생에 소중한 순간이 우연히 찾아오게 된다. 조광 선배님의 도움으로 삼공재를 방문하여 삼공 선생님으로부터 백회를 열고 화두를 받는다. 화두를 외우니 머리가 뒤로 넘어가고 엎드려서 도리도리 끄덕끄덕 한다. 어디선가 "욕심부리지 말고 착하게 살아라"는 말이 여러 번 반복해서 들려온다. 아마도 다짐을 받고자 하신 거 같다. "네 명심하겠습니다."

버스 타기 전 공원에서 화두수련 중 갑자기 명문에서부터 뜨거운 물줄기가 위로 흐른다. 빙의령 때문에 가슴에서는 느껴지지 않고 중완에서 단전으로 물줄기가 흐른다. 저녁 10시 수련 중 중단, 명문, 하단전, 중단전, 겨드랑이 밑으로 운기가 된다. 중단전에 운기가 되면서 빙의령인 손님이 가신 거 같다. 최근에는 기운이 뜨거웠는데 맑고 부드럽게 중단전과 하단전이 동시에 타들어 간다. 머리가 앞으로 숙여지고 도리도리 끄덕끄덕이 계속 진행된다. 엎드린 상태에서 인당에 삼각형 모양의 틀을 만든다.

**4월 1일 일요일**

도리도리 뜨덕끄덕이 계속된다. 이마를 바닥에 비벼대고 바닥에 쿵쿵 머리를 찍는다. 새벽 수련 후 잠을 자는 내내 등이 시원하다. 점심시간 수련 중 머리를 손가락으로 두드린다. 조금 아프다. 현묘지도 카페 현묘지도의 역사와 도맥의 내용 중 유불선의 뿌리, 신교(神敎)를 밝힌 고운 최치원 선생의 영정을 보니 머리와 등 쪽이 시원해진다. 그리고 갑자기 등이 시원해지는 현상이 한동안 지속된다.

토황소격문(討黃巢檄文)에서도 시원한 기운이 느껴진다. “햇빛이 활짝 퍼졌으니 어찌 요망한 기운을 그대로 두겠는가! 하늘 그물이 높게 달렸으니 반드시 흉적을 베리라!” 약한 한증막 속에 있는 거 같다. 도리도리와 요가 동작이 많이 된다. 수인이 이동하면서 운기가 된다. ‘태백산맥과 백두산’이란 말이 떠오른다. 등이 시원해지고 손이 부르르 떨린다. 몸이 훈훈하다. 발바닥에 찌릿한 반응이 온다.

**4월 2일~4월 8일**

이마를 바닥에 비벼대고 머리를 바닥에 쿵쿵 한다. 자동으로 요가 동작이 나온다. 이리저리 머리를 두드리고 맞춘다. 적당한 아픔이 있다. 갑자기 등이 시원해지는 현상이 한동안 지속된다. 머리가 밑으로 숙어지고 진동이 되는데 바닥에서 조금 떨어져서 도리도리가 되고 있다. 수인이 이동하면서 운기가 된다. 빙의령은 토할 거 같은 느낌이 든다.

**4월 9일~4월 15일**

아침 수련 시 증산도의 사배심고가 끝나자 파란 별들이 단전 중심으로 허리를 한 바퀴 돌면서 띠를 형성한다. 이어서 노란 은하수가 보이고 나서 파란 은하수로 변한다. 머리를 바닥에 찧고 도리도리 끄덕끄덕 진동이 계속된다. 등만 따뜻하고 다른 데는 전반적으로 차다.

별무리가 연하게 보인다. 이어서 검은 화면이 순간적으로 내려간다. 글씨는 보이지 않는다. 『선도체험기』를 읽으면 흡호가 빠르게 움직이면서 배가 움직이는 동작이 자주 나온다. 양손으로 귀를 막고 있는 동작이 되풀이된다.

내가 평화롭기를 바란다면 먼저 세상이 평화롭도록 해야 한다. 내가 부자가 되고 싶으면 세상 사람들이 부자가 되도록 해야 한다. 내가 수련이 잘되고 싶으면 세상 사람들이 수련이 잘되도록 해야 한다는 생각이 든다. 눈물이 나온다. 왜 일까?

**4월 16일~4월 22일**

아침에 일어날 즈음에 수많은 별들이 보인다. 선명하지 않다. 별과 별 사이를 노란선이 이어진다. 소주천 운기가 된다. 『선도체험기』를 읽고 있는데 손이 부르르 떨리면서 괄약근(括約筋)이 조여지고 축기가 된다.

삼공재에서 수련 중 머리를 주먹으로 마구 때리는 거 같다는 생각이 든다. 그동안은 손가락으로 때렸는데 삼공재에 오니 마음 놓고 때린다. 얼마나 막혔으면 주먹으로 때리는 것일까?

**4월 23일~4월 29일**

수인이 단전에서 시작해서 아문혈까지 갔다가 오는 것을 반복한다. 인당에서 단전으로 내려와 반원을 그리면서 운기가 된다. 이어서 아문혈에서 장강혈까지 운기가 된다. 열기가 임독맥, 양팔에서 느껴진다. 등이 가장 뜨겁다. 하체에는 아직 기운이 부족한가 보다.

『선도체험기』와 현묘지도 카페 글을 읽고 있으면 머리와 등이 시원하다. 백회로부터 천기가 들어오고 있는 거 같다. 어제 적어놓은 나의 수련일지를 보고 있으니 기운이 솔솔 들어온다. 백회에 크게 하얀 원이 그려진다. 물소리 명상음악을 들으니 중간에 귀가 찢어질 정도로 아파 얼른 화두를 한다. 단전이 따뜻하다가 이어서 백회에서부터 시작된 시원한 기운이 무릎까지 이동된다. 과거에 오른쪽 발목 아킬레스건을 다친 적이 있는데 3일 정도 가렵고 긁으면 붓는다. 이 부분이 치료되는가 보다.

**4월 30일~5월 6일**

현묘지도 카페 글을 읽는다. 조광 선배님의 수련일지 중 삼공재 관련 글을 읽을 때부터 단전과 백회, 몸이 시원해진다. 이어서 남북 정상의 글을 읽고 있으니 온몸이 시원해진다. 카페에 특별한 기운이 연결된 거 같다. 힘든 산행 후에도 종아리가 괜찮다. 운기가 잘되어 피로회복이 빠르다. 머리를 바닥에 대고 오랫동안 있었다. 화두수련이 끝났는가 보다. 화면은 보이지 않는다.

**5월 7일~5월 13일**

삶이란 무엇인가? 나는 누구인가?라는 생각이 든다. 나는 왜 희로애락에 빠져 허우적대는가? 이런 삶을 살아가는 나는 누구이길래 하는 생각이 들면서 눈물이 흐른다.

지구는 우주의 수많은 별 중의 하나다. 지구와 우주는 하나로 연결되어 있다. 나와 지구와 우주는 하나라는 생각이 든다. 대각경이 생각난다. 나는 하나님의 분신인가? 선은 점으로 이루어져 있다. 점들이 만나서 선이 된다. 나는 작은 점으로 지구와 우주와 하나로 연결되어 있다. 우주는 보이는 하나님이고 나와 하나로 연결되어 있다.

나는 하나님의 무한한 사랑, 무한한 지혜, 무한한 능력을 구사할 수 있는가? 나는 소우주이며 우주와 하나이므로 무한한 사랑과 지혜와 능력을 구사할 수 있다. 삶이란 무엇인가? 오감의 세계를 벗어나 상부상조 하는 대조화의 세계, 하나님과 나, 남과 나, 우주와 내가 하나로 되는 실상의 세계 속에 살고 있음을 아는 것이다.

### 2단계 화두

#### 5월 12일~5월 20일

1단계 화두에 반응이 없다고 말하자 2단계 화두를 주신다. 이것저것 하지 말고 화두수련만 하고 그 화두를 다른 데 이용하지 말고 끝나면 잊으라고 하신다. 선생님의 표정도 좋으시니 건강도 좋아지신 거 같다.

2단계 화두도 시작부터 강렬하다. 머리가 뒤로 넘어가면서 수련이 계속된다. 숨을 쉬는데 쉬지 않고 머물러있는 시간이 길다. 지식(止息)이 자동으로 된다. 등이 뜨겁다. 나 자신을 속이지 않는 삶은 어떤 삶일까? 온몸이 시원해지면서 단전은 따뜻하다. 시원해지는 느낌은 지속적이지 않고 잠깐이다.

장모님 생일날 중국집에서 요리를 먹는다. 90세의 장모님이 직장 다니는 딸에게 "사무실을 방문하는 손님들에게 친절이 잘해라"고 반복해서 말씀하신다. 돈 많이 벌어라, 건강해라가 아니다. 오는 손님들에게 커피 한잔 타 드리고 친절히 잘 해라고 하신다.

#### 5월 21일~5월 31일

어지러운 증세가 가끔씩 있다. 벌써 일년 브라운아이즈의 노래를 듣는데 백회에 반응이 온다. 시원하다. 왜 그런 것일까? 생각해본다. 앨범 수익을 대한민국 소년소녀 가장과 에티오피아의 난민을 돕기 위해 모두 월드비전에 기부하였다고 한다. 이타정신을 실행한 것이다. 아! 나도 본받고 싶다.

『선도체험기』 57권을 보는데 단전호흡의 기초와 최종 단계까지 상세하게 설명이 나오니 좋다. 이 부분에서 단전에 열감과 운기가 더해진다. 하하 그렇다. 진리는 아무리 강조해도 지루하지 않는 것이다. 반복해서 읽을수록 기운은 더 따뜻해지고 시원해진다. 무엇인가 고속으로 돌아가는 화면이 보일 듯하면서 안 보인다.

방탄소년단 Fake love를 듣는데 아주 시원하다. 방송에는 칼 군무 때문에 소름이 돋는다고 했는데 내가 보기에는 가사 속에 이타심을 강조하는 내용이 있기 때문이다.

### 6월 1일~6월 10일

적림님의 다산 정약용 체험기를 보자 몸에 소름이 돋는다. 적림님의 수련 정도가 느껴진다. 몸은 시원하고 단전은 따듯하다. 아주 시원한 기운이 무릎 아래를 제외하고 느껴진다. 더운 날 시원하니 좋다.

카페 기운이 바뀐 거 같다. 삼공 선생님의 컨디션이 좋아지셨나 보다. 인중천지일, 선악도 우주만물도 다 내 안에 있다. 나는 우주이고 우주는 나이다. 내 안에는 우주와 우주 밖의 모든 것이 다 있다. 나의 의식을 크게 하나로 확대한다. 소크라테스가 너 자신을 알라!고

하고, 방탄소년단의 LOVE YOURSELF, 이것이 진리인가?

현충일 행사에 참석해 나라를 위해 목숨을 바친 분들에게 경의를 표한다. 애국가를 부르자 눈물이 나와서 도저히 따라서 못 부르겠다. 감정을 억눌렀다. 마지막으로 현충일 노래를 부르자 감정이 복받친다. 겨우 참았다. 왜 이런 것일까? 빙의이다. 나라에 무슨 일이 있을 때 이 한몸 기꺼이 바칠 것을 다짐해 본다.

머리가 쑤시기도 하고 아프기도 하다. 적림님의 글에서 시원하고 따듯함이 많이 느껴진다. 특히 『삼일신고』에서 시원함이 극에 달한다. 이제는 종아리까지 시원하다.

꿈을 꾼다. 무심코 들어간 곳이 나갈 때는 입장료를 내고 가는 곳이다. 샛길로 빠져 나가다가 결국은 걸려서 입장료를 내게 된다. 바른길을 가지 않으면 언젠가는 그에 상응하는 대가를 치러야 한다는 교훈을 준다. 공부를 하기 싫다고 안 할 수가 없다. 수련도 마찬가지다. 언젠가는 해야 하기 때문이다. 그렇다면 조건이 좋을 때 지금 열심히 해야 한다. 지구에 태어난 목적을 완수해야 한다. 완수할 때까지 생은 계속될 것이다.

73세의 큰 누나가 허리 수술 3번, 무릎 수술 2번 했다. 하루하루 사는 게 고통이라고 하신다. 얼른 죽었으면 좋겠다고 하신다. 내가 치료받고 있는 곳에서 허리 교정을 받을 수 있도록 모셔다 드린다. 한번 척추 교정을 해보겠다고 하신다. 그동안에 병원에서는 일상적인 안마와 주사, 운동만 시켰다고 한다. 원인을 찾아서 올바른 자세로 생활할 수 있도록 바꾸어 주어야 하는데 대부분의 병원이 아픈 곳만 치료하는 수술을 한 것이다.

죽을 때 죽더라도 살아있는 동안에는 건강을 잃지 않도록 최선을 다해야 한다. 운장주와 태을주를 가르쳐 주고 싶은데 선뜻 마음이 안 내킨다. 화두수련 시 검은 화면이 보인다. 아무것도 안 보이고 검다.

### 6월 11일~6월 20일

김두한이 나오는 야인시대 드라마에서 기운을 많이 느낀다. 이마 찧기, 진동, 머리 두드리기, 임독맥 운기가 된다. 군대 기합의 한 종류인 원산폭격도 한다. 백회에 자극이 가는 동작이다. 허리와 목의 근육을 풀어주는 동작도 저절로 된다. 덜 풀린 허리, 종아리 근육이 풀리면서 몸이 편안해진다. 쪼그려 앉은 자세도 한동안 유지한다.

성적 유혹이 시작된다. 강하게 일어난다. 조금 반응을 해주다가 소주천 운기로 잠재운다. 와우 성적 기운이 강하다. 몸에 열이 난다. 팔꿈치에서 손바닥까지 열감이 강하게 느껴진다. 궤좌 자세에서 머리를 바닥에 대고 정명혈을 강하게 누른다. 아프다. 검은색, 하얀색, 파란색이 보인다.

마눌님을 비롯한 그 누군가에게 돈도 주고 마음도 주고 다 주어야 한다는 것이 진리라면 어떻게 해야 할까? 나는 다 줄 수 있을까? 아마도 마눌님에게 다 주고 그 누군가에게 주는 것은 많이 생각해

보아야겠다. 아이고 아직도 도를 깨달을 날이 먼 거 같다. 양 가슴이 뜨거워지고 얼굴까지 열기가 느껴진다. 최수운 대신사님의 영정을 한동안 바라보고 있으니 가슴이 뜨거워진다. 옆에 종이가 있다면 불이 붙겠다.

**6월 21일~7월 2일**

카페 글을 읽고 있으니 좋아리까지 시원해지면서 단전이 따듯해진다. 카페 기운이 급상승한 거 같다. 뜨거운 기운이 일어나고 하얀빛이 보이고 나서 화려한 색의 파란 만다라 같은 것이 보인다. 머리가 깨질 듯이 아프다. 감기인가? 아닌 것 같기도 하다. 엉덩이부터 둥그렇게 기운이 원을 그리면서 머리끝까지 방어막을 치는 거 같다. 하얀 화면이 보인다.

로빈 리하나 펜티의 let me와 김옥빈의 댄스를 보고 있으니 불붙은 단전이 활활 타오른다. 빌보드에서 1위를 그냥 한 것이 아니었다. 저녁 걷기 중 갑자기 힘이 빠진다. 헉 주저앉아서 쉬고 싶다. 누가 집까지 태워다 주면 좋겠다. 헐 이런 적이 없었는데. 빙의인가? 가슴이 답답하지는 않고 힘이 없다. 길가 옆 정자에 앉아서 수련하니 나아진다. 겨우 집에 걸어서 도착한다.

딸아! 아빠가 힘이 없어서 그러는데 계란 좀 삶아주라. 집사람이 당이 떨어져서 그러니 밥을 좀 먹으라고 한다. 앞으로도 이럴 때 어떻게 해야 할지 누워서 생각을 해본다. 겁을 먹었다. 평상시 내 생각은 죽는 것은 옷 하나 갈아입는 것으로 생각하고 있었는데 막상 닥치니 두려움이 엄습했나 보다. 할 일이 많은데 ~~~. 이럴 때도 두려움을 떨쳐내고 수련을 해야 하는데 ~~~

## 3단계 화두

### 7월 3일 화요일

아침 일어나 바로 입공부터 시작한다. 별 반응이 없어 좌공으로 한다. 이어서 보공으로 한다. 1시간 아침 수련 후 동편제 전수관으로 걷기를 한다. 걷다가 입공을 추가로 한다. 크런치 자세가 되면서 한동안 화두수련을 한다.

2단계 화두가 끝난 거 같다. 선생님께 전화하기 전에 빙의가 천도되면 좋을 거 같다. 다행히 전화하기 전에 단전과 임맥이 용광로처럼 활활 타오른다. 선생님께 화두가 끝났다고 하니 3단계 화두를 주신다. 하하 벌써부터 백회에 반응이 온다. 백회에 반응이 안 오면 다음 단계로 넘어갈 걸 잘못했다.

### 7월 4일 수요일

아침 수련 정화수 떠놓고 화두수련을 한다. 현묘지도 스승님들께 사배를 한다. 1배를 하니 "일시무시일, 하나는 시작이 없는 하나이다. 하나는 변화무상 하다. 2, 3, 4, 5, ~~~~이 되고 같이 어울린다."

2배를 하니 “일종무종일, 하나는 끝이 없는 하나로 끝난다.” 3배를 하니 “그 하나는 없다.” 4배를 하니 아무 반응이 없고 화두가 끝났다는 느낌이 온다. 기운이 발목까지 유통이 되는 거 같다.

저녁 1시간 이상 보공하고 자시에 화두수련을 한다. 1배 “나는 하느님의 분신이다. 분신의 근본은 하느님이다.” 2배 “홍길동이다.” 여기에서 진도가 안 나간다. 한참을 엎드린 상태로 있다가 보니 무릎이 아프다. 포기하고 3배, 4배를 마친다. 이어서 좌선 시 진동도 기운도 반응이 거의 없다.

다음날 생각해 보니 홍길동처럼 또 다른 인과를 만들지 말고 무선악, 무청탁, 무후박도 없다는 것을 나에게 가르쳐 주는 거 같다. 아이고 이렇게 감이 둔해서야 노력하자. 파이팅. 밤새 꿈에 2단계 화두와 운장주를 외우고 있다.

### 7월 5일 목요일

아프리카에 우분투(Ubuntu)라는 말이 있다. 당신이 있기에 내가 있다는 뜻이다. 이 말에 눈물이 나는 이유는 무엇일까? 오늘의 나는 과거 생부터 이어진 많은 인연으로 이루어진 것이다. 생각해보면 삼공 선생님, 현묘지도 카페, 가족, 동료, 자연 등 과거생부터 현재까지 이루 헤아릴 수 없을 정도로 많은 인연들로 이루어져 있다. 빈틈없는 하늘 그물망이다. 빠져나갈 수 있는 길은 오직 인과응보, 해원상생, 상부상조다.

이 그물망에서 벗어나면 근원과 합치되는 것인가? 『금강경』에 나오는 마지막 글이 생각난다. "일체의 유위법은 꿈이요 환상이요 거품이요. 이슬과도 같고 번개불 같으니 마땅이 이와 같이 볼지어다."

**7월 6일 ~ 7월 11일**

카페에 소개된 아라비아의 로렌스 영화를 보면서 휴일을 보낸다. 인상적인 말이 "운명은 정해진 것이 아니라 만들어 가는 것"이라고 한다. 무엇인가 화면이 진행되는데 선명하지가 않다.

절실한 천주교 신자인 중전마님이 사무실 일로 화가 많이 나셨다. 내게 하소연한다. 12시가 다되어도 잠을 잘 생각을 안 한다. 억울했는가 보다. 분이 안 풀리는가 보다. 아이고 덩달아 나도 괴롭네. 모든 것이 내가 있기 때문에 일어난 일이다. 그러니 내 탓이라고 생각하고 해결책을 찾으라고 말한다.

예수님은 왼쪽 뺨을 때리면 오른쪽 뺨을 내어주라고 하셨습니다. 마음을 돌리시옵소서!!! 아이고 절실한 천주교 신자님이 이것도 안 통한다. 전생에 내가 했던 것을 지금 당하고 있으니 다 용서하시옵소서!!!도 안 통한다. 답이 없다. 그래서 내일 당사자와 대화하시옵소서로 끝낸다. 아이고 무엇이 정답일까? 십자가에 못 박혀 돌아가시는 순간에도 하느님 저들의 죄를 용서하시옵소서!!! 라고 하신 예수님의 진정한 가르침을 나는 실천할 수 있을까?

### 7월 12일~7월 13일

아침 수련으로 좌선을 하고 1시간 보공한다. 팔 운동이 없어 호보법으로 30M를 한다. 한동안 안 하던 동작이라 힘들다. 오늘 중전마님이 아무 말씀 없는 걸 보면 예수님의 무한한 사랑을 실천한 거 같다. 저녁에는 나보다 다른 사람의 입장이 되어서 항상 언행을 조심하라고 한다. 하하 네 중전마님 실천하겠사옵나이다.

## 4단계 화두

### 7월 14일~7월 20일

삼공재 벤치에서 구도자 요결을 읽고 현묘지도 카페를 보면서 수련을 한다. 의외로 시원한 바람도 불어오고 수련도 잘된다. 삼공재에 들어가니 조광 선배님, 도광님이 와 계신다. 두 분 다 맑은 빛을 내고 있다는 생각이 든다.

와우 삼공 선생님 얼굴이 좋으시다. 열심히 수련해야겠다. 3단계 화면이 안 보여 말씀을 드리지 못하고 그냥 갈려고 했는데 조광 선배님이 도와주셔서 용기를 내서 말씀을 드리니 4단계 화두를 주신다.

저녁 수련 시 1배에 그동안 해왔던 호흡 3가지가 된다. 2배에 요가 자세가 되면서 호흡이 된다. 저녁을 많이 먹어서 그런지 수련 진도가 안 나간다. 3배, 4배 후에 좌선 시 색다른 호흡이 된다. 『선도체험기』에 나와 있는 대로 11가지 호흡이 그럭저럭 되는 거 같다.

성욕은 있지만 그다지 크게 관심이 가지 않는다. 몽정도 하지 않는다. TV에서 19금이 방영되면 잠깐 유혹에 넘어가 보지만 극한 상황으로 더 이상 발전하지는 않는다. 집사람이 있지만, 괜히 혼자만의 생각으로 괴롭히려 들다간 큰코 다친다. 여자는 나이 50살이 넘어가면 성욕과는 이별인가 보다. 남자는 문지방을 넘어갈 만한 힘이 있다면 일을 저지른다고 한다. 남자 나이 50대가 되니 철이 드는 거 같기도 하다. 식욕과 더불어서 성욕은 우리 수련생들이 극복해야 할 중요한 과목이다.

## 5단계 화두

### 7월 21일 토요일

삼공재 벤치에서 좌선 50분간 하고 조광 선배님, 도광님, 일심님과 삼공재에서 1시간 수련하고 『선도체험기』 117권 사고 화두를 받는다. 삼공 선생님께 5단계 화두를 받고 한 10초 정도 잠깐 수련을 하는데 "나는 물이요, 불이요, 진리요, 생명이니 나를 따르라"는 생각이 든다. 그리고 나서 바로 수련을 중단한다.

물, 불, 진리, 생명은 이해가 되는데 "나를 따르라"는 말은 이해가 안 된다. 나는 대중을 선도하거나 이끌 사람이 아니기 때문이다. 남 앞에 나서는 것을 제일 싫어하는 사람이다.그래서 친구도 거의 없고, 대인관계가 원만하지 않아도 나는 불편을 느끼지 않는다. 더 진실되게 말하면 사람 만나는 것이 피곤하다. 내가 나를 잘 알고 있는 것이다. 아마도 나를 따르라는 말은 내 안의 하느님을 따르라는 말 같다.

**7월 22일~7월 31일**

금색으로 된 혁대와 불상이 3개 보인다. 선명하지가 않다. 별 무리가 한점을 향해서 고속으로 회전한다. 파란 별이 보일락 말락 하면서 선명하지가 않다. 초저녁부터 자고 있는데 냄새가 나서 더 이상 잠을 못 자고 일어난다. 수련을 하려고 하는데 도저히 못 하겠다. 아이고 냄새에서 벗어나야 되는데 안 된다. 냄새의 범인은 먹다 남은 비빔냉면과 설거지가 안 된 그릇이다.

집에 여자가 둘이나 있는데 내가 설거지를 해야 하나, 화도 나지만 다른 생각도 든다. 아이고 밥이라도 해 먹은 게 어디냐. 아파서 누워 있지 않은 것만도 다행이다. 음식 쓰레기는 그때그때 버려라에서부터 잔소리를 한다고 해도 변하지 않을 것이다. 다 때가 되면 스스로 알아서 치우지 않겠는가? 나도 하기 싫은 것을 하고 싶겠는가?

**8월 1일~8월 7일**

산책 후 화두수련을 하는데 바닥에 머리를 대고 그대로 있다. 반응이 없다. 마음에 대해서 생각한다. 인생은 한편의 영화라고 한다. 대부분의 사람들은 늙어 죽음을 앞두고 과거를 회상하면서 일장춘

몽이라고 한다. 영화에는 무서운 영화, 로맨틱한 영화, 선한 영화, 악한 영화, 먹방 영화 등이 있을 것이다. 감독에 따라서 오욕칠정의 영화가 만들어진다. 나는 영화 속의 주인공이 아니다. 나는 그 영화를 만드는 감독이다. 감독이 된 나는 어떤 영화를 만들어 갈까?

아마도 시천주조화정(侍天主造化定), 하느님을 모시고 조화롭게 살아가는 세상, 전지전능한 하느님이 나임을 알고 상부상조하는 대조화의 세계를 만들어 가고 싶을 것이다. 상생하는 이런 영화가 자연과 사람, 모두의 마음에 기쁨을 주는 최고의 영화가 아닐까 싶다. 힘들고 먼 길을 갈 때는 같이 가야 한다는 생각이 든다.

오늘도 지금 이 순간에도 눈으로 볼 수 있고 귀로 들을 수 있고 코로 냄새 맡을 수 있고 입으로 먹을 수 있고 손을 움직일 수 있고 다리로 걸을 수 있고 촉감으로 느낄 수 있음을 두 손 모아 감사드린다.

### 8월 8일 수요일

아침 수련 시 영원히 변하지 않는 것, 본에 대해서 생각해 본다. 삼라만상은 어디에서 와서 어디로 가는가? 본에서 와서 본으로 간다. 희로애락, 식욕, 성욕, 재욕, 명예욕, 권력욕의 실체는 무엇인가? 본이다. 이 모든 것의 실체는 무엇인가? 본(本)이다. 천부경의 용변부동본이다.

본이 하나요, 하나가 본이다. 그러므로 나는 천지만물이요, 천지만

물이 나다. 시간과 공간에 얽매이면 소우주이고 시간과 공간을 뛰어넘으면 나는 대우주가 되고 하나가 된다. 본(本)이 된다. 결국은 하나가 된다. 남을 위하는 것이 나를 위하는 것이 된다. 삼라만상을 위하는 것이 나를 위하는 것이다.

저녁 수련 시 '나는 우주를 운용하는 핵심 브레인이다'라는 생각이 든다. 이어서 화두가 "끝났다 끝났다 끝났다"소리가 들려온다. 그리고 강하게 머리를 두드린다. 아프지는 않다. 우주를 운용하는 핵심 브레인은 무엇일까? 눈에 보이는 우주를 운용하는 눈에 보이지 않는 우주의 질서일 것이다. 질서는 바로 하느님이다. 하느님은 결국은 큰 하나이다. 한이다. 본(本)이다.

'나는 우주를 운용하는 핵심 브레인이다'라는 말을 하면 거의 다 저놈 완전히 돌았다고 할 것이다. 그냥 들려온 말을 그대로 옮겨보았다. 요즈음 뜨거운 기운이 허벅지 안쪽에서 종아리까지 내려온다. 마치 허벅지 안쪽이 장작불이 활활 타들어 가는 거 같다.

## 6단계 화두

### 8월 9일 목요일

삼공 선생님께 전화드리니 6단계 화두를 주신다.

### 8월 10일 금요일

아침 2시 30분 즈음에 일어나 2시간 동안 화두수련을 한다. 아침 운동 1시간 10분 동안 빠르게 걷는다. 저녁 산책 시 어두워 핸드폰 후레쉬를 켜고 간다. 앞에 움직이는 것이 뱀이다. 비켜서 간다. 후레시 없었으면 위급한 순간이 될 수도 있었다. 평상시는 핸드폰을 안 가지고 산책을 하는데 마눌님이 꼭 가져가라고 해서 가져갔는데 자다가 떡을 얻어 먹었다.

### 8월 11일 토요일

산을 올라갈수록 힘이 난다. 화두 기운인 거 같다.

### 8월 12일 일요일

하얀 빛, 파란빛, 검은 화면, 붉은 빛이 보인다. 이제는 정명혈을 누르지 않아도 보인다. 자시에 정화수 떠놓고 수련을 하려고 절을 하는데 느낌이 이상하다. 아마도 성의가 없었나 보다. 2배를 하다가 말고 샤워를 한다. 정갈한 마음으로 4배를 한 후 다시 수련을 시작한다. 1시간 수련을 하는 동안 가부좌가 된다. 양쪽으로 번갈아 가면서 가부좌가 되면서 다리, 허리 등 몸을 풀어준다. 백회에 원이 생기려다가 금방 사라져 버린다.

**8월 13일 월요일**

대추혈을 열려고 하는 거 같다. 뜨겁다. 임맥도 뜨겁다. 몸에 붉은 반점이 나고 가렵다.

**8월 14일 화요일**

아침 1시간 수련하고 30분 걷는다. 오후 1시간 좌선한다.

**8월 15일 수요일**

아침 4시 즈음에 일어나 샤워하고 정화수 떠놓고 4배 심고 후 화두수련을 한다. 바람이 없다. 날은 더운데 수련하니 더운 줄은 모르겠다. 수인이 임맥을 따라 이동하면서 열기가 발생하면서 얼굴까지 달아오른다. 이어서 강간, 아문혈로 이동한다. 그리고 명문혈에 위치한 수인이 대추혈까지 뜨겁게 한다. 임독맥만 유통을 하고 전신 유통이 안 되는 것이 아마도 어제 과식으로 인한 거 같다. 그래서 며칠간 되었던 가부좌도 안 된다. 1시간 수련 후 다시 잔다.

**8월 16일~8월 20일**

발바닥을 제외한 하체가 따뜻해진다. 수련은 기를 느끼는 것도 중요하지만 식욕, 성욕도 아주 중요하다. 먹는 것을 잘해야 수련이 일취월장한다는 생각이 자주 든다. 그럼에도 불구하고 어렵다.

적림선도님의 과거 수련기에서 뜨거운 기운이 운기된다. 인사 발령으로 사무실이 어수선하다. 나도 인사 발령자가 되다 보니 마음이 어지럽다. 이럴 때 평상심을 유지해야 하는데 잘 안 된다. 모르는 업무 파악에 열과 성의를 다한다.

### 8월 21일~8월 30일

딸이 원룸 냉장고와 에어컨이 고장이라고 한다. 그런데 주인의 반응이 안 좋은가 보다. 주인에게 고쳐 달라고 해서 안되면 마음 편히 스스로 고치라고 한다. 그리고 세상은 돌고 도는 것이니 편하게 살아라 한다.

새 업무에 대한 부담감으로 업무에만 집중한다. 직원들 간에 화합을 위해 밥도 같이 먹고 이야기도 자주 한다.

### 9월 1일 토요일

산을 오른다. 내가 업무를 어떻게 해야 쇠퇴해 가는 마을에 도움을 줄 수 있을까 고민하면서 산을 오른다. 수련 시 화두는 어디 가고 사무실 일만 생각한다. 내려놓아야 하는데 집착이다.

### 9월 2일~9월 13일

『구도자요결』을 보니 강력한 기운이 동한다. 인사 발령 후 사무실 일에 적응하려고 많은 사람하고 어울렸더니 몸도 정신도 맑지 않다.

**9월 14일 금요일**

어제 저녁 늦게까지 일을 했더니 피곤하다. 무엇인가 돌파구를 마련해야 하는데 쉽지 않다. 다 내 탓이다. 남을 탓하지 말고 내가 길을 찾자.

**9월 15일 토요일**

대부분의 여자가 다 이뻐 보인다. 에너지도 충만하다. 천부경을 외운다. 수많은 별이 보인다. 요즈음 계속 잠을 자도록 유도하는 분이 누구인가? 요 며칠간 당했다. 계속 자고 싶은 걸 이겨내고 1시간 정도 수련하니 백회가 시원해지면서 무엇인가 빠져나간다. 단전도 서서히 따듯해진다.

비가 언제 올지 몰라 사무실에 가 일하다가 수련한다. 오후 2시 30분이 지나자 갑자기 단전이 뜨겁다. 손님이 완전히 나갔는가 보다. 저녁 일본영화 젠(禪)을 보니 수련이 저절로 된다. 젠을 보고 나서 1시간 좌선한다.

**9월 16일 일요일**

계속 잠이 온다. 이겨내고 등산을 시작한다. 산을 오르는데도 전혀 지치지 않는다. 혀는 입천장에 붙이고 천부경, 태을주, 운장주, 화두수련을 하면서 산을 오른다. 천부경을 외운다.

어제에 이어 오늘도 일본영화 젠(禪)을 본다. 내 안에 부처님을 찾아 깨달음을 얻는다는 내용이다. 자력 신앙을 추구한다. 좌선, 또 좌선, 엉덩이가 헤어질 때까지 좌선만을 강조한다. 영화를 보는 것이 수련이다. 2시간 내내 단전이 따뜻하다.

**9월 17일 월요일**

아침에 정신은 돌아왔으나 일어나지지 않는다. 원인이 무엇인가? 화식인가? 반바지 반팔로 잠을 자서인가? 문을 조금 열어 놓아서인가? 점심시간을 이용해 50분간 화두수련을 한다. 오늘부터는 생식만 하려고 했는데 동료들이 저녁을 같이 먹자고 한다. 하하 같이 먹는다. 죽을 때도 같이 죽을 것인가? 너무 극단적인가? 오늘은 단전이 불탄다. 마음을 새롭게 먹는다. 막간의 시간을 최대한 활용해 수련할 계획이다.

**9월 18일 화요일**

서울 출장으로 마음이 편하진 않다. 서울에 오니 이쁜 여자들이 많다. 눈이 호강한다. 수련을 열심히 해야 한다. 하루 수련 계획을 수립해 본다. 먹는 것부터 원칙을 고수하자. 그리고 나머지는 하나씩 개선하자.

**9월 19일 수요일**

누구도 나에게 밥 먹으라고 강요하지 않았다. 다만 권했을 뿐이다. 나는 밥을 먹으면 수련이고 뭐고 다 안 된다. 기본에 충실하자. 먹는 것부터 다시 시작하자. 저녁 늦게 퇴근하여 화두수련을 하는데 사무실 일이 떠올라 화두 반 업무 반이다.

**9월 20일 목요일**

어제 생식만 먹었더니 새벽에 잠을 잤음에도 비교적 쉽게 일어난다. 하루하루를 소중히 보내자. 기본에 충실하자.

TV에서 남북 정상이 백두산 천지연 폭포에 있다. 뜨거운 기운이 들어온다. 추석에 수련 열심히 해서 새롭게 태어날 것을 다짐해 본다.

**9월 21일~9월 25일**

연휴 기간 등산도 하면서 편하게 쉰다.

**9월 26일 수요일**

며칠간 화식을 했더니 잠이 많이 온다. 저녁에 명상음악과 『선도체험기』를 보면서 2시간 수련을 한다.

**9월 27일 목요일**

아침 5시에 일어나 1시간 수련한다. 저녁 식사 후 현묘지도 카페 댓글을 보고 있으니 단전이 달아오른다. 그래서 카페를 자주 보아야 한다. 불을 붙여야 한다. 그리고 활활 타오르게 해야 한다. 삼공재

를 지속해서 꾸준히 가야 하는 이유 중의 하나인 거와 같다.

**9월 28일 금요일**

새벽에 일찍 잠이 깨었으나 일어나지 않고 경전을 암송한다. 수련이 잘될 만하면 요통이 찾아온다. 이것도 인과인가? 그렇다면 요통을 무시하고 계속 수행을 해야 하는가? 맞다. 수행만이 답이다. 이를 뛰어넘어야 한다. 가자 가자 가다 보면 알게 되겠지.

점심시간을 이용해 20분 수련한다. 궤좌로 수련을 한다. 무릎이 풀린다. 힘이 들어간다. 잠시 후 궤좌에서 엎드린 자세가 되면서 허리, 가슴, 어깨에 힘이 들어가면서 몸이 유연해 진다.

**9월 29일 토요일**

서서히 산을 오르니 힘들지 않고 편안하다. 눈썹바위에 앉아 호흡을 하려는데 자세가 불편해 호흡이 잘 안 된다. 노고단 대피소에서 20분 좌선하고 하산한다.

**9월 30일 일요일**

요즈음 성욕 극복이라는 시험을 치르고 있는 거 같다. 낮에 『선도체험기』를 읽는다. 눈물이 많이 나온다. 콧물도 나온다. 일단은 화두수련을 위해 최선을 다하자. 정신 바짝 차리자.

### 10월 1일~10월 10일

식욕, 성욕, 수면욕에서 헤어나질 못하고 헤맨다. 나는 하느님으로부터 와서 하느님에게로 돌아간다. 나는 찌그러진 깡통이요, 똥이요, 비료요, 먼지이다. 그리고 나무도 되고, 꽃도 되고, 사람도 된다. 나는 우주만물이고 우주만물이 나라는 생각이 든다.

그동안 나를 괴롭히던 성욕, 식욕도 한풀 꺾인 거 같다. 요즈음 업무 처리하느라 바쁘다. 주민을 위해 무엇인가 열심히 하는 것은 좋다. 그러나 이것이 수련이 되었으면 좋겠다.

### 10월 11일 목요일

아침 저절로 눈이 떠져 1시간 30분 수련을 한다. 무에서 와서 무로 간다는 생각이 든다. 오랜만에 임독맥이 따듯해지고 인당에서 기운이 인다. 점심 식사 대신에 봉명암으로 산책 가서 명상을 한다. 스님이 포도즙과 꾸지뽕즙을 가져다 주신다. 헐 시주할 돈이 없다. 다음에 오면 시주를 해야지. 정오에 수련하니 잘된다. 발에 힘이 들어가면서 운기가 된다.

### 10월 12일 금요일

오늘도 점심 식사시간에 봉산에 올라가 명상하고 시주하고 내려온다. 요통이 지속된다. 인과가 해결되면 요통도 해결되겠지.

**10월 13일 토요일**

명상 중 삼공 선생님과 합쳐진다는 생각이 들면서 운기가 된다. 꼭 한몸이 되는 거 같다. 6단계 화두 화면은 안 보이고 끝났다는 생각은 드는데 다음 주에 삼공재 방문해서 답을 찾아야겠다. 요즈음 수련을 하면 무릎이 아프고 다리가 저리다. 기본에 충실하자.

**10월 14일~10월 19일**

군인이 목 매달아 죽는 장면이 보인다. 인과응보 해원상생을 염원해 본다. 가슴을 조이는 빙의다. 그리 심하지는 않고 버틸 만하다. 운장주를 외우자 조금씩 약해진다. 점심시간을 이용해 봉명암에서 20분간 명상한다. 스님이 우전 녹차 한 컵을 주신다. 뜨거운 것을 먹었는데 머리와 등이 시원하다.

현묘지도 카페에 도우님들이 올리신 산이나 바위 사진들을 보면 머리부터 등이 시원해진다. 도우님들의 글을 읽고 있으면 내 몸이 시원해진다. 어떤 분은 처음부터 끝까지 몸이 시원해진다. 수련을 열심히 하신 거 같으시다. 사진을 보는 것보다 글 속에서 느껴지는 기운이 더 시원할 때도 있다. 요즈음 백회로 시원한 기운이 자주 내려옴을 느낀다.

## 7단계 화두

### 10월 20일 토요일

7단계 화두를 받았다. 저녁 수련 시 화두를 암송하자 이마를 바닥에 댄다. 그리고 얼굴 여러 곳을 누르면서 마사지한다. 머리도 마사지한다.

### 10월 21일~10월 28일

이마를 바닥에 대고 그대로 있다. 요통으로 의자에 앉아서 수련한다. 머리부터 등, 다리까지 시원하다. 지식이 자주 되며 시원해진다. 왜 그럴까? 적림님이 운기가 강화되면서 피부호흡이 되는 거란다. 아마도 혼자서 수련을 했으면 정확한 나의 수련 상태에 대해서 몰랐을 것이다. 하하 도우님들의 수련일지를 읽다 보면 피부호흡이 강화된다.

피부호흡은 혼자서 명상을 할 때보다는 도우님들의 수련일지와 댓글을 읽을 때 더 강화된다. 적림님의 말씀처럼 도우님들 간에 대화나 댓글을 달 때 운기가 강화되어 피부호흡이 더 잘된다. 이심전심, 애인여기, 역지사지, 자타일여, 우주와 나는 하나다. 이론이 증명이 되는 셈이다. 현묘지도 카페 도반님들 두 손 모아 감사드리옵니다.

### 10월 29일~11월 2일

일본 출장이다. 가고 싶지 않았지만 업무상 가게 된다. 걷기 하다가 공원에서 명상한다. 저녁에 잘 때 반야심경을 들으면 잠이 잘 온다. 새벽에 꿈인지 현실인지 분간이 안 가는 여자의 큰 목소리가 들린다.

**11월 3일~11월 12일**

말 많이 하지 않고 적어도 3번은 생각하고 말을 해야겠다. 나이가 드니 몸은 죽어가고 입만 살아난 거 같다. 말보다는 내공을 길러야겠다. 잠을 자도 자도 또 온다. 잠충이가 들었나 보다. 잠에서 깨어나야 한다. 이렇게 수련해서는 죽도 밥도 안 된다는 생각이 든다. 아침 수련 1시간 동안 뱀도 보이고 사람도 보인다. 선명하지가 않다. 별들이 빛을 내며 반짝거린다.

**11월 13일 화요일**

아침 수련을 1시간 한다. 천부경, 반야심경 한글본, 대각경을 읽으면 몸이 시원하다. 특히 반야심경을 읽으면 몸이 시원하다. 오후 생식 주문하고 내일 삼공재 방문을 문의드리니 오라고 하신다. 오후 3시 즈음부터 몸이 더워 소매를 걷어 올린다. 삼공재 방문 전화를 한 후부터 몸이 더워진 거 같다.

**11월 14일 수요일**

새벽 3시 즈음에 일어나 『선도체험기』 72권을 읽고 『구도자요결』

을 보면서 3시간 동안 수련한다. 삼공재 벤치에서 수련 중 1시간이 넘어가자 제주도에서 현봉수 선배님이 오신다. 그동안 수련을 중단했다가 최근에 꾸준히 하고 계신다. 이분은 매주 5시간 이상 등산, 매일 운동을 포함한 수련을 5시간 하고 있다고 하신다. 이야기를 나누는 중에 몸이 시원해진다. 꼭 『반야심경』을 읽을 때와 같은 반응이 일어난다. 이 무슨 조화인가? 이분은 아직 대주천에 들어가지 않으셨다.

삼공재에 가니 유광님이 와 계신다. 20대의 맑은 얼굴이다. 나이를 거꾸로 드신 거 같다. 삼공 선생님의 얼굴이 밝게 빛나고 볼에 살도 탱탱하시다. 그동안에 굳은 근육과 몸을 풀어준다. 단전까지 따듯해진다. 가부좌를 시도하다가 좌측 골반이 아파 중지한다. 두 눈을 손으로 가리자 많은 별들이 반짝거린다. 삼공 선생님은 제자들에게 기운을 나누어 주시고 수련 후에는 얼굴이 홀쭉해지셨다. 나도 삼공 선생님의 나이가 되었을 때 제자들에게 기운을 나누어 줄 수 있을까?

**11월 15일 목요일**

오늘은 일정이 많다.

**11월 16일 금요일**

아침 수련 1시간 30분 동안 화두수련을 하는데 삼공재라는 말이 떠오른다. 화두 한번, 삼공재 한번을 번갈아 가면서 암송한다. 기운이 느껴지면서 요가 동작이 나온다. 화두는 현묘지도 스승님들과 지상에 계시는 삼공 선생님의 연결고리가 있어야 한다. 연결고리 중 하나가 아마도 삼공재인 거 같다. "삼공재"라는 말에 기운이 크게 반응한다. 나는 삼공재다. 삼공재가 나다.

기독교, 천주교, 불교를 통합하는 명상수련 센터를 만들면 좋겠다는 생각이 든다. 이 모든 생각을 흘려보낸다. 나는 아직 현묘지도 수련을 끝내지 않았으니 스쳐 지나가는 과정일 뿐이다.

'왕따 소년의 세상 바로보기'를 보니 눈물이 주르르 흘러내린다. 왜 눈물이 나올까?나도 한때는 순진해서 학창시절에 고통을 당해서일까? 그것은 아닌 거 같고 그렇다면 무엇인가? 나도 힘들지만 나와 같이 고통을 받는 다른 이들을 위해 희망을 주는 메시지에 감명을 받은 것이다. 본성을 자극한 것 같다. 그렇다면 나는 무엇을 할 수 있을까?

저녁 걷기 1시간이 넘어가자 대추혈이 뜨거워지면서 몸이 시원해진다. 삼공 선생님이라는 말을 생각하자 몸이 시원해진다. 적림님의 현묘지도 축하 파티라는 글을 읽으면서 몸이 시원해진다. 와우 이 무슨 조화인가. 몸이 이렇게 시원할 수 있는가? 귀에서는 쇳소리가 우렁차다.

저녁 화두수련 한다. 너와 나, 세상과 나는 하나이다. 삼공 선생님과 나는 하나이다. 삼공재와 나는 하나다라는 생각이 든다. 나를 보고 싶거든 나와 가까이에 있는 것을 본다. 삼공 선생님을 알고 싶거든 삼공 선생님의 제자들을 보면 된다. 내가 행복해지려거든 나와 가까운 모든 것을 행복하게 한다.

나의 시원함은 어디에서 오는가? 세상을 행복하게 하려는 마음에서 온다. 아!!! 쉬운 일은 아니다. 그러나 50 평생을 살아오면서 이렇게 시원해 본적이 있는가? 등에 얼음물을 부은 것처럼 시원하다. 기운은 들어오는데 7단계 화두가 끝났다는 생각이 든다. 삼공 선생님과 적림님과 현묘지도 카페 도반님들 감사드립니다. 현묘지도 스승님들 두 손 모아 감사드리옵니다.

**11월 17일 토요일**

오전 10시부터 오후 3시 20분까지 화엄사에서 성삼재까지 등산한다. 등산 도중에 갑자기 힘이 빠진다. 빙의다. 운장주를 외우면서 가니 힘이 난다. 노고단 정상까지 갔다가 성삼재로 가서 버스타고 내려온다. 버스 안에서 반야심경을 듣는다.

"인생" 영화를 본다. 인생이란 무엇인가? 얻는 것은 무엇이고 잃은 것은 무엇인가? 얻을 것도 없고 잃을 것도 없는 것인가? 그러므로 구도의 완성에 의미를 두어야 하는가? 반야심경이 인생인가?

**11월 18일 일요일**

2주일 전부터 반야심경에 몸이 시원하게 반응한다. 1주일 전부터는 삼공재와 삼공 선생님과 나는 하나라는 생각이 든다. 나를 보려거든 나의 주변을 보면 된다. 나의 마음은 무엇인가? 나의 주변이 내 마음의 결과물이다.

마음이란 무엇인가? 마음도 생로병사가 있는가? 마음의 결과물인 몸이 생로병사를 하니 마음도 생로병사를 하는 것처럼 느끼고 있는가? 내 마음은 이팔청춘인데 몸이 따라주지 않으니 마음이 늙은 것처럼 보이는가? 착한 마음, 더러운 마음, 마음을 적게 주기도 하고 많이 주기도 한다. 변하는 것은 영원한 것이 아니다. 그렇다면 영원한 것은 무엇인가? 선악도 생사도 유무를 다 포함하는 것은 무엇인가? 공이다. 공이 하느님이다.

**11월 19일 월요일**

8단계 화두를 받았다. 왠지 빨리 끝날 것 같다는 생각이 든다. 저녁 걸으면서 화두수련을 한다. 몸은 흙이 되어 하나로 돌아간다. 진아와 가아가 있다. 가아는 오욕칠정의 결과물이다. 진아는 오욕칠정에서 벗어난 것이다. 진아와 가아가 본래부터 있는가? 사람의 마음이 진아와 가아를 만든 것이다. 본래 하나는 시작도 끝도 없는 것이다. 텅 빈 공 속에는 시작도 끝도 없는 것이다. 공이다. 무이다.

**11월 20일 화요일**

새벽에 일어나 몸 풀고 나서 아침 화두수련 시작을 5:00에 한다.

대각경이 떠오른다. 오감의 세계를 벗어나 상부상조하는 대조화의 세계, 하느님과 나, 남과 나, 우주와 내가 하나로 합쳐지는 실상의 세계 속에 살고 있다.

1시간이 다 되어갈 즈음에 진동이 일어나고 처음 하는 몸풀기 동작이 나오면서 가부좌가 된다. 갑자기 기운이 들어오고 단전이 따뜻해지면서 합장이 된다. 이어서 "나무아미타불 관세음보살 나무아미타불 관세음보살…"이 외워진다. 이어서 "석가모니불 석가모니불"이 외워진다. "나무아미타불 관세음보살…" 시원한 기운이 몸으로 느껴진다. 그냥 마음이 담담하다.

한인, 한웅, 단군 할아버님, 증상상제님, 태모고수부님, 인정상관님, 현묘지도 스승님들과 삼공 선생님께 두 손 모아 감사드리옵니다. 그리고 현묘지도 카페를 이끌어 주신 적림선도님, 조광 선배님, 우해 누님, 유광님, 도천님, 일심님, 도주님, 도원님, 도산님, 도암님, 도길님, 도운님, 도애님, 도심님, 금강님, 도선님, 우화님, 금광님, 대광님과 도반님들께 두 손 모아 감사드리옵니다. 갑자기 감격의 눈물이 흐른다.

수련 후 다시 잔다. 아침에 마눌님이 사무실 늦는다고 빨리 일어나라고 한다. 오늘 삼공재 간다는 말을 못 한다. 삼공재 다녀와서 소리를 들을 계획이다. (저녁에 삼공재 다녀왔다고 하니 남자가 비겁하다고 한다. ㅎㅎ대신 저녁에 설거지하고 쓰레기 버리고 마눌님 사무실에서 있었던 이야기 들어준다. ㅎㅎ)

오후 삼공재 벤치에서 구도자요결을 보면서 수련한다. 강력한 기운이 들어온다. 요가 동작이 자동으로 되고 기운도 강하다. 『참전계경』을 150조 이상을 보면서 몸을 푼다. 3시에 선생님께 인사드리니 이름을 부르시고 나서 현묘지도 수련기 써왔냐고 물으신다. 와우 나는 아침에서야 끝났다는 것을 알고 삼공 선생님께 문의드리러 온 것인데 선생님은 이미 다 알고 계셨다.

8단계 화두를 외우자 반응이 없다. 끝났음을 재차 확인하고 대각경을 외운다. 하나하나 의미를 되새기고 속도를 서서히 맞추어 가면서 외운다. 자동으로 머리를 바닥에 대는 동작이 수련 도중에 나오고 삼황천제님을 비롯한 스승님들께 감사의 인사를 드린다. 1시간이 다 되어갈 즈음에 가부좌가 된다. 며칠 전부터 반야심경에서 시원함을 많이 느꼈다. 자신이 하나님임을 깨닫고 오감의 세계를 벗어나 하나님과 나, 남과 나, 우주와 내가 하나로 합쳐지는 실상의 세계에 살고 계시는 삼공 선생님과 나는 하나라는 생각이 든다.

## 현묘지도 수련을 마치며

수련을 시작한 지 20년이 넘도록 축기조차 힘들었다. 우연한 기회에 현묘지도 블로그를 보고 삼공재로 가라는 적림님의 말을 듣고 다시 삼공재를 다니기 시작했다. 거기서 일심님를 만나 현묘지도 카페에 가입하고부터 수련을 더 열심히 해 실력이 향상되기 시작했다.

카페 도반님들의 다양한 체험기를 통해서 많은 직·간접 체험을 했다. 먼 길을 가는데 대화 상대가 없어 외로웠지만 친구가 있어 행복했다. 무엇보다도 적림님의 증산도 주문에 대한 체험기에서 많은 도움을 받았다. 특히 사배심고와 주문수련을 통해서 운기가 많이 되었다.

수련의 기회는 스승님에게도 양보하지 않는다는 우해님의 격려에 힘을 얻었다. 그리고 삼공 선생님으로부터 백회를 열고 현묘지도를 할 수 있도록 조광님이 도움을 주셨다. 삼공재 도반님들은 자신이 수련한 체험기, 사진, 음악, 책 등을 소개해 주고 이끌어 주고 격려해 주는 이타정신을 실천하고 계신다. 역시 이분들은 삼공 선생님의 가르침을 실천하는 제자다. 같이 숨 쉬고 있음이 자랑스럽다.

인생을 살아가면서 내가 무엇을 할 때 가장 행복한가를 알았다. 그러나 실천이 어려워 내심 걱정도 된다. 그러나 우공이산(愚公移山)의 정신으로 밀고 나가면 이 세상에 못 할 일은 없다.

끝으로, 일체의 머문 바 없이 그 마음을 내어 주신 삼공 선생님께 두 손 모아 감사 드립니다.

**【필자의 논평】**

오주현 씨의 체험기를 읽다 보니 주인공의 자태가 구름 속을 헤쳐가는 달처럼 유연하여 도무지 거칠 것이 없다. 부디 앞으로도 남들의 눈에 띄지 않는 곳에서 구도자의 도표(導標)가 되어주기를 바랍니다. 도호는 월광(月光).

# 임행자 현묘지도 체험기

## 나를 소개하며

나는 경남 남해에서 7남매 중 막내로, 나주 임씨 집안에 태어났으며, 여름 한더위에 태어나서 그런지 병치레가 잦아 초등학교 1학년 중 거의 반 학기나 등교를 못했다. 어린 마음에도 죽는 게 무서웠는지, '뭐가 되면 죽지 않을까?' 생각하니, '날아가는 새도 다 죽는다'였다.

중학교까지 고향에서 졸업하고, 고등학교는 시골을 벗어나 도시로 나가야겠다는 마음을 먹고, 마산에 있는 여상에 원서 넣어 연합고사를 쳤으나 보기 좋게 떨어졌다. 부산으로 와서 그 다음 해에 고등학교를 다녀 세무회계 사무소로 취업 나가 3년 근무하고, 자리를 옮겨 도매업 비철금속 상회에서 3년을 다니다가, 품목은 다르지만 같은 업종에서 일하는 부산 남자를 만나 결혼해서 남매를 두고 살고 있다.

## 수련하게 된 계기

남편도 6남매 중 막내이며 아버지를 초등학교 다닐 때 여의고, 엄마는 경제적 능력이 없어 형님네 밑에서 자랐는데, 자기네 어머니,

형제가 우선이고 마누라는 다시 얻으면 된다고 생각하는 사람이라 정신적으로 이해하기 힘들었다.

결혼생활에서 오는 삶이 고단하여 행복하지도 않으며 다시 태어나고 싶지가 않았다. 그래서 마음을 위안받으려고 불교서적도 읽고 『금강경』도 시간을 정해 독송하였다. 다행히 남편은 수련하는 걸 탓하지도 않고 불심도 깊다.

『선도체험기』를 접하게 된 것은, 옆집에 놀러가 50권 넘게 책꽂이에 꽂혀 있는 걸 보았고, 이것을 읽으면 심심하지는 않겠구나 하고, 그 당시에는 그냥 지나갔다. 옆집이 다른 아파트로 이사 가고, 2000년을 맞이하여 내 나이도 30중반으로 접어들었고, 생활은 도매업을 운영해 튼튼이 도와주며 시간 여유도 많아 새로운 변화와 기틀을 마련하고 싶었다.

## 『선도체험기』 읽기

생각해 낸 것이 50권 넘는 『선도체험기』였고, 9월 22일 서점에서 3권씩 사서 읽기 시작하였다. 읽는 내내 졸음과 발바닥 후끈거림이 있었고, 2001년 2월 28일 체험기 13권을 읽던 시기에 부산 생식원에서 생식 처방받아 먹으면서 운동도 하고 책에 나온 대로 따라하며 노력했다. 내 생활과 의식 수준은 건설적으로 변하고 높아져 흔들리지 않는 마음을 갖게 되었다.

## 삼공재 첫 방문

시중에 나와 있는 『선도체험기』, 『소설 단군』 5권을 다 읽고, 2003년 10월 9일 삼공재 첫 방문하여 카드 등록, 표준생식 처방받고 선생님 앞에 좌선하는데, 멀미 증상의 울렁증이 수련 마치고 나와서도 한동안 지속되었다.

그렇게 한두 달에 한 번씩 무작정 좋아서 다니며 선생님 지도 아래 수련을 받게 되었고, 시간 나는 대로 자주 와서 수련하고 천도할 수 있는 능력을 기르라고 하시는 말씀에 힘입어, 한 달에 두 번씩 가려고 노력했다. 최소 한 달에 한 번은 와야 수련이 제대로 된다고 하셨다. 몇 년을 다니다 보니 단전의 찌릿함과 이물감을 감지하며 운기도 되었다.

## 백회 개혈

### 2006년 7월 13일

전날 밤 좌선하고 있는 내 주위를 개미가 빙 둘러싸고, 2열 종대로 내 몸을 타고 기어오르는 꿈을 꾸고, 삼공재 수련하러 올라갔다. 선생님께서 나보고 백회 열 때가 되었다고 말씀하시곤 다른 말씀이 없어 그냥 내려오다.

## 대주천과 화두

### 2007년 7월 7일

선생님이 앞에 앉으라고 하고 생식 처방하면서, 기 점검을 해주고 두 분의 신명과 선생님 도움으로 백회를 열고, 벽사문을 달아 주셨다. 체험기에서 읽은 즐탁지기를 체험했으며, 삼배를 드리고 옆에 수련하는 여러 도우들의 축하를 받았다. 너무 기쁘고 오매불망한 일이 이루어져 그 뒤 집중이 안 되었다.

선생님이 1단계를 주시는데 보는 순간 익숙한 것이었다. 화두를 외우면 온몸에 기운이 쏴하게 몰려와 소름이 돋고, 갑자기 두려운 생각이 들었다. 화두 받아 내려오고 자정 넘어 새벽, 남편에게 불상사가 생겨 경찰서로 병원으로 쫓아다니며 원망과 분노가 일어 여러 복잡한 감정에 심란했다. 병원생활과 문제 해결을 하고 몇 달을 그냥 보내면서 시간은 마냥 흘러갔다. 삼공재 수련도 계속 다녔지만, 오히려 화두 받기 전보다 자주 못 올라가게 되었다.

2009년 10월 제조업으로 사업자 등록증을 하나 더 내고, 내 명의로 하였다. 고가의 기계장비를 구입해 NC 부품 가공업을 시작하면서, 온 신경이 그쪽으로 쏠리고 나의 험난한 여정이 시작되었다. 도매업의 단순함과는 거리가 멀었다. 시간과 노력이 배 이상 들고, 생각보다 덩치가 커졌으며, 금전 단위도 차원이 완전히 달랐다. 우선 공장, 일감, 인력, 금전, 우리에겐 기술력도 고정적인 거래처가 없어 전문가를 영입해 월급 사장으로 앉혀 영업하게 하고 기술자를 구해야 했다. 처음 시작하니 불법 외국 근로자를 쓰면 안 되는 기본 상식도 몰랐고, 방을 구해 내가 외국 근로자 3명에게 따로 살림을 차려 내줘야 했다. 나중에는 전부 CNC 자동 복합기로 바꾸었다. 그렇게 하루살이가 되어 자금 압박과 은행, 관공서는 문을 다 두드리고 노심초사하며 지냈다. 하여튼 사기도 당하고, 공장 이사는 장비를 끌고 3년 동안 3번을 다니며 고스란히 경비는 깨졌다. 10년 동안 경찰서와 법원 출입으로 사람공부, 사회공부는 톡톡히 치렀다.

그러나 그렇게 힘든 상황에도 기다려주고, 도와주는 사람이 함께 있어서 여기까지 견디며 왔다. 3년, 5년 지나면 괜찮을까 하며 보낸 것이, 10년째 흘러가고 지금은 경기가 좀 둔화되었지만 자금도 많이 해결되었고, 가족 단위로 운영해 안정기에 접어들고 있다. 나 자신을 돌아보니 세월이 흐른 만큼이나 수련한 기상은 없어지고 조급한 성질과 땅만 보고 걷는 사람이 되어 있었다.

## 현묘지도 수련 다시 시작하다

2018년 1월경 선생님께 전화드려 생식 지으며 책도 보내 달라고 부탁드렸다. 그동안 근 2년을 생식만 지었을 뿐 삼공재를 못 가 책이 113, 114, 115, 116권 4권이 밀려 있었다. 책을 보며 현묘지도 전수자도 많이 배출되었고, 빠르게 변화가 오는 걸 느꼈으며, 화두 받은 지 오래되어 반신반의하면서도 마무리를 해야 되겠다는 생각이 들었다.

선생님이 편찮다는 소식 듣고, 늘 변함없는 목소리였는데 털고 일어나실 거라고 예상은 하지만, 그래도 마음이 착잡한 건 견딜 수 없었다. 책을 보게 되면서 카페가 생겼다는 걸 알았고 4월, 117권이 나왔는지 검색하다가, 조광님 블로그 글을 읽게 되고 삼공카페 회원 모집도 보게 되어 현묘지도 카페에 가입하게 되었다. 그동안 틈틈이 등산과 생식, 요가하며 일상에서 오는 작은 깨달음을 수첩에 적어 두었다.

### 천지인 삼매 (2007. 7. 7~2016. 1. 20)

2007년 7월 화두 받고, 10년이 다 되도록 못 깨고 있다가, 체험기 112권 26번째 수련자 분 1단계 부분을 읽고, 나도 비슷한 경험을 했기에 찾아보고, 바로 문의드리고 싶었으나 화두 받은 지 오래되어, 긴가민가하고 있었는데, 카페에 의견을 물어 보고 깨진 걸 알았다.

### 2016년 1월 20일

내 속에 모든 게 다 갖추어져 있다. 족한 줄 알아라. 구슬도 꿰어야 보배다. 내 속에 하나로 다 들어가 있다. 깨(꿰)어라. 새벽 4시 50분, 내 속에서 울림이 온다. (수첩 메모난에 이렇게 적혀 있었다.)

## 유위삼매 (2018. 7. 9~10. 14)

### 10월 4일

오전 수련 중, 화면에 탁 트인 맑은 하늘에 산 전경이 펼쳐지며, 허공에서 하늘색 생활 한복을 입은 분이 오른쪽 다리는 쭉 뻗고 왼쪽 다리는 양반다리를 한 자세로, 내 눈 앞으로 오더니 오른쪽 귀 윗쪽으로 들어온다. 그리고 머리 둘레로 기운이 돌고, 이마와 눈썹을 잡아당기며 이마, 미간, 눈, 코, 인중으로 기운이 내려오면서 약간 통증이 있다. 수련 끝낸 후 간밤에 잠깐 졸고는 잠을 못 잤으므로, 잠시 상황을 의심해 본다. 머리는 맑고 잠을 설친 것 치고 몸은 가벼우니 허상은 아닌 것 같다.

### 10월 5일

수련 중 화두를 단전에 두고 마음으로 염송한다. 눈앞으로 한자가 뜨다. 유(留)가 먼저 뜨고, 유(劉)가 뒤에 따라 뜬다. 오전 계산서 발행과 송금 처리하고, 한자가 생각나 찾아보다. 머무를 유와 죽일 유로 여러 가지 뜻이 있긴 한데 나름 해석해 본다. 시작도 끝도 없는 하나. 우주의 쉼 없는 순환, 보이는 것이 다가 아니고 영원한 것도 없다. 화두로 천부경 원리를 체험해 보니 깊이 와 닿는다.

### 10월 12일

오전 잠시 쉬는 동안, 86권 이규연 님 편을 다시 읽다. 잠시 생각에 공부거리, 읽을 책은 많은데 수련은 더디니 조급함이 고개를 들다가 지금도 진행 중이기에 마음을 다시 고쳐먹다. 몸과 마음이 같이 변하고 있는데, 내 자신이 객관화되고, 마음은 상대방 입장과 동조가 되고 있으니, 너무 오지랖이 넓은 것이 아닌가 하는 생각도 든다. 몸은 어깨, 팔뚝, 허리, 꼬리뼈에서 계속 기운이 돌며 치료 중이다.

### 무위삼매 (2018. 10. 15~10. 21)

#### 10월 17일

오전 수련 중 잡념이 뜨다가 1시간이 지나니, 가속도가 붙는 것 같아 조금 더 앉아 있어 본다. 몸이 제법 가벼워져 선풍기를 씻어 말려 보관하고, 집안 정리 청소를 하다. 오후 산을 오르는 중 "천지도 다 나로 말미암아 있다"가 떠오른다. 모든 것이 구비되어 있는 나의 존재함, 자성, 불성이다. 어디에도 끄달릴 것 없는 영원불멸한 나, 태산 같은 자부심을 가지고 자신이 주인이 되어 주인공답게 살아가야겠다. 이것은 이전에도 기억이 있어 찾아보니, 2015년 6월 5일자에 읽은 것인지 깨달은 것인지 메모만 되어 있는 것인데, 오늘도 뇌리에서 떠나지 않는다.

#### 10월 18일

어제 일지 정리하면서 늦게 잠들어, 오전 수련 마치고 뭉그적대다가 일어나는데 왼쪽 목에 담이 걸렸다. 잠들 때까지 기운이 엄청 들어왔는데 호사다사 같다. 아침 담은 저녁까지 계속 되다. 이마의 시린 기운, 온몸 주천화후, 백회 특히 몸 바깥 부분과 겨드랑이로 하루 내내 기운이 돈다.

### 10월 19일

오전 수련 끝나고 더 자게 되는데 오늘도 다르지 않다. 5시 일어나는 게 신기하다. 목의 담은 가운데 대추혈 주위로 있다. 오후 3시경 좌선 1시간, 백회로 기운이 들어와 발끝에서 온몸으로 돌다. 퇴근하면서 머리가 시려서 모자를 쓸까? 생각하다. 몇 년 전부터 찬바람이 나면 머리가 시렸다.

### 10월 20일

목의 담은 오른쪽으로 옮겨져 있다. 목이 뒤로 젖혀지지 않는다. 산에 오르며 천부경을 외우고 목이 아파 일부 스트레칭하고 내려오다.

### 10월 21일

『선도체험기』 13권 중 현묘지도 부분과 14권 무위삼매 편을 읽는 중 온몸으로 기운이 돌다. 역대 현묘전수자 들의 무위삼매를 보며 나하고 비슷한 부분이 있다. 목 부위가 아직 완전 회복이 안 되고, 왼쪽 귀 밑으로 남아있다. 현재 새벽 1시 30분경 지금도 백회로 기운이 들어온다.

## 무념처 삼매 (2018. 10. 22~24)

### 10월 22일

오후 선생님께 전화드려 4, 5단계 받다. 5단계가 중요한 부분이고, 이제 나머지 3단계만 하면 다 마치는 거라고 한다. 목 부분은 선생님과 통화하고 좋아졌는데 잠시 후 그대로다. 4단계 시도 2번 해보고 안 돼서 그만두다. 역대 현묘전수자들의 체험기를 보며, 4단계 부분을 읽다.

### 10월 23일

오전 수련 마치고 4단계 시도하다. 어제 2번 하니 외워져서 그냥 해 보는데, 5단계 단어가 생각나며 백회로 기운이 들어오다. 몸이 앞뒤 흔들리기를 몇 번 현묘수련 초기부터 했는데, 이번에도 그렇게만 된다.

### 10월 24일

오전 수련 마치고 13권 책을 펴 놓고, 1에서 차례로 따라하니 강, 약하게 느껴지며 그대로 5단계 진행시켰다. 졸음이 계속되며 졸고 자게 된다.

## 공처 (2018. 10. 24~11. 25)

### 11월 1일

오후 업무 중 '지심귀명례'가 외워진다. 지심귀명례 불타야중...

### 11월 2일

오후 등산 중, 친정 아버지가 떠오르고 감사함과 고마운 생각이 들다. 고비마다 힘들었던 삶, 잦은 병치레에도 가족 건사하며 책임을 다하고 가셨다. 내가 결혼하기 몇 개월 앞서 가셨으니, 마음에 담고 떠났을 것이다.

### 11월 3일

오전 수련 중 표정과 주변 환경이 밝지 않는데 흑백사진처럼, 회색빛 허허벌판에 키가 작은 사람(애)가 혼자 서 있다. 타이즈에 주름치마인데, 천이 아니고 생선 비늘처럼 옷이 특이하다. 현재 내 모습이 얼굴 가까이 다가오며, 눈을 크게 뜨고 내 얼굴과 합체된다. 한눈팔지 말고 일심으로 수행하라고 독려하는 것 같다. 여러 가지가 찰나 지나는데, 이 두 가지 화면이 수련 끝나고 기억에 남는다.

### 11월 9일

밤 수련 시 미간에 빛이 환하며, 시원 뜨겁한 박하 바른 것 마냥 화~하다. 눈을 반개하니 보고 있는 시선에서 아지랑이가 핀다.

**11월 11일**

오전 수련 4시, 벌레가 강하게 꿈틀거리며 온몸을 기어 다니는 것 같다. 친척 결혼식이 있어 사실 잠도 못 자고 사람들이 많이 모이는 장소라 염려스러워, 오전 수련 중 보호를 좀 해 달라고 의념을 보내 봤는데 청을 들어 주신 것인가? 하루 종일 기운에 감싸져 있는 느낌을 받았다. 차분해지면서 말로 표현할 수 없는 나만 아는 것, 보답하고자 경건하게 음식을 절제하며 도리를 지켰다.

**11월 14일**

오전 수련 중 손바닥에 드릴을 가지고 뚫는 것 같은 회오리 기운이 일다.

**11월 21일**

간밤에 저녁 수련 마치고 자려고 누워 와공 중, 단전이 뚫려 밤하늘 같은 넓은 공간을 본다. 꿈도 꾸었다. 결혼 전 직장 상사가 보이며, 회식하러 가는 길에 얼굴 모르는 양복 입은 젊은 남자 직원이 내 가방 속에 들어 있는 『선도체험기』 16권을 주라고 해서는, 자기 여자 친구 준다고 편지와 만 원짜리 지폐를 봉투에 넣어 책 뒷장에 붙여서 다시 나에게 준다. 내 옆에 있는 여직원이 돈이 없다 하기에 만 원을 떼어주고 책도 읽고 싶다고 해서 준다.

뷔페로 가서 창가에 자리 잡고, 내가 뒤에 들어갔는데 안쪽으로 들어가란다. 여기는 음식이 진열된 것이 아니고 손수 음식을 만들어 직접 대응하는데 넓은 시골 장터 같다. 우동집으로 가서 주문해 놓고 한 바퀴 돌고 오니, 국물만 넣지 않고 준비되어 있었다. 내가 가니 손님들이 주르르 오는데, 할머니 두 분이 연세도 있는데 급하다. 어찌하여 우동을 작은 솥째 받았는데, 할머니 한 분이 냉장고에서 무말랭이 같은 것을 우동 위에 뿌려준다. 가끼우동이라고 하면서, 내 인적사항을 묻고 막내가 몇 살이냐기에 갑자기 생각이 안 나서 십대라고 했다. (꿈속은 십 년 전쯤 같다.) 우동 솥을 들고 자리에 오는데 가방도 무겁고 짜증이 날려는 찰나, 들고 있는 우동 솥을 보니 물기 없이 바짝 말라 모래처럼 면이랑 끊어져 따글따글하다. 내 자리로 갔으나 일행이 안 보여 휴대폰을 찾는데, 현실에서 폰 소리가 울려 전화받다.

내가 살아온 흔적을 보여주는 것 같고 인생무상, "아무것도 아니고 없다." 생각해보니 수련 처음 시작해서 여기까지 왔는데 내 인적사항을 묻고 하니 내가 이제 한 단계 넘었다는 것을 꿈에서 알려주나 보다. 6단계를 받으라는 것 같다. 오후 수련 중 백회, 뒤통수(옥침)로 기운이 유통되다.

### 11월 22일

어제에 이어 또 꿈을 꾸다. 기독교적인 머리 가르마를 2 대 8로 기름칠을 하고 양복을 입은 남자가 둥근 조화를 들고, 뒤에 많은 사람들이 따라오는데, 아들 이름을 대면서 찾는다. 또 2차로 유교적인 건장한 농민 무리들이 들어오고 또 뒤에 보니 불교적인 무리가 오고 있다. 꿈속에서 아들은 초등 5학년쯤으로 나온다.

희한하다. 내 마음이 아들에 비중을 많이 둬서 이런 꿈을 꾸나. 무엇을 가르쳐 주려는 걸까? 종교든 사람이든 화합하여 원만히 조화를 이루어 함께 하나가 되라는 것 같다. 근본은 하나이고. 근원합일을 인식하다.

### 식처 (2018. 11. 26~12. 9)

삼공재 수련하다. 생식 짓고, 한 도반님 백회 개혈하는데 내가 선생님 말씀하실 때마다 손끝, 발끝이 찌릿하다. 백회, 이마, 미간으로 기운이 흘러내려 유통된다. 선생님이 나보고 다 마쳤지? 하고 여쭈시는데, 5단계 끝나고 6단계 받고 싶다고 말했다. 오늘 5명 수련하는데, 한사람 한사람 언급하며 다 꿰뚫고 계신다. 나보고 현묘지도 언제 받았는지도 물어 보신다.

#### 11월 27일

오전 수련 중 얼굴이 역삼각형인 날렵한 고양이가 나를 보며 걸어가다. 화창한 날, 고향집 마을 전경이 선명하게 보인다.

## 12월 8일

아침에 일어나 꿈이 생각나다. 아이 둘이 (자매) 작은 키의 붉은 들꽃을 캐며 어디에 통화를 하고 있다. "어디에 줄 거냐고" 묻는 것 같다. 가로수 길에 백장미가 피어 있는데, 내가 떨어진 꽃을 주워 바구니 둘레에 장식을 하고, 안쪽 바닥에도 깔았는데, 바구니가 쏠리면서 공간이 비고 담긴 꽃이 많이 부족하다.

또 다른 장면이, 내가 풀장 또는 온천인지 물속에 옷을 입고 들어가 있다. 옆 사람이 내 옷을 벗겨준다. (꿈속의 사람은 항상 말끔한 검은 정장 차림이다.) 나 자신의 순백함이 느껴지다.

## 12월 9일

새벽 3시쯤 잠이 안 와서 뒤척이고 있는데 꿈도 아니고, 눈앞에서 누나, 동생 애 둘이 흙 장난하고 놀면서 "어디까지 얘기해야 되나"하며 둘이 대화한다. (화두수련, 내 얘기 같다.)

잠시 뒤 둥근 달이 허공에서 내 인당으로 들어왔는데, 누군가(검은 물체) 자리를 잡아 고정시킨다. 이 일이 순간 일어났다.

어제 오늘 본 것을 유추해보다. 애들과 들꽃, 피어서 떨어진 장미, 흙, 둥근달 뭘까? "자연"이다. 나도 자연이다.

## 무소유처 (2018. 12. 10~12. 14)

### 12월 10일

삼공재 수련하다. 7, 8단계 주시며 이제 모든 게 다 넘어갔다고 하신다. 8단계가 너무 길어 "좀 적으면 안 될까요?" 하니 기억 안 나면 전화를 하라고 한다. 합장으로 감사 인사드리고 자리에 앉아 외우는 중, 다리부터 위로 올라오면서 진동이 일며 몸이 부서지는 느낌이다.

### 12월 12일

오전 수련 중 경주 석굴암 내부 부처님과 주변 조명등은 붉은색이다. "우주 근원"이라는 단어가 떠오르며 암송되다. 출근해서 업무일과 중에도 우주 근원이 생각나다.

### 12월 13일

오전 수련 후 와공으로 잠시 누웠는데 화면이 떠오른다. 만화영화에 나오는 뾰족한 성이 은빛으로 빛나며 잠시 뒤, 사람 2명이 건물 기둥에 두루마리를 걸어 길게 펼쳐 늘어뜨린다.

백지에 글자가 흘림체로 빼곡히, 아래 끝까지 가득 차 있다. 선명하게 한 문자가 눈에 띄는데, 인도 글 같기도 하고 모르는 문자다. 인도인 이마의 점과 뜻이 같다는 생각이 들고 그렇다면 부처님 이마, "광명" 부처님 인당으로 온 세상을 밝게 비추는 빛이다. 빛.

### 12월 14일

자정쯤 누워 7단계를 외우는데, 기운이 온몸으로 계속 들어온다. 아직 안 끝났나 보다. 어제 본 글자가 화두다. 첫 글자가 또렷이 둥둥 떠다닌다. 갑자기 생각나 우리집 큰 방 액자를 들여다 보다. 신묘장구 대다라니경 원본이었다. 와공 하며 새벽 3시 지났을 쯤, 내 이름(행자야)을 3번 부르는데, 여자 목소리이다. 끝났다는 예감이 들어 감사 기도를 올리다.

### 비비상처 (2018. 12. 14~15)

8단계 들어가다. 진동과 함께 길다고 생각했는데 입에 붙는다. 몸살로 인해 누워 쉬다. 가슴 부위가 아프다.

### 12월 15일

새벽 2시 30분 항아리 문양이 거꾸로 이마에 들어와 붙으며 "옴"이라는 단어가 떠오른다.

이마 내부가 원시림의 초록색 빛이다. "알파와 오메가"라는 단어도 생각난다. 그리고 고요하다. 이것으로 나의 현묘지도 화두수련이 끝이 나다.

자리에서 일어나 나의 우주 근원, 빛, 공기, 물, 자연에 감사드리며, 삼황천제님, 삼공 스승님, 지도령님, 보호령님 여러 도반님들께 그리고 조상님, 선조님, 천지부모님, 가족, 일체중생들 오늘 하루도 행복하기를 빌고 감사기도와 함께 오배를 올렸다.

### 현묘지도 수련을 마치며

길고 긴 나의 현묘지도를 마치며 오랫동안 소원하던 일이 이루어져 기쁘고 이것이 수련의 끝이 아닌 것을 알기에, 언제나 지금처럼 꾸준히 나아갈 것을 다짐합니다. 사모님, 삼공 스승님, 노고에 진심으로 합장 인사 감사드리고, 카페지기 적림님, 지금도 열심히 수련하며 응원을 아끼지 않는 여러 도반님들, 곁에서 묵묵히 도와주며 노고를 아끼지 않는 선배 도반님들, 감사합니다.

그리고 개인적으로, 나의 수련과 인생의 선배로서 알게 모르게 도움주신 두 분의 도반 장국자 님, 다른 일로 현묘지도 수련 화두 단계에 머무르고 계시는 또 한 분께 마음을 담아 감사 인사드립니다.

감사합니다.

2018년 12월 16일 임행자 올립니다.

**【필자의 논평】**

영업에 도가 통한 구도자답게 임행자 씨의 수행기는 도와 사업에 걸쳐 두루 거침이 없다. 부디 도계와 업계의 대목으로 계속 자라나기 바란다. 도호는 도업(道業).

# 민혜옥 현묘지도 체험기

## 선도 수련과의 인연

십년 전 우연히 단월드를 알게 되었고, 등 활공을 일주일 간 정성스럽게 받고, 척주 교정을 받고, 장 마사지를 받고, 도인체조와 활공이 좋아서 다니다가 평생회원 권유로 400만원에 가입하여, 꾸준히 2년 정도 다니면서 이때 단전호흡을 알게 되었다. 누워서 와공을 하면 바닥이 뜨거워 옆 사람에게 만져 보라고 하곤 했다. 머리에서는 심장에 펌프질 하는 것같이 숨 쉬는 느낌이 들고, 이마와 머리 주위는 어떤 힘에 의해 쫙쫙 조여 주는 느낌을 받았다.

집에서 왕복 3시간 거리의 가까운 산을 매일 다녔는데, 어느 날 하산 길에 꽃잎이 뿌려져 있고, 몸이 붕 뜨는 느낌과 함께 걷다가 정신 차리고 보니, 꽃잎은 사라지고 그냥 매일 다니던 등산길이다. 꿈에서는 누워 있는 나를 보고 공중으로 하늘 높이 날아올라, 날아다니며 굽이치는 산을 넘고 또 넘어서 멀리 한옥집이 보이는데, 그곳으로 들어가고 꿈에서 깨곤 했다.

이 무렵 제사가 있어서 지방에 내려가 납골당에 가는 길에 차 사고가 크게 났고, 이 일로 인해 병원을 1년 가까이 다녔지만 아픈 건 더 심해지고 나을 기미가 안 보였다. 지인의 집에서 단월드 이야기가 나오고 『선도체험기』에 단전호흡에 대해 나오니, 읽어 보라며 몇 권 가져가라 하여 읽게 되었고, 6권부터는 책에 푹 빠져서 밤에 잠을 안자고 읽곤 하였다.

어느 날 밤 벽지에서 빨간 피가 군데군데 줄줄 흐르는 걸 보고 놀라, 눈 감아 다시 뜨면 아무 일 없고, 그때 무서웠던 기억은 잊을 수가 없다. 계속해서 책을 읽다 보면 글씨가 보이지 않는 현상이 나타나고, 그럴 때마다 한자 한자 형체만 보고 천천히 읽어 가곤 했었다.

지인에게 무서웠던 상황을 이야기 하니, 선생님을 알고 있는 사람에게 연락해 보겠다고 하고, 아무나 받아 주지 않는 분이시라면서. 일상생활로 돌아가 까맣게 잊고 2, 3년이 흘렀다.

남편의 건강검진 결과가 좋지 않게 나왔고, 생식과 민간요법을 병행하면서 생활하고 있는데, 예전에 읽었던 『선도체험기』가 생각나서 지인을 찾아가 2014년 여름부터 선생님께 다니게 되었다. 남편은 3개월을 다니면서 선생님께서 빙의령으로 인해 아픈 게 아니라고 하셔서 그만 다니겠다고 하고, 나는 꾸준히 일주일에 한번씩 4년 정도 다니면서 이제야 수련이 조금 되나 보다 했는데, 자궁에 혹이 생겨 수련의 최대 위기가 왔다. 병원 가서 수술하면 큰일 난다는 소리 듣고, 생식 먹고 민간요법 하면서 1년 넘게 치료하고 있었다.

어느 날 잠을 자고 있는데, 섬뜩한 느낌에 눈을 뜨니 내 옆에 저승사자가 앉아 있었다. 무섭지도 않고 아무 느낌도 없었다. 지금 생각해 보면 잠결이라 졸려서 그랬지 싶다. 그런데 몇 일전부터 낮에도 밤에도 운장주를 틀어 놨고, 주위에는 『선도체험기』가 쌓여 있다는 사실이다. 다음날 밤에도 저승사자가 오지 않을까 하는 마음에 운장주 틀어 놓고 잠을 자고 있는데, 잠결에 뒤척이다 섬뜩한 느낌에 눈을 뜨니, 저승사자가 나의 옆구리 옆에 바싹 붙어 앉아 있었다. 운장주는 계속 들리고 저승사자는 눈을 감고 기운 없는 표정으로 쓰러질 듯이 앉아 있었다. 저렇게 기운이 없는데 나를 데려가지는 못하겠지 하고 잠들었다. 지금 생각해 보니 졸릴 때 나오는 표정일 수도 있겠다는 생각이 든다. 삼 일째 보이면 선생님께 말씀드려야지 했는데, 그날 이후로 조용하다.

올해 초부터 선생님 건강이 안 좋으셔서 걱정을 하고 있었는데, 남편이 수술 날짜를 잡아 와서 나를 걱정하니, 수술 결심하고 올해 7월 달에 수술을 했다. 지금은 현묘지도 카페에서 적립선도(대봉)님을 비롯하여 선배님들, 후배님들과 수련에 관한 도움을 받으면서, 그리고 일주일에 한 번씩 선생님 찾아뵙고 수련하고 있다.

**2018. 12. 5 수요일. 맑음**

1단계 (천지인 삼재) 화두 받다. 전철 안에서, 내 몸에서 나는 짙은 향냄새와 함께 집에 오는 길에 화두 외우니, 간혹 가다 기운이 쏟아진다. 집에 도착하여 식구들 틈에서도, 이야기 들으면서 식탁 앞에서도 화두만 외운다. 뜨거운 기운이 들어온다. 음식이 먹히질 않는다.

식구들 저녁 식사 후 설거지는 미뤄 놓고, 정보 검색과 『선도체험기』 읽은 후 좌선에 들어 가니, 뜨거운 기운에 단전의 열감과 임맥, 독맥에 땀이 흐른다. 허벅지에서도 열감이 후끈하다. 탁기는 계속 빠져 나오고 화두는 바로 깨지고, 5분이 지나니 관음법문과 기운과 향냄새까지 모두 사라지고, 내 몸은 고요하다. 관음법문의 시끄러운 소리가 사라지니 조용하고 좋다. 이 기분을 즐긴다. 1시간이 지난 후 관음법문만 들린다.

밤에 잠이 오지 않지만 화면이 보일까 싶어서 잠을 청해 본다. 비몽사몽 간에 화면이 나타난다. 몇 발자국 걸으니 바로 앞에 하늘이 지평선과 맞닿아 펼쳐져 있고, 밝은 별이 확대되어 보인다. 너무 가까워서 신기하여 팔을 뻗어 별을 만지려는 순간, 하늘은 멀어져 있고 무수한 별들만이 빛을 발한다. 잠깐 스치는 생각. 우주에서 왔으며 우리의 몸은 소우주이다는 진리. 선계 스승님께서 잠을 안 재운다는 사실.

## 2018. 12. 6. 목요일. 맑음

스승님께 전화하여 2단계 (유위삼매) 화두 받다. 조용하고 부드럽고, 1단계에 비하면 기운이 많이 약한 편이다. 화두에 대해 정보 수집하면서 2시간가량 화두 외워주고, 좌선하니 백회는 잔잔하게 기운이 일고 전중, 중완, 단전을 뜨겁게 데워준다. 탁기는 계속 빠져 나오고 화면이 뜬다. 화두 글자가 사람으로 변하여 눈앞에 나타나 움직이며, 한문 글자는 남자, 한글 글자는 여자가 되어 걸어 다닌다. 이 장면이 무슨 의미인지 아직은 잘 모르겠다.

기운이 너무 미미하여 선생님께 전화드리니, 그래도 계속해서 외우라 하신다. 선배님들의 현묘지도 체험기 읽으면서 계속 화두 외우면서 다시 좌선하니, 백회는 시원하고 임맥은 뜨겁고 장심의 열감은 후끈하다. 온몸은 기운으로 감싸여 있고 마음은 편안하고 이때 화면이 보인다. 젊은 여인의 옆모습이 보이고 직감으로 엄마란 걸 알겠다. 다시 집이 보이고 십대의 엄마 모습이 보이고, 앉아 있는 나와 한 몸이 된다. 이어서 젊은 남자가 보이고 아빠란 생각과, 삼공재 사모님이 잠깐 보이고, 스승님 젊은 모습이 보이고, 젊은 남자의 모습에서 아빠도 됐다, 스승님도 됐다 한다. 울컥하며 눈물이 쏟아진다.

저녁 수련에 1시간 좌선하여 운장주, 천부경, 반야심경, 대각경, 금강경(사구게), 참전계경 읊어주고, 화두 외우니, 백회는 시원하고 온몸에 잔잔한 기운이 꽉 찬 느낌에 얼마나 더 흘렀나 싶은데 화면이 뜬다. 나의 의식만 느껴지고 길은 흔들리고, 펑 펑 소리가 나며 또 한번 펑, 계속 소리의 울림이 들리고 눈을 뜨니 나는 좌선 자세 그대로 앉아 있다. 의식을 따라 가니 주변과 장소 특유의 공기 냄새가 느껴지고, 어딘지 짐작하고 피곤하다며 잠든다.

잠이 깨어서 생각해보니 나에게 축제 파티를 열어주고, 장소까지 걸어서 이동했고, 펑 소리는 불꽃이 터지기 직전에 나는 소리네. 하이라이트만 보여 주지, 그럼 기뻐했을 텐데, 피곤한 사람에게는 잠이 보약이다. 영적인 세계에서도 축제를 하는구나. 내가 한 게 뭐가 있다고. 축제, 지금 나에겐 별 의미 없다. 잠깐 스치는 생각. 누가 나를 위해 준비한 축제일까? 다 부질없다. 화면 속도 공한 것이거늘. 엄마, 아빠의 존재로 인해 내가 존재하고 있다는 사실, 스승님과 사모님이 계셔서 현묘지도를 받고 있다는 사실. 『천부경』의 오묘한 진리가 들어 있다. 2단계 하면서 3단계가 뭔지 알 거 같다.

**2018. 12. 7. 금요일. 맑음**

스승님께 전화 드려 3단계 (무위삼매) 화두 받다. 화두 받고, 아침부터 스승님께 편지 한 통 쓴다.

부천 민혜옥입니다. 안녕하세요. 스승님. ^^

현재 3단계 진행 중입니다. 화두수련을 하다 보니 아쉬운 점이 있어서 문의드립니다. 빙의령도 많이 들어오고 몸이 차가워서, 화두 기운과 함께 오래 하면 좋겠다는 생각입니다. 하루에 1단계가 깨지고, 이틀째 2단계가 깨지고 하여 깨지는 속도를 늦추면 어떨지 생각해봤습니다. 늦추어도 화두 기운이 많이 들어오는지요. 화두가 깨졌는데도 지속적으로 외우면 화두 기운이 들어오는 지요. 8단계 화두 끝나고 나서도 화두 외우면, 화두 기운이 들어오는지 궁금합니다. 단순한 호기심이 아닌, 현재 몸 상태가 좋지 않아 화두 기운과 함께

하고, 8단계가 끝나기까지 조금이라도 좋아지길 바라는 마음 간절합니다.

격식 없이 간단히 적어 보냅니다

스승님 감사합니다.

2018. 12. 7. 금요일 올림.

3시 수련에 사배 올립니다. 선계 스승님, 삼공 스승님, 나의 자성, 지도령님, 보호령님, 칠성님, 감사합니다. 칠성님은 없으셨는데 1단계 끝나고부터 감사드린다. 반야심경, 천부경, 대각경, 금강경 사구게, 참전계경 외워준다. 마음이 편하다.

3단계는 화두 받으면서부터 답을 알 거 같고, 이상하다는 생각과, 없는데 없는 데서도 무얼 찾아야 하나, 공인데. 2단계에서는 있는, 가득 차 있는 거고, 아무것도 없는 공인데, 수련하면서 있는 걸 비우기 위해 수련하는데, 아무리 생각해도 없는 공인데, 다시 정신 집중하여 화두를 외워 본다. 같은 자리에서 뱅글뱅글 도는 기분이다. 더 이상은 화두도 외우지 않고 아무 생각 없이 내 몸과 함께 놀고 있는 나를 발견한다,

인당에 정신 집중하니 나의 얼굴이 맑은 물속 안에 있는 착각이 든다. 집중하여 단전호흡만 계속하고, 몸 전체를 감싸는 잔잔하고 부드러운 기운에 백회는 시원한 느낌. 몸 전체가 어떤 투명한 막 속에 들어가 있는 느낌이다. 재미있게 즐기라는 텔레파시가 전달된다.

생각도 마음도 없는 나와 텅 빈 공간만이 존재한다. 머리로만 알았던 공을 몸소 체득한다. 그만하고 일어나 쭉쭉 요가 체위로 온몸을 늘리면서 확장시켜 준다. 2시간 걷기 운동해준다.

**2018. 12. 8. 토요일. 맑음**

새벽에 눈이 떠져, 이유 없는 울음이 쏟아진다. 거울을 보니 눈가에 휴지가 붙어있고, 코끝은 빨갛고, 울면서 관을 해보니 스승님께 메일 보낸 게 나의 잘못이구나 싶어 운다. 기회를 주셨는데, 잠깐 다른 생각으로 게으름을 피우고 있는 나. 이왕 흘린 눈물, 내 안에 숨겨둔, 울고 싶을 때 울지 못한 것까지 실컷 울고 나니 속이 후련하다. 내가 이렇게 눈물이 나올 정도면 스승님께서 화가 나셨을 텐데, 이 일을 어쩌지 싶다.

몇 년 전에도 나의 잘못으로 인해 그게 어떤 잘못인지 기억이 희미하지만, 스승님께서 살짝 꾸중을 하셨는데, 집에 도착하여 2박 3일을 앓아누워 있었다. 기운의 파장이 이렇게도 미친다. 그 다음부터는 화를 내면 안 되겠다 싶어서 항상 의념해 두고 조심한다. 스승님께서 많은 걸 일깨워주신다.

좌선하기 위해서 먼저 요가 동작으로 스트레칭을 쭉쭉 해주면서 다음 동작을 취하려는데 고개가 앞뒤로 저절로 움직여지며, 여러 동작들이 20분가량 계속 연결동작으로 이루어지며, 땀에 흠뻑 젖어서 끝이 난다. 전화드리기에는 이른 시간이라 씻고, 잠깐 누워 있는데 잠이 든다.

스승님께 전화드린다.

“3단계가 끝났나 확실치가 않아 화두를 조금 더 해보려는데, 4단계가 저절로 이루어지고, 방금 끝나서 전화드렸습니다.”

“그럼 5단계 받으세요.“

“스승님께 4단계 받고 하겠습니다.“

“4단계 끝났다면서요.“

“스승님께 4단계 직접 받고 5단계 들어가겠습니다.”

“4단계 적은 용지 가져갔죠.”

“아니요”

“그럼 오늘 올 수 있죠. 와서 가져가세요.”

서둘러야 3시에 입실할 수 있을 것 같아 급히 삼공재로 향한다. 4단계(11가지 호흡, 무념처삼매), 5단계 (공처) 화두 받다.

**2018. 12. 9. 일요일. 맑음**

어제 삼공재 다녀와 저녁에 본가(전라북도)에 내려와서 오늘은 김장 하는 날. 어머님이 동네 사람들과 밑 작업을 해 놓으셔서, 김치속 넣어 버무려서 마무리한다. 이른 저녁 먹고 식구들 둘러 앉아 얘기 나눈다. 말씀하실 때에는 애기 같은 얼굴을 하고 계시는 어머니, 신랑이 음식 먹는 도중에 이가 하나 빠져서 걱정을 하신다. 전부터 흔들렸던 이가 음식 먹을 때마다 말썽이었는데, 빠져서 우리 부부는 속이 다 시원하다. 이야기 듣다 피곤하여 한쪽에 누워 있었는데 잠이 든다. 선계 스승님 오늘 저녁은 수련을 할 수 없습니다. 이해해 주세요.

**2018. 12. 10. 월요일. 맑음**

푹 자고 일어났다. 새벽에 집을 나서는데, 대문 밖까지 어머님께서 나오신다. 추운데 들어 가시라고 인사드리고 구봉산으로 출발하면서 화두를 외운다. 몇 일 전부터 날씨가 영하권에 접어들어 추울 줄 알았는데, 바람도 없고 초입부터 걷기 수월하여 완만한 산행이 될 듯싶어 기분이 좋다.

구봉산은 자그맣고 낮은 봉우리가 9개가 있다. 오늘 산행은 8봉까지가 목적이다. 화두와 함께하며 1, 2봉을 지나서 3봉에 도착하니 따뜻한 기운이 흐른다. 계단을 오르는데 뒤에서 부르는 소리에 잠깐 멈추니, 어떤 힘에 밀려 한 계단 더 올라가진다. 누가 뒤에서 밀어주는 느낌을 받았고 전혀 힘들지가 않다. 이어서 4봉, 5봉도 따뜻한 기운이 다리를 한 바퀴 돌며 몸을 감싸준다. 기운 덩어리가 눈에 감지된다. 봉우리마다 따뜻한 기운이 일어 마지막 8봉에서 내려오기 싫어 한참을 앉아 있다 하산한다.

산을 내려와 식당에서 점심을 먹는데 몸에서 강한 향냄새가 풍겨, "너만 먹고 있냐, 나도 너와 함께 있다"로 해석하고 컵에 물 한잔 떠 올린다. 물 한잔은 종이컵에 옮겨 담고 나오는 길에 들고 나온다. 2

시간 후에 마셔야겠다 생각하고, 식사 후에는 바로 물을 마시기가 힘들다. 내가 음양식을 시작한 지도 몇 년 되었는데, 오전에는 거의 마시지 않고, 목이 말라 어쩌지 못할 때는 식사 2시간 후에, 저녁에 5시 이후에 물을 마셔준다. 꾸준히 실천한 덕분으로 산에 오를 때 갈증이 없어서 좋다.

저녁 수련 화두를 계속 외우며 선배님들의 현묘지도 체험기 읽고 운장주, 천부경, 반야심경, 대각경, 3번 외워주고 화두와 함께 좌선하니, 백회는 시원하고, 머리 뒤 강간 근처에 열감이 많다. 단전과 임맥은 뜨겁고, 양쪽 새끼손가락 끝부분에 열감이 몰려 있고 뜨겁다.

오늘도 몸 전체가 투명한 공 속에 들어가 있는 느낌을 받으며, 멀리서 가느다란 빛의 힘에 끌려 나의 시선이 구멍 앞에 있다. 구멍이 점점 커지고 누워서 손과 발을 꼼지락거리는 태아가 보인다. 장면이 바뀌어서 무덤이 보이고 전신 해골이 서있다. 느낌상 한눈에 봐도 무덤은 정갈하고 깔끔하게 다듬어져 손길이 많이 닿은, 후손이 잘 돌보고 있다는 생각과, 해골의 모습은 뼈가 상하지 않은 보존이 아주 잘되고 있다는 생각이 든다.

텔레파시로 전달된다. "더 이상 화면은 보지 말아라". 자 천도시켜 봐라. 손가락이 가는 쪽을 보니 6~7명의 사람들이 줄을 서 있다. 다들 한복을 입고 있다, 조선시대의 느낌이다. 내가 멍하니 바라보니 직접 천도시킨다. 1명이 나의 백회로 천도되면 백회에서 연꽃이 피어난다. 2번째도 천도되고 나의 백회에 연꽃이 핀다. 3, 4명이 천도

되고 연꽃이 피고, 앞으로 네가 할 일이다. 텔레파시로 전해준다. 줄을 서 있는 순서대로 좋은 기회가 왔다 생각하는 빙의령들이 자발적으로 뛰어 백회로 빠져 나가고 연꽃은 계속 피어난다. "화두 끝나고 공부 열심히 해"라는 음성이 들린다.

**2018. 12. 11. 화요일. 맑음**

오전 수련에 반야심경, 천부경, 대각경 외워주고, 화두 외워주니, 얼마나 흘렀나 싶은데, 나는 허공, 우주를 걷고 있다. 조금 후에는 도반님 들과 함께 손을 잡고 우주를 걷고 있다.

와공하다 푹 잔다. 1년 전쯤에도 꿈속에서 우주를 걸어 다녔던 기억이 난다. 우주 공간을 사뿐사뿐 걸어서 어깨에는 바구니를 메고, 나의 의식이 가는 곳이 클로즈업 되면서, 깨끗한 하얀 바구니가 텅 비어 있었다. 나는 우주다. 우리는 하나다.

전화벨이 울리고, 이쁜 목소리의 주인공, 사모님께서 전화하셨다.

"민혜옥 씨 어제 왜 안 왔어요."

"주말에 김장하고 본가에서 어제 올라 왔어요. 바빠서 못 갔어요. 사모님 선생님과 통화도 해야 하고 조금 후에 전화하려고 했어요."

"그럼 와요. 오늘 올래요. 내일 올래요."

"그럼 오늘 찾아뵐게요. 김장김치 한 포기 가져갈게요."

"선생님도 김치 잘 안 드시고 나도 매운 건 못 먹으니, 안 매우면 반쪽만 가져와요."

나는 사모님 말씀 듣고 김치 반쪽만 챙긴다. 삼공재 방문하여 6단계(식처) 화두 받다. 도원님, 구도자님, 나, 그리고 두 명의 선배님과 함께 수련한다. 수련 후에 도원님은 아쉽지만 빨리 가시고, 구도자님과 차 한잔 마시고 헤어져 집으로 향한다.

『선도체험기』 읽고 운장주, 천부경, 반야심경, 대각경 3번씩 외워주고 화두 외우며 좌선하니, 부드러운 기운이 백회에서 회오리친다. 시원한 기운이 내려온다. 단전에 집중하고 있는데 오늘도 온몸이 기운에 감싸여 투명함 속에 내가 있고, 갑자기 번개 같은 광채 나는, 밝은 빛이 내리고 이마로 할아버지 한 분이 내려와 앉아 계신다. 인형처럼 조그마니 잘 안보여 집중하니 몸 전체가 하얗다.

직감으로 환웅천황이란 생각과 반가운 마음에 "할아버지"라고 부른다. 내 마음은 밝아지고, 할아버지 심장이 살짝 움직인다. 시선은 다른 곳을 주시하신다. 먼 길 오셨는데 뭘 대접해야 할 것 같아 가부좌 튼 다리 풀고 일어나 물 한 그릇 놓고 사배 올리고, 다시 앉아 좌선하며 이마를 살피니 앉아 계시는 모습을 보면서 잠깐 스치는 생각에, 수련하면서 부처가 나타나면 부처를 죽이고란 스승님 말씀이 생각이 나서 "빙의령인가요" 물으니 험상궂은 괴물 얼굴로 변한 모습과 인자한 모습이 교차되면서 번갈아 두 번 화났다는 걸 표현하신다. 처음부터 시종일관 한쪽만 보고 계신다.

앉아 있는 환웅천황님 몸에서 또 다른 누군가 나타나, 금테가 둘러진 임금님 신발부터 황금색 곤룡포를 입은 모습이 보이면서, 환웅천황님이 임금님으로 변신하시나 했는데, 할아버지는 처음 모습 그대로 앉아 계시고 곤룡포를 입은 사람은 사라지고 없다. 굽이치는 깊은 산길을 아주 큰 코끼리가 황금색의 화려한 비단을 등에, 이마에, 모자까지 쓰고 뒤 따르는 행렬은 끝이 없고, 할아버지가 한쪽만 주시하고 계신 이유가 이 행렬을 기다리고 있었구나 싶다.

나도 지켜보고 있다가 이게 다 뭔가 싶고, 별 의미도 없다 생각되어 돌아 와서 좌선하고 있는 나를 관하니, 백회는 시원하고 상단전의 열감이 좋고, 중단전 하단전이 뜨겁다. 강간(뒤통수) 주위가 뜨겁고 아프다.

**2018. 12. 12. 수요일. 맑음**

알람 소리에 일어나 오전 수련 시작하니 어제, 삼공재 수련 마치고 도반님과 도담 나누며 들어온 빙의령이 느껴지며, 운장주, 천부경, 반야심경 암송하여 준다. 화두는 계속 외우며, 백회는 시원하고 강간 주위가 계속 열이 나며 통증이 있다. 아파서 묶은 머리 풀고 계속 집중하니, 아빠가 끄는 경운기 타고 다리 앞뒤 흔들면서 룰루랄라 집에 가는 나의 어릴 적 모습이 보이고, 갑자기 유치원 아이들이 모여 놀고 있는 모습이 보이고, 나 어릴 적에는 유치원이 없었는데, 그럼 내 모습이 아닌데. 조금 후에 다시 화면이 보이고 경운기를 타고 가다가 별이 보고 싶다고 생각하니, 환한 대낮이 저녁 하늘로 캄캄해지며 무수히 많은 별들이 반짝이며 장관을 이루고 있다.

아! 나의 의식이 가는 곳에 내가 있다. 바로 도전해본다. 구름 타고 날고 싶다 생각하고 의식이 구름에 가니 내가 구름 위에서 날고, 눕고, 자고 있다. 의식을 나에게 집중하니 중단전과 단전과 장심에서 불이 나고 이마 위가 아프게 따끔거린다. 수련 끝내고 일어나니 대각경이 저절로 읊어진다. 나는 하나님의 분신으로 하나님의 무한한 사랑과 무한한 지혜와 무한한 능력을 구사하고 있다. 하늘과 나 남과나 우주와 나는 하나이다.

걷기 운동하러 간다. 대각경이 생각나고 걸으면서 읊는다. 나는 하나님의 분신으로 하나님의 무한한 사랑과 무한한 지혜와 무한한 능력을 구사하며, 암송하고 있는데 내 안의 누군가 "공원 걸으면 빙의령만 들어오지, 집으로 돌아가서 다음 단계 화두 받아라" 화를 엄청 내신다. "공원 1시간 걸었으니, 조금 더 걷고 들어 갈 거예요. 목표 2시간 하고 가야죠." 또 엄청 화를 내신다. 아빠와 똑 같은 할아버지. 나의 보호령님이시다. 발길을 돌려 집으로 향한다. 다음 단계 받기로 마음먹는다.

### 7단계(무소유처), 8단계(비비상처) 화두 받다

좌선하니 공원 걸으며 들어온 손님으로 인해 막혀있는 게 감지되고, 너희들 나와 함께 공부하자 하고, 운장주, 천부경, 반야심경, 계속 읊어주니 1명 천도된다. 저녁 수련 화두를 외우며 단전에 집중하니, 백회는 기운이 회오리치고 중단전이 뜨겁다. 대각경이 읊어지며 나는 하나님의 분신이다. 하나님과 나, 남과나, 우주와 나는 하나다. 나는 우주다. 나는 하나님이다. 잠깐이나마 중단전이 시원해졌다 다시 원 상태다.

**2018. 12. 13. 목요일 함박눈**

오전 수련 화두 외우며 1시간 보낸다. 연속해서, 요가 체위로 몸 구석구석 쫙쫙 시원하게 늘려주고, 좌선하여 8단계 화두 외우며, 2단계에서 3단계로 넘어가는 느낌과 7단계에서 8단계로 넘어가는 느낌(고요하고, 조용한 공한 느낌)이 비슷하면서도 다르다.

나는 우주요 하나님이요 그리고 공이다란 진리가 입가에서 맴돌고, 중단전이 잠깐 시원해지다 다시 원상태로 돌아가고, 내 주위는 아무것도 없는 공한 상태, 허공만이 남는다. 졸고 있는 나를 발견하고 눕는다. 순간 중단전으로 강한 빛이 들어와 온몸으로 퍼지며 빛이 된다. 나의 의식만 남는다.

일어나 감사드리며 가슴 앞에 합장하고 선계 스승님, 삼공 스승님, 나의 자성, 지도령님, 보호령님, 칠성님께 이끌어 주셔서 감사드립니다. 사배 올립니다.

그리고 한숨 자고 일어나서 수련한다. 선계 스승님 5단계 공처에서 전생을 맘껏 보지 못했습니다. 선계 스승님께 모든 걸 맡기고 수련하겠습니다. 잘 부탁합니다.

반야심경, 천부경, 대각경 외워주고 좌선하니 얼마 후에 알몸의 남자가 보이고, 화면이 커지면서 등에 날개가 달려있고, 날개 달린 아이가 양쪽에 서 있는데 양팔로 감싸고 있다. 가까이 가니 낯선 사람을 꺼리는 느낌이다. 날개에 유독 시선이 집중되며 강인함이 느껴지고 가슴이 아려온다.

잠깐 스치는 생각. 천사들의 날개는 날개옷을 입으면 되는 줄 알았는데, 날개에서 강인한 생명력이 느껴진다. 이어서 늠름한 장군이 나타나고, 화면이 바뀌어 발만 보이는데, 거인 발이라 해도 과언이 아닐 만큼 크고, 종아리부터 점점 위로 상체까지 보이는 듯했는데 서 있는 사람을 빛이 가려주면서 더 이상 볼 수 없게 한다. 그리고 옆 사람과 이야기 나누며 수련하는 스님의 모습. 스승님의 기운이 느껴지고 전생에서도 스승과 제자 사이로 가르침을 받았구나. 그리고 닭. 아 할아버지 나의 보호령님이 절을 하신다.

눈을 뜨니 가슴에서부터 감정이 솟구쳐 눈물이 왈칵 쏟아진다. 선계 스승님들이 볼 필요도 없다 생각하고 보여주지 않았는데, 나도 궁금하지도 않았지만 약간의 미련이 남아 있었나 보다. 이 정도 화면으로도 충분히 만족한다.

현묘지도 화두 받은 날부터 음식이 먹히질 않아, 생식 3끼와 음양식을 병행하며 화두수련을 마쳤다. 현묘지도 화두수련은 처음 시작부터 스승님의 기운과 보살핌으로 마무리까지 이루어진다는 걸 알았다. 화두 공부를 통해, 나의 자성에게 한발 다가설 수 있는 좋은 기회를 주신 스승님께 감사드리며, 천부경과 대각경의 오묘한 진리가 다 들어있는, 책으로만 터득한 진리를, 화두 공부를 통해 몸으로 느끼는 순간순간이 가슴 벅차 오른다. 지금의 깨달음을 바탕으로 선계 스승님의 사명을 받들도록 노력할 것을 다짐한다.

귀한 가르침을 주신 선계 스승님, 삼공 스승님, 지도령님, 보호령님께 감사의 인사를 드린다. 현묘지도 카페 적림선도(대봉)님, 회원님들께 감사의 인사를 드린다.

밤새 내린 눈으로 세상이 하얗게 덮인 아침에.

2018. 12. 13. 목요일

**【저자의 논평】**

민혜옥 씨 한 사람의 구도자의 공부를 완성시키기 위해 수많은 천지신명들과 스승들과 선후배 도우들이 일사불란하게 움직이는 광경이 깊은 감회를 자아내게 한다. 부디 그분들의 수고를 생각해서라도 후배들을 지도하는 데 있어서 정성을 다하여 유감없기를 바란다. 도호는 여송(如松).

# 김영애 현묘지도 수련기

저는 강화에 살고 있으며 1남 3녀를 데리고 숙박업을 하고 있는 김영애라고 합니다. 유년 시절에는 소를 몰고 산으로 다니던 시골아이였고, 자라면서 도와 덕이란 한자가 익숙하여 이게 뭘까 하며 항상 마음에 두고 있다가 중3 때 명상을 시작으로 고2 때부터 『선도체험기』를 읽으며 수련을 하게 되었습니다.

23살에 천부경과 나어어우(나는 누구이며 어디서 와서 어디로 가며 우리는 누구인가)를 외치는 분을 만나 다르게 살며 수행하였습니다. 많은 일들을 겪으며 수련에 대한 미련을 버리기 위해 2003년경 끌고다니던 『선도체험기』와 수련서적들을 수레에 실어 버렸습니다. 잊은 듯 살아오다가 감당할 수 없는 힘든 일을 겪으며 누가 시키지도 않았는데 매일 산을 가고 절수련을 하고 있었습니다.

안정을 조금씩 찾기 시작할 즈음 우연처럼 책꽂이에 숨어있던 『선도체험기』 45권을 다시 읽기 시작하였고, 한권한권 구입하다가 나중에는 출판사에 연락하여 거의 다 권수를 맞추어 읽었습니다. 선생님을 찾아뵈라는 강력한 느낌이 있었으나 준비가 되지 않아 미루다가 생식 핑계라도 대고 선생님을 만나뵙고자 메일을 드리고 찾아뵈면서

1년여를 삼공재에 다녔습니다.

그리고 또 많은 일들이 몰려와 3년 정도 삼공재를 찾지 못하다가 2018년 6월 26일 현묘지도 통과하신 분의 블로그를 통해 현묘지도 카페에 가입이 되었고 2018년 7월 2일 새벽 현묘지도 카페 대문에 올라온 글을 보고 다시 삼공재로 가게 되었습니다.

아주 야무지게 생기고 눈이 힘이 빡 들어간 어르신이 꾀려보며 "니가 도통을 할 생각이 있느냐? 다른 사람은 밤낮없이 공부를 하는데, 너는 생식만 붙잡고 있느냐?" 아주 간단명료하게 한줄로 꾸짖고 계셨습니다. 이후로 1주일에 한 번씩 삼공재로 선생님을 찾아뵙고, 기공부, 몸공부, 마음공부를 하고 있습니다.

### 백회 개혈기

제가 처음 기 점검을 받은 건 2018년 7월 25일로, 백회로 쉬지 않고 기운이 들어온다고 일지를 카페에 올리고, 현묘지도 카페지기님이 선생님께 기 점검을 받아보라고 권해서였습니다.

메일을 올리고 소주천 회로도를 참고하여 돌려보았으며 소주천이 되기는 했지만 약하게 지나가는 정도였고, 선생님께서 삼공재 수련 중 확인하시고 좀 더 기다리라고 하셨습니다. 이후부터 선생님 건강이 좋지 않아 찾아뵙지 못하고 8월과 9월은 현묘지도 카페를 등불 삼아 수련하였습니다.

2018년 11월 19일에 원래는 3~4일 전에 메일로 여쭙고 기 점검을 받아야하나 며칠 전부터 대맥 임맥 독맥 백회 인당으로 들어오는 기운이 확연히 달라서 급하게 기 점검 메일을 올리고, 점검을 받았습니다.

선생님: 이쪽으로 오세요!

나: 네.

선생님: 소주천 됩니까?

나: 네.

선생님: 거기 앉아서 소주천…(책꽂이에서 소주천 회로도가 뒤로 나오는 종이를 앞에 두고놔주신다.) 소주천 여기 나와 있는 대로 돌려보세요!

나: 네. (종이를 보며 찍어가며 하려는데 스르륵 올라가 백회에서 기운이 모여 있고 또스르륵 내려와 단전에 있다). 선생님 됩니다.

선생님: (못 듣고 컴퓨터 작업을 하고 계신다.)

나: (한참을 기다린다.)

선생님: 됩니까?

나: 네.

선생님: 하단전에서 내 하단전으로 기운을 보내고 인당으로 기운을 받으세요!

나: 네.

(눈을 감고 해야 하는지 반개를 해야 하는지 순간 당황을 한 상태로 집중이 안된다.)

선생님: 됩니까?

나: (캄캄) 약하게 들어옵니다.

선생님: 그렇지요~.

소주천은 됐고 대주천은 다음에 합시다.

나: 네.

원래 자리로 돌아와 인당으로 기운이 들어와 단전에 쌓이는 걸 느꼈다. 선생님 앞에서 기 점검을 하는 그 순간은 음, 격해지고 아, 그건 말로 형용할 수 없는 순간이라 몸과 마음과 기운이 설명을 못 하겠네요. 다음날부터 매일 산에 오르고, 책을 읽고, 좌선을 하며 축기하였습니다.

2018년 11월 26일 산에 갔다 와서 목욕재개하고 제가 아직 많이 부족하고 수련이 더 필요할 것 같다고 선생님께 메일을 드리고, 삼공재로 출발하였습니다. 선생님께 함께 수련하는 분들과 일배드리고 원래 앉던 자리에 앉아 좌선하는 중에,

선생님: 김영애 씨 이쪽 앞으로 와 보세요!

나: 네.

선생님: 소주천 되지요?

나: 네.

선생님: (소주천 독맥 방향으로 흐르는 회로도를 찾다가 안보여서) 누가 가져갔나 보네.

(임맥 방향 회로도에 볼펜으로 화살표를 꼼꼼히 하시며) 이렇게 해보세요.

나: 네 됩니다.

선생님: 이제 단전에서 단전으로 기운을 보내고 인당에서 인당으로 보내세요.

나: (저번 주와 반대) 네.

(한참 후) 안 들어옵니다.

선생님: (한참을 더 기다리다가) 그럼 온몸으로 손끝 발 백회 온몸으로 기운을 받아보세요

나: 네.

(잠시 후) 들어옵니다.

선생님: 이제 백회를 이만큼 열 겁니다. (연필로 500원 동전 크기만큼을 표시하신다.)

나: 네. (백회가 열릴 때는 느낌이 차이가 없었다.)

선생님: 벽사문을 달 겁니다. 벽사문 뭔지 알지요?

나: 네. (머리 위에 얇은 종이가 한 장 올라가 있는 느낌이 들었다.)

선생님: 위치가 잘 잡혔나 보세요.

나: 편안합니다.(순간에 대공사가 이루어졌다.)

선생님: 이제 백회를 연 신명님과 벽사문을 달아준 신명님께 예를 올리세요. 삼배하세요.

나: 네.

(두 번 절하는 중에)

선생님: 됐어요. 이제 470번째 대주천 수련을 하셨습니다. 이쪽으로 오세요.

(본 고향, 현 주소, 하는 일, 최종 학력을 기록하시고 다시 자리로 돌아갔다.)

현묘지도 수련 알지요?

나: 네.

선생님: 이리 앞으로 오세요.

나: 네.

(한자로 네 글자를 적어 보여주시고, 확인하는 걸 보고 바로 꼼꼼하게 지우시고 다시 자리로 돌아왔다.)

선생님께서는 대주천 수련을 시켜주려고 마음을 굳히신 것처럼 묻고 기다리고 묻고 기다려주셨고, 저는 470번째 대주천 수련을 받고 현묘지도 수련 화두를 받았습니다.

## 현묘지도 수련기

2018년 11월 26일 470번째 대주천 수련을 받고, 2018년 11월 26일부터 12월 15일까지의 현묘지도 화두 수련기입니다.

### 1단계 천지인삼재 (2018년 11월 26일~12월 8일)

#### 11월 26일 월요일

삼공재 수련 후 화두를 잊지 않으려고 떠올렸고, 서울에서 출발할 때쯤 온몸이 부들부들 떨리기 시작했다. 저번 주 기 점검 후부터 또렷하게 들리던 관음법문이 커졌다. 집에 도착해서 생식 먹고 선계의 스승님과 삼공 선생님께 인사를 드리고 화두를 암송했다. 하단전이 뜨거워지고 왼쪽 머리가 자극이 온다. 단전은 갓 끓인 라면냄비 손잡이를 잡고 있는 것 같았다. 인당과 백회로 기운이 든다.

#### 11월 28일 수요일

오후 2시 20분 인당 주변에 기운 띠가 둘러지고 기운이 들어온다. 오후 5시 온몸 상중하 단전 장심 용천에 기운이 들어온다. 얼마 전부터 들어오던 기운이다. 밤에 자려고 누웠는데 백회 뒤쪽으로 뭔가 일을 하고 있다. 원래 내 자리로 돌아온 것 같고, 잔잔한 환희지심이 계속되고 있다. '너 오길 기다린지 오래다.' (그렇게 느껴진다.)

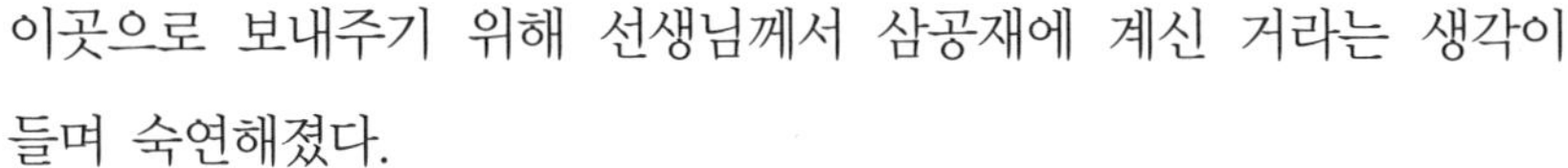

이곳으로 보내주기 위해 선생님께서 삼공재에 계신 거라는 생각이 들며 숙연해졌다.

**11월 29일 목요일**

오전 수련 중 기운이 딱 멈췄다. 8시 이후로 백회 기운이 약하게 들어오는데 평상시 기운보다 약하다. 어제에 이어 방은 따뜻한데 몸이 추웠다. 그들도 잘 살고, 나도 잘 살고, 우리는 결국 하나. 중단이 아프다가 풀리면서 온몸으로 기운이 시원하게 퍼져나간다. 오후부터 하단전이 달궈지고 전체가 열이 난다. 긴 꼬챙이가 백회를 통해 내려왔다가 사라졌다.

**11월 30일 금요일**

그동안 잡고 있던 믿음과 사랑에 대한 생각을 돌아본다. '잠에서 비몽사몽 하다가 깨어보니 완전히 꿈이었다. 이럴 수가' 참 많이 모자란 나에게 이런 일이 일어나고 있다는 게 놀랍기만 하다. 설명으로만 알던 사과를 먹어보니, 내가 사과고 사과가 나였다. 오후에 산에 다녀와서도 아무 느낌이 없으면 전화로 2단계를 여쭤보려 한다.

오후 5시에 삼공재로 전화를 하려는 순간 전화가 왔다. 방 있냐고 열심히 설명하고 흥정하고 끊었는데 다른 번호로 일행이 또 전화를 하고 찾아왔다가 또 흥정하고 쓰겠다고 하더니 차를 몰고 가며 다음에 오겠다고 했다. '오늘은 전화하면 안 되겠구나' 하고 접었는데

다음날 아침 마니산에서 내려오다가 산을 오르는 이분들을 다시 만났다. '좀 더 공부하라는 말씀이구나~'

**12월 1일 일요일**

백회에 묵지근한 기운이 머물면서 독맥이 시원해지고 인당으로 기운이 들어오면서 독맥이 훈훈해졌다. 목 주위와 머리로 기어다니는 느낌이 있고, 이곳저곳 꼼지락거림이 느껴진다. 임맥으로 기운이 내려와 하단전이 훈훈하다. 도반이 보내준 라마나 마하리쉬의 『나는 누구인가』를 읽고 있다.

어젯밤 화장실 변기에서 소리가 나서 물탱크와 모터를 확인하고 안심했는데, 새벽에 물이 안 내려간다고 전화를 받고부터 여기저기서 사람들이 나왔다. 안되겠다 싶어 일요일이라 바로 설비가게로 갔는데, 내일까지 안 들어온다고 한다. 다른 사람을 보내겠다는데 오지를 않고, 연장을 들고 지하통로로 들어가 이곳저곳을 확인했다. 저녁에 설비사장님이 왔지만, 정화조를 청소하면 괜찮다고 그냥 갔다. 마음이 흔들리지 않고 차분하게 이거 안된다고 하면 이거저거 점검하며, 하루를 보냈다.

**12월 5일 수요일**

새벽 4시에 일어나 1시간 수련하고, 5시 30분쯤에 어머니가 입원해 계시는 병원으로 출발해서 7시 30분에 도착했다. 운전 중에 화두를 외우니 하단전이 뜨끈해진다. 병원 앞 엘리베이터부터 어지럽고 비행기를 타고 있는 것 같다. 병원 다녀와서 생식 먹고, 빵 2개 아이스크림 케익까지 먹었는데 허기가 진다. 양말을 벗는데 발등이 소복하게 혹이 난 것처럼 올라와 있다.

### 12월 6일 목요일

어제 퇴근하고 늦게 내려온 큰아이와 고등어구어 점심 먹고 5시에 아이들이 와서 트리 만들어 문에도 달고 방에도 세우고 마당에도 트리를 꾸몄다. 소나무에는 반짝거리는 조그만 등을 달고 따뜻한 목도리와 잠바를 입히고 장갑까지 끼워주니 춥지 않을 거 같았다.

오늘은 큰아이가 동생들과 나를 앉히고 가족회의를 했다. 슬플 때 우는 건 다 할 수 있는 거다. 실컷 울고 슬프고 아픈 걸로 끝내지 말고 더 나은 사람이 되어 도와줄 만큼 능력을 키우라고 동생들에게 말한다. 우리 아이들은 아팠던 만큼 성숙해지고 있다. 아이들에게 지금 이 시간이 공부가 되기를 바래본다.

### 12월 7일 금요일

한파로 꽁꽁 얼었는데 마니산 참성단에 올라오니 따뜻하게 느껴져 천부경, 삼일신고, 대각경을 읽고 온기를 느끼다 내려왔다. 마음이 없다. 욕심도 없다. 나는 누굴까? 아이들과 어머니 형제들은 내가 해주었으면 하는 게 있는데 그들이 원하는 물질적인 풍요와는

다른 삶을 살고 있어 미안하다.

화두수련이 시작되고 밤낮으로 화두를 외며 변화를 지켜보고, 기록하다가 기운 변화가 없어 『선도체험기』를 읽었다. 책을 펴니 아프게 느껴질 정도로 머리 전체가 반응을 한다. 기운에 좀 더 예민해진 것 같다.

마니산에 거의 매일 오르다보니, 수요일이면 허름하게 생긴 50대쯤 되는 남자가 등산을 온다. 그분은 봉투를 가져와 등산하면서 주변에 떨어진 휴지 음료수병 사탕봉지등 쓰레기를 주워서 간다. 그분을 몇 번 보고 나도 쓰레기가 보이면 줍게 되었다. 오늘도 산을 내려오다 쓰레기가 있어 주웠다.

약봉지에 흰 알약이 두 개 들어있고, '김태영 점심식후'라고 되어있었다. 눈이 똥그래져서 다시 봐도 김태영이라고 되어있다. 1단계 끝났으니 2단계를 화두수련을 들어가라고 신호를 보내셨다. 헐 이런 식으로 알려주시다니~ 선생님께 전화드리고 2단계 화두 받았다.

## 2단계 유위삼매 (2018년 12월 8일~12월 9일)

### 12월 9일 일요일

화두를 외우자 어깻죽지가 시원해지고 중단이 묵직하다가 인당으로 기운이 들고 백회는 지글지글, 하단전은 아궁이에 남아있는 열기 같다. 냉탕에 들어와 있는 것 같다. 차갑다가 훈훈해졌다가 다시 찬 느낌. 하단전 오른쪽이 우리하게 아프다가 상단전 오른쪽이 아팠다. 오후에는 단전으로 기운이 넓게 퍼진다. 중단에 약한 통증이 있고, 기운의 변화가 없어 쓸데없는 생각하다가 화두를 잊어버렸다. 정신 차리고 수련하라고 꾸짖는 거 같았다. 카페 선배님의 일지를 읽는데 단전에 기운이 퍼지면서 어깨를 돌고, 백회로 기운이 들고, 그 다음 인당으로 기운이 들어온다. 저녁 내내 위쪽 머리로 스멀스멀 거린다.

### 3단계 무위삼매 (2018년 12월 10일)

#### 2018년 12월 10일

머리 위에 뭔가 내려앉아서 움직이는 느낌이다. 막내가 개교기념일이라 산에 데려갔다. 펄펄 날라가던 아이가 이것저것 핑계를 대며 가기 싫어한다. 삼공재 가는 시간이 늦어질 것같아 먼저 내려보내고 참성단에 올라 삼배하고 천부경 암송하였다. 내려오는 길에 하얀 게 보여 집었는데, 또 약봉지다.

하트 모양 알약까지 3알이고, 아침식후 30분이라고 되어있다. 신기하여 사진으로 찍어두고, 함께 수련하는 분들에게도 보여주었다. 삼공재 가서 3단계 화두 받고 잠시 후 정규방송 끝에 나오는 고음이 한참 동안 들리고 평상시의 관음법문으로 돌아갔다. 10월부터 기운이 막이 입혀진 거 같았는데 누에가 나비가 되려는 준비과정인 거 같다. 관음법문이 커졌다. 무엇을 위해 이곳까지 고집스레 왔나?

### 4단계 11가지 호흡 무념처삼매 (2018년 12월 11일)

### 5단계 공처 (2018년 12월 11일~2018년 12월 13일)

**12월 11일 화요일**

오전 수련 중 계곡물 소리보다 관음법문 소리가 크다. 중단이 아프다. 어제에 이어 11가지 호흡을 문 잠그고 해봤다. 진동이 심하다던데 큰 변화는 없다. 그냥 되는데 약하게 되는 게 2가지 있다. 다른 화두수련에서 자연스럽게 나온다고 하니 기다리기로 한다.

누군가의 도움으로 쉽게 길을 가려하지 않나. 쉽고 편하게 가려한다면 이미 구도자가 아니다. 나를 내가 잘 지켜봐야겠다. 1단계 화두가 자꾸 떠오른다. 내가 잘못 이해한 건 아닌가 되짚어보고 변화가 없음을 확인했다.

5단계 화두를 계속 외우며 내가 찾은 답이 떠올랐다. '나는 사랑이다. 나는 연이다.' 수련이 계속될수록 공을 체험하기 전 내가 쓴 글이 생각이 난다. 지레짐작 오만 자만으로 보일까봐 지웠는데... 이제 글을 떠올리면 부끄럽거나 창피하지 않다. 인당 압박은 있고, 관음법문은 더 커지고 있다.

마니산 갈 때 솔 세제 장갑 바가지를 가지고 가서 마니산 끝에 있는 화장실 청소를 땀 흘려 했다. 세면대에 물을 받아 바닥과 변기와 세면대까지 세제 뿌려가며 싹 청소하고 나니 내 속이 다 시원했다.

## 12월 12일 수요일

치과 치료 전에 미리 먹으라고 준 약에 취해 몽롱하다. 친정어머니 오른쪽 무릎 수술하는 날이라 반찬 만들고 간식꺼리 준비해서 병원 다녀왔다. 다녀오는 중 백회로 핀으로 찌르다가 망치로 두들기는 것같이 기운이 들어왔다. 오후에 인당에서 양쪽 코 옆으로 길게 기운이 느껴졌다.

집 도착하고 잠깐 앉았는데 윗쪽 머리 1/3이 뚜껑이 열리고, 왈칵 뭔가 쏟아붓는 것 같다. 관음법문 소리는 좀 줄고 공이다. 막내는 스키캠프 가고 딸아이 헬스 갔다오는 길에 데리고 마트 들리 간단히 분식 사주고 나오는데 오븐 안에 든 마늘빵 냄새가 나서 후각이 예민해진 걸 알았다.

저녁 화두수련 중 '사랑했으니 됐어' 라는 말이 맴돌아 노래로 들었다. 갑자기 달마의 첫 번째 제자 이름이 알고 싶어져서 인터넷으로 찾으니 혜가다. 영화 달마를 보면서 혜가를 보며 절절하게 느껴졌는데 전생에 그렇게 수행을 했고, 이번 생도 치열하게 산다고 한다.

## 12월 13일 목요일

아침 일찍 눈을 맞으며 치과에 가서 치료를 하고 돌아왔다. 간호사가 얼굴이 노랗다고 걱정을 한다. 병원에 대해 거부감이 심해서 마취를 하고 기다리는 동안 일어나 돌아가고 싶었다. 치과 다녀와서는 계속 춥다. 한숨 자고 일어나 오늘 일을 미루면 안될 것 같아 커피 진하게 마시고 마니산에 다녀왔다. 산에 자주 가면서 속 깊은 진국 같은 사람들을 만나게 된다. 더불어 사는 사람들이라는 생각이 들었다.

선배님들의 현묘지도 수련기를 다시 읽으며 고등학교 2학년 이후부터 수련이 계속 진행이 되었다는 걸 확실히 알겠다. 11월 즈음에 '나로부터 시작되고 남과 나 우주가 하나'라는 걸 알고 환희지심 상태가 지속되어 친구들에게 오해를 받았었다. 고등학교 3학년 가을 인당이 열리고 기운이 들어오기 시작했고, 2012년 '천상천하 유아독존'이라는 천리전음이 자꾸 들려서 희한해서 큰아이에게 말했더니 이상하다고 웃었던 기억. 다 잊고 지냈는데 5단계 수련을 하면서 생각이 난다.

### 6단계 식처 (2018년 12월 14일)

#### 12월 14일 금요일

카페 선배님이 현묘지도 수련을 10일 만에 끝마쳤다고 알려주신다. 비슷한 시기에 시작하여 어떻게 되어 가는지 궁금했는데 끝났다고 하신다. 부럽고 왜 샘이 날까? 나는 지금도 잘하고 있다. 여러 가지 일들이 계속 생기고 있는 중에도 흔들리지 않고 잘 가고 있다.

오전 수련 중 오른쪽 눈에서 눈물이 흐르며 '사랑밖엔 난 몰라'가 들렸다. 나는 사랑이 맞다고 하신다. 오른쪽 팔꿈치가 찌릿하게 기운이 느껴졌다. 5단계를 넘어가면 나머지는 금방이라고 한다. 산에 일찍 다녀와 좌선하여도 기운이 느껴지지 않다가 오른쪽 손목에 쇠막대기 같은 기운이 들어온다. 오후부터 변화가 느껴지지 않아서 여쭈었다.

'6단계 화두를 받고 싶습니다. 전화해도 되겠습니까? '

'홍익인간 재세이화'가 떠오르고 '네.'

4시 10분 삼공재에 전화를 하여 선생님께 6번째 화두를 받았다. 6단계 화두를 듣고 '하늘' 하면서 눈물이 흐른다. 백회 주변과 인당으로 기운이 들어오고 단전이 은근하게 달아오른다.

## 7단계 무소유처, 8단계 비비상처 (2018년 12월 15일)

### 12월 15일 토요일

덕으로 이루고 쌓아가야 할 도리. 평생의 숙제로 알고 수행하겠습니다. 아상에 잡혀 쌓은 인연의 고리를 생이 다하는 순간까지 풀어나가겠습니다. 산을 오르는 중 어떤 분이 "혼자 왔냐"고 했던 말이 떠오르며 '산은 혼자 오른다' 하는 답이 나오고 '그럼 바다는…' 이라고 하니 '현묘지도 카페는 바다를 건너기 위해서'라고 한다.

오늘 삼공재 가라고 한다. 월요일에 갈 거고 토요일이라 손님이 많습니다. 딸아이도 약속이 있어 나간다고 합니다. 7, 8단계 마지막 화두를 전화로 받지 말고 찾아뵙고 받아서 오라고 한다. 사모님께 방문 전화드리고 허락을 받아 마트 들러 한라봉 1박스 금색 보자기로 포장하고 찾아뵈었다. 인사드리고 바로 선생님 옆에 앉아서 화두만 받고 간다고 하니 "뭐가 급해서?" 라고 말씀을 하신다.

내가 뭐가 씌었나? 바쁜 시간에 강화에서 여기까지 화두를 받겠다고 왔으니 창피하였다. 8단계 외워 나오다가 7단계를 잊어버리고 결국 카페 선배님께 여쭤보고 차안에서 조금 호흡을 하고 전화가 자꾸 와서 출발했다. 한참을 오다가 그제서야 화두가 생각이 나서 집중해서 외웠다.

7단계 '공.'

8단계 '없다.'

무심한 상태에서 인당으로 기운이 들어오며 스승님들께서 오늘 마쳐주시려고 했다는 걸 알았다.

### 수련을 마치며

원 없이 수련을 하고 싶다는 생각으로 초라하고 부족한 모습으로 선생님 앞에 앉아 대주천 수련을 받고 현묘지도 시작하였고, 마치는 순간까지 정말 놀라운 경험이었습니다. 나는 귀하고 소중한 사람이며 알게 모르게 보호받고 사랑받으며 지금 여기까지 와 있다고 체감할 수 있어서 수련하는 내내 뭉클하였고 설레였습니다.

스승님들의 허락으로 수행의 기틀을 단단히 하였고 정심으로 지감 조식 금촉하며, 도와 덕을 이루며 수행하여 나아가겠습니다. 격려와 애정 어린 충고를 아낌없이 해주신 현묘지도 카페지기님과 도반님들께 다시 한번 감사드립니다.

**일심**

꺽어도 꺽어도 꺽이지 않는 이것은 뭔가
눌러도 눌러도 다시 올라와 있는 이것은 뭔가
죽여도 죽여도 죽어지지 않는 이것은 뭔가

하늘을 향한 내 믿음이고
하늘을 향했던 진심어린 사랑
덕으로 이루고 쌓아가야 할 도리

**【필자의 논평】**

한반도에서 가장 기운이 강한 강화도 마리산을 배경으로 무슨 인과를 짊어졌기에 여자 혼자 몸으로 여아 셋, 남아 하나를 거느리고도 펜션 사업을 하여 이들을 키우는 한편, 선도 공부까지 하겠다고 야무지게 결심한 그녀였다. 우리 눈에 보이지 않는 도인들의 도움으로 아무래도 크게 도를 성취할 것 같다. 도호는 도성(道成).

# 현봉수 현묘지도 수련기

제주도 서귀포에서 현봉수가 올립니다.

스승님께 삼배를 올립니다. 늦깎이 제자를 받아 주시어 오늘날에 현묘지도를 내려주신 은혜 어떻게 갚아야 할지요. 2018년 11월 21일부터 현묘지도를 받고 저의 수행 과정을 스승님께 검토받고자 수련 내용을 정리하여 보고드립니다.

## 현묘지도 수련일지

### 2018년 11월 21일

2016년 10월 26일부터 삼공재에서 정식으로 삼공수련을 받은 지 오늘로 2년 1개월이 되어간다. 아침에 집에서 103배 절수련을 하고 제주공항에서 김포 도착. 오후 3시에 삼공재 방문. 삼공 선생님에게 인사하고 정좌수련.

선생님에게 기 점검을 말씀드렸더니 소주천 점검이 끝나자 바로 대주천 점검, 벽사문 설치 469번째 대주천 수련자라고 말씀을 하고 바로 현묘지도 1차 화두를 주신다. 참고로 증산도 경전에는 집착하지 말라 하신다.

바로 화두 암송에 들어갔다. 기운이 묵직하게 느껴진다. 귀가 시 선정릉 전철역에서 김포공항까지 화두를 암송하니 백회에 엄청난 기운이 빨려 들어온다. 시간 개념이 없어진다. 비행기에서도 계속 암송, 머리가 없어지는 것 같다. 비행장에서 서귀포 버스를 타고 오는데 같은 현상이다. 오후 9시 15분에 집에 도착.

**11월 22일**

전날 10시경에 잠 들었는데 0시 36분에 깨어 무의식중에 화두 암송. 백회에서 강한 기운이 들어오고 장강혈에서 엄청난 열기를 느끼다. 일어나 소변을 보고 누우니 계속 강한 기운이 들어와서 잠을 잘 수 없어서 앉아서 화두 암송. 시계를 보니 1시 53분이다. 피로감이 쌓여서 누우니 전신에 열기로 잠을 못 자다. 4시 25분에 일어나 걷기운동. 전혀 피곤함이 없다. 신앙수련 시에는 백회에서 시원한 기운이 계속 유입. 오후 수련은 약간 침체기. 혓바닥이 헐거워 아픔.

**11월 23일**

수련 시 단전. 백회에 기운이 전혀 들어오지 않는다. 잠시 15-16년 전에 돌아간 아저씨 벌 먼 친척이 눈앞에 스쳐 지나간다. 옳지 영가가 들어온 것이다. 아침 신앙수련 1시간 만에 천도시키다. 수련 시 솔향 냄새가 난다. 오후 수련 시 백회에서 약하게 기운 유입. 전신에 열감은 강함. 저녁에 영천오름 왕복 등산. 집에 귀가 시 백회 기운 강도가 조금씩 강하게 유입.

**11월 24일**

0시 30분에서 1시 50분 화두수련 기운이 중단 하단전에 아주 강하게 들어온다. 중단에서 장강까지 전체가 운행하는 느낌이다. 강도가 더욱 세어진다. 치과에 이빨 땜질하러 가면서 화두를 암송하는데 기운이 계속 들어온다. 정좌수련 시 회음혈이 뜨거워지고 장강혈에 더 강하게 기운이 휘몰아친다. 하단전부터 차곡차곡 길을 뚫는 느낌이다.

**11월 25일**

1시부터 2시 5분까지 수련. 기운은 강하나 안정된 감을 느낀다. 7시 5분 돈내코 한라산 백록담 방아오름까지 등산. 『천부경』, 『삼일신고』 암송을 5회 하는데 백회가 시려온다. 모자를 써도 시려서 2개를 썼는데도 시려서 등산복 모자까지 둘러씀. 화두를 암송하기 시작하니 전정혈에서 인당까지 시리다. 백록담 남벽바위 1km 지점에서는 너무나 세게 시려서 머리가 아플 지경이다.

남벽 바로 앞에서 서북 방향으로 눈을 감고 암송을 하니 화면이 스쳐 지나간다. 상하로 일자에 사방육방팔방으로 흰색이 뻗어 나간다. 하산할 때는 기운이 안정되게 유입. 귀가 후 목욕, 식사, 휴식 후 신앙수련. 한 시간 백회에서 기운이 들어오는데 아주 편안하게 느껴진다. 오후 4시부터 화두수련, 백회에서 장강까지 기운이 일자로 연결된다. 약 10분간 지속되다. 백회에서 기운이 더욱 강하게 들어오며 온몸을 기운으로 감싼 것같이 느낌이 오다. 전체 기운이 아주 편안하게 들어오고 마음은 한없이 편안해진다. 화두 1단계 수련이 끝난 것 같은 메시지가 느껴진다. 28일 삼공재 방문을 하려고 비행기 예약.

**11월 26일**

0시 30분부터 1시 45분까지 수련. 천부경을 암송하기 시작하니 중단이 뜨거워지며 끝날 때까지 계속 진행되다. 아침에 신앙수련 시에도 계속 중단전에 강한 기운이 유입된다. 10시경 103배를 하고 화두수련에 들어갔으나 기운이 막힌 것같이 들어오지를 않는다. 손님이 들어왔나 보다. 계속 관찰. 오후까지 기운은 들어오지 않고 잠이 쏟아진다. 신앙수련 후 동네 오름 등산. 계속 화두 암송.

**11월 27일**

0시 10분부터 1시 15분까지 수련. 백회와 중단은 기운이 들어오지 않고 하단전에 아주 강하고 묵직하게 기운이 수련 내내 들어온다. 아침 신앙수련 시 30분경부터 백회, 중단, 하단전, 3곳에 동시에 기운이 유입. 10시부터 정좌 수련 역시 동일하게 기운이 들어온다. 강도는 편안한 상태. 오후 신앙수련과 정좌수련 시도 마찬가지. 강도는 조금 약하다. 5시경 인근 얕은 산 등산 50분 소요.

현묘지도를 시작하여 내 몸을 관찰해 보니 등산이나 농사일을 하는데 전에는 오전 작업을 하고 30분 - 1시간은 누워서 휴식을 취해야 하는데 화두 암송 후 피곤함이 없어졌다. 1단계 끝나면서 느낌은 온몸에 찌꺼기를 태워버린 것 같다.

**11월 28일**

밤중 수련 기운이 별로다. 아침 걷기에 명상 중 경계를 놓아버리라는 마음의 울림이 전해져온다. 아침 근행 후 103배. 삼공재 방문. 2단계 화두를 받았다. 선생님이 화두를 알려주니 화두가 단전에 정착돼버린다. 그리고 얼른 머리에 떠오르는 것이 앵매도리(櫻梅桃梨) 네 글자가 새겨진다. 모든 것은 존재하는데 다 필요가 있어서 존재한다. 작은 자갈, 미세한 먼지 등 자리를 잡아 수행에 들어가니 편안하게 강하게 기운이 들어온다. 그리던 고향에 돌아온 기분이다. 귀가 시 내내 화두를 보며 의미를 갈구하니 점점 강해진다.

**11월 29일**

1시 30부터 수련. 1시간 수련 후 누웠으나 잠은 오지 않고 자연스레 화두를 쫓아가 버린다. 4시 25분 기상 아침 걷기. 머리에는 솔솔, 중단 단전은 열감으로 가득. 이 마음을 누구에게 전할꼬. 장작 정리로 몸이 피곤함. 오후 수련은 큰 진전이 없다.

## 11월 30일

정처 없이 떠도는 영혼, 많고 많은 별 중에 지구별을 선택하고, 대한민국이라는 국토에 인간이라는 생을 받고 태어났으니 고마움을 모르고 살았구나. 만나기 힘든 삼공선도를 어떤 인연으로 맺었을까? 무수억 중생 중에 선택받아 현묘지도의 길을 가니 이 홍복이 주체할 길 없다. 화두를 갈구하니 모습 없는 하나를 찾아가는 여행 배에 올라타니 이 기쁨 누구에게 전할까? 계속 문구들이 깨어져 갑니다. 도반님들 도와주셔서 고맙습니다. 문장 실력이 없어 죄송합니다. 희열 충만.

3시 30분에 수련. 기감이 미세하다. 손님이 오신 것 같다. 아침 근행 30분이 지나니 나가시는 것을 느껴진다. 수망리 조경수 밭에 제초제를 뿌리는데 농약 호수가 꼬여서 손이 많이 간다. 꼬임을 풀다보니 문득 화두와 연결되더니 마음이 환해진다. 40여 년 신앙생활하면서 풀지 못한 문구들이 화두에 접목을 하니 수없이 깨어져간다. 작업시간이 어떻게 흘렀는지. 춤이라도 덩실덩실 추고프다.

대각경 속에 답이 있다. 유위계에 너무 집착하면 답이 없다. 유, 무를 넘나드니 하나가 풀리고 계속 풀린다. 욕계, 색계, 무색계가 어디 있는가? 하아 여기 있구나. 국토세간, 중생세간, 오음세간 너무나 고맙고 선계의 스승님들 삼공 선생님, 보호령, 지도령 정말 고맙습니다. 역지사지 방하착에 꽉 차있네.

### 12월 1일 황사로 흐림

1시 30분 수련 열감이 강하게 들어온다. 수련 후 잠을 못 이루다. 영실-방아오름 등산. 화두에 경전을 암송하며 걷다. 백회에서는 계속 기운이 들어온다. 오후에 수련은 평범하게 진행.

### 12월 2일

전날 피곤하여 19시 45분경 취침. 11시 10분부터 수련. 열감이 강해지며 백회로 기운 유입. 신앙수련에는 같은 기운이 들어온다. 수련 중 무언가 잘못된 것 같아 관찰을 해보니 화두를 잡고 몸과 기운으로 느끼는 것이 아니라 화두의 글자 의미를 파고들고 있다. 자시수련 후반기부터 화두를 암송하고 화두에만 직시하니 기운이 확실히 다르다. 하루 내내 백회에 기운 유입, 인당에도 욱신거리기 시작.

### 12월 3일

자시수련 기운이 더 강해진다. 백회에서 들어오는 기운이 많아진다. 아침 신앙수련 후 103배. 오후 신앙수련에서 창제행을 하는데 중단과 하단전이 동시에 열감이 휘몰아친다. 45분을 하고 너무 덥고 강한 기운 때문에 수련 중단. 명상수련 중에는 백회에서 청량한 기운이 계속 유입. 삼공 선생님에게서 소주천, 대주천, 벽사문 설치, 현묘지도 1단계까지 받으니 몸 전체의 기운이 기감각이 약해서인지 2단계에서 전체가 조금씩 강해지며 백회의 기운도 쉼이 없이 들어온다. 2단계에 전체를 아우르는 공부를 위해서 시간이 걸릴 것 같은 마음이 든다. 용맹정진 자수법락(勇猛精進 自受法樂)

**12월 4일**

자축시 수련. 기운이 안정되어 간다. 오랜만에 잠을 편안하게 잘 잤다. 새벽꿈에 송아지만한 돼지 2마리가 보여서 깨어나다. 신앙수련도 편안하다. 103배 후 정좌수련 참으로 안정되고 편안하다. 이유 없는 기쁨이 솟아오른다. 오후 가까운 산 등산. 창제 수련부터 기운이 미약하다. 정좌수련도 너무 미약하여 도인체조로 끝내다. 그래도 마음은 은근한 기쁨이 충만하다. 손님이 3일에 한 번씩 오더니 지금은 연달아 온다. 영가 천도를 어려워하는 것이 아니고 역지사지 입장에서 보면 영가 천도를 함으로써 나의 업장이 소멸되고 있음을 깨달으니 너무 고맙게 느껴진다.

**12월 5일**

밤중 수련 시 기운이 침체되어 25분 만에 수련 종료. 아침 신앙수련 시부터 맑은 기운이 유입된다. 103배 수련. 9시 20분 삼공재 출발. 버스를 타고가면서 태을주를 암송하는데 김포공항까지 백회에 계속 기운이 들어온다. 그러면서 잠이 온다. 삼공재에 입구에서 오주현, 김윤 도반을 만나 삼공재에 같이 입장. 1배 드리고 3단계 화두를 받았다. 2단계에서 많은 생각을 했던 화두라 깨우침이 빨리 온다. 비행기를 타고 오는데 전신에 동시에 기운이 흐른다. 백회에서 발끝까지 열감을 몸을 휘감는다. 저녁 9시 20분경 집에 도착. 피로감이 몰려서 9시 45분경에 취침.

**12월 6일**

오랜만에 밤중 수련을 생략하고 충분한 수면을 취하다. 아침 걷기 운동 중 화두에 몰두하면서 걷는데 글자에 연연하지 말자. 화두가 나에게 무엇을 깨우치게 하려하는가. 순간에 나도 모르게 전율이 흐르며 내 몸에서 이것을 사방팔방 상하 걷어내면 무엇이 남는가? 끝없이 걷어내면 진공묘유가 아닌가? 이제 보았다. 어떻게 보림을 할 것인가? 이기심과 집착을 버리자. 이제 시작이다. 기운과 연결이다. 103배 절수련 명상 기운이 미약하다. 오후 수련도 잠이 오고 기운이 약하다. 손님이 오신 것 같다. 관찰 시작이다. 동네 얕은 산 등산, 요가. 일찍 자고 밤중 수련 준비해야겠다.

**12월 7일**

밤중 자시수련. 백회는 소식이 없고 단전만 달아오른다. 손님이 어제 아침에 들어와서 자리 잡고 있는 게 느낀다. 아침 신앙수련 시 30분경에 눈가에 핏발이 서린 영가가 스쳐 지나간다. 관찰을 하기 시작. 10분경부터 백회로 기운이 유입되면서 천도되어 나가는 것을 느꼈다.

한라산 둘레길 등산 5시간 걸음. 걷는 내내 어제 보았던 빛을 보면서 경전 암송. 집중이 엄청 잘된다. 오후 신앙수련 시 백회에서 기운이 강하게 유입되면서 30분경에 나도 모르게 끝났다는 신호가 수없이 반복된다. 10분이 지난 후 몸에서 소나무 송진 태울 때 나는 솔향 냄새가 20분 정도 풍긴다.

정좌명상 수련 계속. 마음이 한없이 편안하고 무념무사(無念無事)가 이런 것인가? 맑은 물속에 깨끗한 조약돌이 보인다. 1단계 화두가 끝났을 때 30초 정도 향냄새가 났고 2단계에서도 약간 났는데 3단계는 오래 향냄새가 지속. 인과응보 해원상생 극락왕생 업장소멸. 나는 여기서 영가가 들어와서 천도되었다 함은 과거세 나의 업장이 그만큼 소멸되니 기쁜 일이 아니겠는가? 괴로워말고 피하지도 말고 들어오는 대로 업장 소멸시켜 나가야지.

## 12월 8일

새벽 2시 50분에서 3시까지 수련. 단전만 달아오르고 백회는 미약하게 기운이 유입. 손님이 오신 모양이다. 아침 신앙수련도 힘들다. 아주 강한 손님인 것 같다. 오후 수련은 잠이 와서 아예 포기. 손님이 오면 대주천 전에는 힘이 없고 의욕이 없었는데 지금은 몸은 정상이다. 계속 관찰이다.

**12월 9일**

새벽 3시 수련. 단전만 달아오른다. 아침 신앙수련 창제행 30분이 경과할 때쯤 백회혈 주위에서 탁한 기운이 따끔거리더니 백회로 나간다. 이후부터 청량한 기운이 들었다. 부산 가는 차 중에서 태을주와 시천주를 암송하는데 맑은 기운이 계속 유입.

**12월 10일**

어제 부산 종교 모임에 갔다 와서 빙의령으로 고생을 각오했는데 이상이 없다. 밤중 0시 30분부터 수련. 편안한 수련 진행. 아침 신앙수련 창제행 때부터 백회에서 청량한 기운이 수련 내내 들어온다. 오후 수련은 낮에 쉬지 않고 일을 해서 피곤해서인지 집중이 안 되고 기운이 미약하다. 저녁에 정좌수련을 다시 하는데 아주 맑게 기운이 유입. 50분쯤에 고환으로 기운이 유통된다. 밤중 수련이 기대된다.

**12월 11일**

새벽에 깨어보니 4시다. 아침 걷기운동 후 수련에 들어갔으나 호흡이 거칠어 중단하고 누웠다. 신앙수련 후 103배 1시간 동안 명상수련 포근한 기운이 몸을 감싼다. 비가 와서 농장 둘러보고 오후 동네 얕은 산 등산. 신앙수련, 명상수련에 들어가다. 기운이 중단전으로 오른다. 머리 둘레가 조이는 느낌. 손님이 오신 것 같다. 빙의 현상이 연속이다. 삼공 선생님께서 대주천 다음에 빙의굴 통과란 말씀에 실감이 난다. 이것 또한 나의 인과가 아니겠는가? 나이가 들었지만 체력이 받쳐줘서 다행이다. 선생님이 항상 몸 건강부터 챙겨야 마음공부가 된다 하지 않았는가? 내일은 삼공재 방문 예정이다.

### 12월 12일

아침 걷기를 하는데 백회에서 기운이 유입. 삼공재 방문 때까지 한없이 청량한 기운이 들어온다. 집에서 103배 신앙수련 후 삼공재 출발. 삼공 선생님에게 3단계를 화두를 마쳤다고 보고하니 4단계 화두를 주시고 끝나고 인사하기 전 5단계, 6단계 화두까지 실행하라고 하신다. 비행기 내에서 잠시 왼쪽 팔 수양명대장경 혈 중 양계에서 상렴혈까지 파스를 붙인 것처럼 시원한 기운이 2-3분간 흐른다. 밤 9시 20분경 집에 도착.

### 12월 13일

밤중 수련 없이 취침. 아침 신앙수련 시는 맑은 기운이 전신을 감싼다. 오후부터는 계속 잠이 쏟아진다. 누워도 잠은 오지 않고 동네 산 등산. 신앙수련 힘들고 명상수련은 겨우 11가지 호흡법 1시간으로 마무리. 손님이 들어온 것이 느껴진다.

### 12월 14일

어제 손님이 들어와서 오늘 아침 신앙수련 시 천도됨을 느낀다.

막혔던 기가 들어온다. 새벽 2시 55분 수련은 1시간을 이어가는데 너무 힘들게 하다. 아침에 천도가 된 후 몸이 가벼워져서 가까운 산으로 등산 직행. 약 4시간 등산. 걸으면서 화두는 계속 참구하는데 여러 가지 잡념이 든다. 11시경 민혜옥 도반과 전화. 안부를 물으니 어제부로 화두수련이 모두 끝났다 한다. 보림 문제 등 내가 체험했던 이야기로 도담을 나누고 약 10분간 대화를 하다.

다시 걸으며 화두를 잡으니 공처는 무의식계에서 이미 보았던 것이다. 아하. 그리고 식처도 답이 나온다. 오랜 겁 동안 生(생)과 死(사)의 반복, 무수한 인연으로 맺어져 오늘날에 현재 내가 있다. 여기서 더 나가려면 이것조차도 내려놓자 하는 순간 마음속 깊은 곳에 티끌 하나 없는 맑디맑은 하늘만 보인다. (비무허공) 그러면서 우주만큼 큰 평풍을 치고 하화중생을 할 수 있는 모습 없는 그림을 그리자.

선계의 스승님 고맙습니다. 삼공 선생님 고맙습니다. 지도령과 보호령 고맙습니다. 마음속에 잔잔한 법열이 계속 이어진다. 귀가 후 신앙수련 시 나도 모르게 감루의 눈물이 흐른다. 부처님 고맙습니다. 이런 인연을 맺어줘서.

명상수련 시에는 무념처 11가지 호흡법을 다시 하는데 반복할수록 몸과 기운이 정화되어간다. 이 또한 몸에 정착이 되도록 2-3일 반복해야 하겠다. 영가 천도 시간이 조금씩 단축되어간다. 화면은 가끔가다 흐릿하게 나타난다. 영안이 밝아지고 마음속에 盲目(맹목)을 열기 위하여 닦고 또 닦을 수밖에 없지 않은가? 가다 보면 흐린 유리가 닦이듯이 마음의 눈이 열릴 것이라 확신하며 보림을 철저히 해야 하겠다. 생활과 모두 밀접한 것을 찾아내며 생활선도에 등한시하지 말자.

**12월 15일**

지난밤에는 밤중 수련 없이 잤다. 아침 신앙수련 후 바로 103배 명상수련. 약한 손님이 들어오셨다. 오후 동네 산 등산 후 신앙수련과 명상. 기감이 묵직하게 단전에 자리 잡는다. 시천주를 암송할 때 기운이 많이 들어온다. 중간에 살짝 화면이 스쳐 지나간다. 높은 직벽 바위에 아파트 같은 집들이 보인다.

**12월 16일**

0시 5분 수련. 호흡을 조절하고 천부경을 암송 시작하자 '나는 공이다'라고 반복하면서 메시지가 들어온다. 이틀 전 등산하면서 마음으로 공이라는 것을 깨달았지만 지금은 기감각으로 전달된다. 기가 묵직하고 몸 전체에 느끼는 것이 이전하고 사뭇 다르다. 1시간 15분이 훌쩍 지나간다. 식처 역시 등산 시 느꼈던 대로이다. 좀더 깊이 들어가면 지금 만나고 있는 인연들이 하나하나가 예사롭지 않고 소중하게 느껴진다.

## 12월 17일

아침 운동으로 걷는데 어제 신앙모임에서 신도님들과 대화 중에 나에 대한 지적이 있어 변명 아닌 해명을 하면서 감정이 약간 상했다. 얼른 나를 보며 마음을 내려놓는다. 휴… 생각을 하니 나도 모르게 헛웃음이 나온다. 참전계경 274조에 능인이 떠오른다. 아직 멀었구나. 한심스럽다. 언제까지 가야 자연스레 참음이 올 것인가.

아침 신앙수련 중에 육파라밀의 보시, 지계, 인욕 3가지가 떠오면서 깨뜨려져 나간다. 신심 생활을 하면서 어떻게 하면 남에게 베풀고 계율을 지키고 인욕 즉 참음 등 실천에 대해서 답을 찾지 못했는데 갑자기 '선도 삼공수련에 다 있다'라고 메시지가 온다. 보시는 자의든 타의든 영가 천도 그리고 자신을 한없이 낮춤으로서 상대방을 배려하는 역지사지, 지계는 삼공선도의 마음공부에 다 있으니 여기서 어기면 수련 진전이 없음은 뻔한 일, 인욕은 삼일신고에 지감이요, 참전계경에 274조의 능인이니 이렇게 요약해서 답이 나올까. 현묘지도의 깨뜨림은 어디까지 연속인지?

103배 후 명상. 손님이 또 오셨다. 잠이 와서 30분을 못 버티다. 신심 조직에 납품하는 붓순나무를 작업하고 우체국에 택배를 보내고 나서 작은 산 등산 후 오후 수련. 신앙수련. 잠이 온다. 35분을 어렵게 수행하다 중단. 휴식 후 명상. 손님이 겨우 나가시려는 것 같다.

**12월 18일**

0시 55분경에 눈을 뜨니 단전이 뜨거워 도저히 잠을 잘 수 없어 수련을 시작하다. 1시 5분에 수련. 강한 기운이 몸을 휘몰아친다. 수련 내내 같은 기운 연속. 2시 15분에 다시 잠을 청해도 깊은 잠은 오지 않는다. 아침에 걸으면서 곰곰이 생각을 해보니 분명히 선계의 스승님과 신명계의 메시지다. 현묘지도의 화두를 받고 자다가 단전이 달아올라 수련을 한 날짜가 3분의 2다.

아침 신앙수련 시 어제 들어온 손님이 백회로 나가는 것을 느껴진다. 백회의 기운이 하루 종일 열려 있다. 작업을 약간 하고 택배를 보내고 작은 산 등산. 백회가 너무 아리다. 오후 명상 시는 태을주, 시천주를 암송하는데 늦은 봄에 시원한 봄바람이 피부에 와 닿는 느낌이다.

선도 체험기 31권 176페이지를 읽다가 마음이 문이 열리는 것 같은 시원함을 느끼다. 내용은 제행무상(諸行無常) 시생멸볍(是生滅法) 생멸멸이(生滅滅已) 적멸위락(寂滅爲樂). 석가가 과거세 공부를 할 때 이야기다. 40년간 마음에 담아 두었던 문제가 풀린다.

**12월 19일**

아침 신앙수련 후 103배. 삼공재 출발. 머리가 묵직하고 몸도 무겁다. 손님이 들어오신 모양이다. 김포공항 도착부터 기감각이 살아나고 삼공재 도착 시는 거의 영가 천도가 되어간다. 생식 주문 후 삼공 선생님으로부터 현묘지도 7단계를 받으면서 이미 보았다고 말씀드리니 8단계를 주신다. 자리에 좌정하고 명상에 들어가니 믿음(信)이란 단어 떠오르면서 단전에 열감이 휘몰아친다. 여기서 한 걸음 더 나아가. 무위왈신(無爲曰信), 아무런 의심 없이 믿는다. 어린 아이가 어미젖을 의심 없이 빨듯이 그냥 가자. 그림자도 없고 실체도 없는 그냥 고요함만이 있을 뿐이다. 밤 9시 15분 귀가.

**12월 20일**

1시에 눈을 뜨니 단전이 달아올라 잠을 잘 수가 없다. 아차! 선계와 신명계에서 수련 시작하라는 메시지다. 1시 5분부터 수련 시작. 고요함만이 있을 뿐 엄청난 기운이 단전에 밀려온다. 한참 후 나도 모르게 제행무상(諸行無常) 시생멸법(是生滅法) 생멸멸이(生滅滅已) 적멸위락(寂滅爲樂)이라고 부른다. 어느 때부터는 생멸멸이 적멸위락이라고 계속 부른다. 기운이 상중하 단전으로 강하게 유입. 너무 더워서 웃옷을 하나 벗어버렸다. 1시간이 금방 지나간다. 자리에 누웠으나 제대로 잠을 못 자고 아침 4시 20경 일어나 운동 시작.

신앙수련 시도 상중하 단전이 마찬가지로 기운이 들어온다. 주문

물량 때문에 농장에서 나무작업. 오후 신앙수련부터는 기운이 온몸으로 퍼지는 느낌이다. 정좌 명상수련부터는 처음에는 하단전에 열감이 강하더니 차츰 온몸으로 퍼져 나간다. 그리고 단전은 은은하게 각 피부마다 호흡을 하는 것같이 시원한 느낌이다. 백회도 은은히 들어온다. 마음이 고요하고 모자람이 없이 넉넉해진다.

내가 12살 때 어머니가 34세 나이로 자살하여 돌아가시고, 이로 인한 삶이 황폐화해질 무렵 신앙을 가지고 살아오면서 내가 어디서 왔고 왜 태어났는가를 생각하면서 의문점을 가지고 살았는데 오늘날에 현묘지도의 화두를 깨면서 오직 탄성만이 나온다.

**12월 21일**

아침 신앙수련 후 103배. 정좌 명상에 들어갔다. 기운이 전신에 포근하게 들어온다. 고요하다. 수련 20분 즈음에 전화국 고장 수리차 전화가 와서 중단. 인터넷 연결이 고장이다. 오후에 동네에 작은 산 등산 시작 무렵, 갑자기 머리가 어지럼증이 생긴다. 손님이 오신 것이다. 집에서 저녁 4시 50분부터 정좌 명상수련 손님이 완전히 나가지 않아도 기운은 아침과 마찬가지다. 40분이 지났을까 윤곽이 뚜렷하게 남자 얼굴이 약간 찡그린 얼굴이더니 암흑의 세계에서 나와 광명의 세계로 가시라 암시하니 웃는 얼굴로 떠난다. 기운은 더욱 포근하고 전신 기공이 열린 것 같다. 손기가 되더라도 오래지 않아 복구가 된다.

저녁 식사 후 집 주위를 산책하는데 태을주를 암송하면서 걷는데 백회에서 청량한 기운이 계속 들어온다. 이제 현묘지도 수련을 마치며 이제부터가 시작이다. 초심으로 돌아가자. 다짐해 본다. 선계의 스승님, 삼공스승님, 보호령과 지도령 감사합니다.

제 나이 새해 1월 30일이면 만67세가 됩니다. 혼자서 수련은 46세부터 했지만 삼공재에 방문해서 수련은 2016년 10월 26일부터 정식으로 수련에 임했습니다. 수련에 저의 목표라면 할 수 있는 데까지 해서 대주천까지 가서 다음 생에 완성을 이루고자 했습니다. 그런데 이번 11월 21일 소주천 점검에서 대주천 벽사문 설치, 현묘지도 화두 1단계를 받는 너무나 큰 은혜를 입었습니다. 현묘지도 화두를 수행해 가는데 선배 도반님들의 조언이 있었기에 빨리 진척이 되었습니다. 선배 도반님들에게 감사드립니다.

이웃에 보면 탐진치 삼독에 젖어 마음은 황폐해지고 오직 재욕 명예욕에 집착해서 약자를 얕보는 일 등 마음 아픈 일들이 매일 보입니다. 이에 저는 작지만 이웃님들의 육근청정에 도움이 되도록 수련에 더욱 정진하여 나를 강하게 만들고 상대에게는 자세를 더욱 낮추어 가서 오탁악세에서 광명의 세계로 나오도록 하화중생에 힘써 나가겠습니다. 감사합니다.

2018년 12월 24일 현봉수 올립니다.

**【필자의 논평】**

보살핌을 당하지 말고 보살피는 사람이 되어야 합니다. 관찰자가 될지언정 관찰당하는 사람이 되지 말아야 항상 어디에 가든 주인이 될 수 있습니다. 그러므로 관이 잡힌 사람이라야 진정한 구도자입니다. 나는 현봉수씨가 바다같이 넓은 마음의 소유자가 되기를 바랍니다. 그러므로 도호는 도해(道海).

## 저자 약력

경기도 개풍 출생
1963년 포병 중위로 예편
1966년 경희대학교 영어영문학과 졸업
코리아 헤럴드 및 코리아 타임즈 기자생활 23년
1974년 단편 『산놀이』로 《한국문학》 제1회 신인상 당선
1982년 장편 『훈풍』으로 삼성문예상 당선
1985년 장편 『중립지대』로 MBC 6.25문학상 수상

저서로는 단편집 『살려놓고 봐야죠』(1978년), 대일출판사, 민족미래소설 『다물』(1985년), 정신세계사, 장편 『소설 환단고기』(1987년), 도서출판 유림, 『인민군』 3부작(1989년), 도서출판 유림, 『소설 단군』 5권(1996년), 도서출판 유림, 소설선집 『산놀이』 ①(2004년), 『가면 벗기기』 ②(2006년), 『하계수련』 ③(2006년), 지상사, 『선도체험기』 시리즈 등이 있다.

# 선도체험기 118권

2019년 1월 23일 초판 인쇄
2019년 1월 28일 초판 발행

지 은 이 김 태 영
펴 낸 이 한 신 규
본문디자인 안 혜 숙
표지디자인 이 은 영
펴 낸 곳 글터
주소 05827 서울특별시 송파구 동남로 11길 19(가락동)
전화 070 - 7613 - 9110 Fax 02 - 443 - 0212
등록 2013년 4월 12일(제25100 - 2013 - 000041호)
E-mail geul2013@naver.com



ISBN 979 - 11 - 88353 - 15 - 6 03810 정가 15,000원